피아트 룩스

피아트룩스 6 (완결) - 카르페디엠 2부

초판 1쇄 발행 ㅣ 2018년 4월 18일

지은이 ⓒ 메르비스 2018
일러스트 ⓒ 나래 2018

교정교열 ㅣ 문보람
타이틀/목차 디자인 ㅣ 나래
캘리그라피 ㅣ 김덕수
표지 디자인 ㅣ 니시
표지 편집 ㅣ 서유미

펴낸이 ㅣ 김혜랑
펴낸곳 ㅣ (주)메르헨미디어
등록일자 ㅣ 2016년 12월 28일
등록번호 ㅣ 제 2016-000253 호
ISBN 979-11-88503-70-4 04810
ISBN 979-11-959956-1-5 (세트)

nabinovel@nabinovel.net
http://nabinovel.net

20. 왕의 여자

    새로운 공연을 앞둔 예술의 전당에서는 배우들의 연습이 한창이었다. 공연 날이 코앞으로 성큼 다가와 다들 더욱 긴장한 얼굴로 바삐 움직였다.

    "이거 동작이 약간 어긋나는 것 같은데? 내가 한 박자 늦게 들어오는 게 나을까?"

    "아니면 이런 식으로, 이렇게 변형해보는 건 어때?"

    "그것도 괜찮겠다. 맞춰보자."

    "알았어."

    단체로 춤을 춰야 하는 부분에서 문제가 생기는지 동선을 수정하는 모습이 보이기도 하고,

"코코. 방금 그 부분 다시 해볼까?"

"네, 선생님. 근데 여기, 단번에 음이 올라가는 부분이 생각보다 어렵네요. 감정 때문에 목소리가 잠겨서 그런가 봐요."

"감정선은 아주 좋아. 너무 절절해서 나까지 슬픈 사랑을 하고 있는 기분이야. 그래도 목소리를 내는 게 어렵다면…… 조금 **빼**는 게 나을지도 모르겠다. 표정 연기에 더 신경 쓰면 충분할 거야."

"네. 다시 해볼게요."

여자주인공 역을 맡아 독창하는 부분이 많은 여배우는 따로 개인 교습을 하기도 했으며,

"허리 부분은 어때요오? 너무 꽉 조이지 않나요오?"

"음…… 약간 불편하긴 한데…… 그냥 이대로 가죠."

"괜찮겠어요오? 물론 단단하게 고정하긴 할 거지만, 너무 격렬한 움직임엔 버티지 못할 수도 있어요오."

"괜찮아요. 살 빼는 중이거든요."

"네에에? 뺄 살이 어디 있다고요오?"

"제가 맡은 역할이 가녀리고 유약하여 보호본능을 자극하는 아름다운 여자니까요, 아무래도 무리해서라도 더 **빼**는 게 좋을 것 같거든요. 지금은 주인공하고 크게 차이가 없잖아요."

"정말 대단해요오……. 나는 하래도 절대 못 할 거예요오."

"아르미님은 이렇게 아름다운 옷을 만드시잖아요. 이런 대단한 재주를 가지고 계신데 뭐 하러 그래요. 그보다 아르미님. 여기 이

부분을 조금 더 풍성하게 해주실 수 있나요? 허리가 더욱 잘록해 보였으면 해서요."

"물론이죠오. 옆으로…… 이런 식으로 부풀려보도록 할게요오."

의상 가봉과 함께 배역에 맞는 이미지를 더욱 살리기 위한 논의가 이루어졌고,

"오. 이 돌은 무척 매력적인걸. 세월의 풍파를 고스란히 담고 있는 듯한 거친 단면이 아주 마음에 들어. 재질이나 색상이 특이한 것도 그렇고."

"마음에 드십니까? 상단주께서 말씀하시길 하르빌 사막 한가운데서 발굴해낸 유적의 일부로, 과거의 영광을 고스란히 담은 귀한 돌이라고 하셨습니다."

"그렇군! 하르빌 사막의 유적에서 가져온 돌이라니! 어쩐지 범상치 않다 했어!"

"그리고 이건 부탁하셨던 하르빌 사막의 모래입니다. 이 정도 양이면 충분할까요?"

"충분하고말고. 무대가 아주 풍성해지겠어. 내 실력은 여전히 뛰어나지만, 그래도 그림만으로는 전달하기가 어려운 특유의 분위기를 사막의 물건들로 확 살릴 수 있겠군. 마음에 들어!"

미술가와 히로크 상단이 힘을 합쳐 무대를 꾸미는 모습도 볼수 있었다. 모처럼 리리가 맡은 연극은 이와 같이 착착 준비되어 가고 있었다.

다들 힘을 합쳐 더욱 멋진 무대를 위해 노력했으며 사소한 것에도 신중을 기울였다. 이들의 열기는 감출 수 없는 것으로, 이미 바깥으로 널리널리 전염되고 있었다.

홍보가 부질없게도 입소문이 더욱 빠르고 더욱 열띠게 퍼지고 있었는데, 지금까지와 달리 사막 전설 속 아름다운 사랑 이야기라는 것이 사람들의 호기심을 자극했다. 여기에 준비 기간이 다른 무대에 비해 긴 편이었으며 내용이고 의상이고 모조리 비밀에 부쳐져 기대감을 더욱 높이고 있었다.

하르빌 사막이라는 쉬이 가지 못하는, 대륙인 대부분이 가보지 못한 곳에 대한 환상까지 더해지면서 많은 이들이 공연 시작만을 손꼽아 기다리는 중이었다.

그것이 부담이 될 만도 하건만, 막상 이렇게까지 판을 키운 당사자인 리리는 아무 걱정도 없어 보였다. 정확히는, 걱정할 시간도 없다는 게 맞겠지만.

"리리님. 여기 이 부분에서 이런 식으로 변화를 줘봤는데 어떤가요?"

"괜찮은데요? 원래 그 동작이었던 것처럼 자연스럽게 녹아 있어요."

"리리 양, 여기도 봐주실래요? 이 가사가 나을까요, 아니면 이게 나을까요?"

"음…… 후에 쓴 게 조금 더 귀에 잘 들어오네요. 표현도 더욱 아름답고요."

"어머어머, 여기 계셨군요옹. 의상 가봉 끝났는데 봐주시겠어요옹? 허리에서 다리까지의 이 곡선을 더 살려보려고 애를 썼는데요옹, 아무래도 골반 쪽의 풍성함이 부족한 것 같아 이런 식으로 조금 더 부풀릴까 해요옹."

"음. 좋아요. 지금도 충분하지만 이보다 더 풍성해지면 허리도 가늘어 보이고 괜찮을 듯하네요. 그리고 여기 이 목 부분의 화려함이 더욱 돋보였으면 좋겠는데요. 장신구를 추가해보죠."

"뭐야! 여기 숨어 있었나? 내가 얼마나 찾아다녔는지 알긴 해? 당장 따라오게나. 안 그래도 바쁜데 어딜 그렇게 싸돌아다니는지 원."

"상인하고 말씀 나누시는 거 아니었어요? 자, 잠시만요, 선생님. 이것만 하고…… 아휴, 정말."

리리는 결국 끌려가다시피 페안의 뒤를 따랐다. 배우 동선이나 연기에 무용까지 체크하고, 하이든을 도와서 악보를 다듬고 그 와중에 의상도 봐야 하고, 페안 선생을 도와 무대도 꾸며야 했다. 여기저기 참견하며 부족한 걸 메우려니 리리의 몸이 열 개라도 부족할 지경이었다.

평소의 그녀라면 이토록 바쁘고 막중한 책임감이 어깨를 짓누르는 것이 싫어 무슨 핑계를 대서라도 도망 다녔을 텐데 지금은 오히려 나서서 일을 맡았다. 완벽한 공연을 위해서였다. 그만큼 리리가 준비하는 공연이 무척이나 중요하다는 뜻이기도 했다.

페안에게 붙들려 가서 마무리를 코앞에 둔 무대를 함께 꾸민 리리는 지친 몸을 잠시 관객석에 누였다. 관객석에서 바라보는 무대는 웅장했으며 하르빌 사막의 일부분을 고스란히 옮겨놓은 듯 신비로운 이국의 분위기를 고스란히 드러내고 있었다.

잠시 무대를 살피던 리리는 피곤함으로 묵직해진 눈꺼풀을 내리감았다. 스트레스 수치가 제법 높아져 있었으나 체력에 비하면 손톱의 때만큼인지라 몸이 힘들다거나 하지는 않았다. 다만 심력 소모는 별개라서 지친 몸을 추스를 시간이 필요했다.

공연도 공연이지만, 리리의 정신을 갉아먹는 존재는 따로 있었기 때문이다.

'죽을 때까지 안 만나줄 작정인 걸까.'

바로 만나주기는커녕 답장조차 없는 아스더였다.

예상은 했다지만, 변명도 듣기 싫다는 듯한 태도에 막막해지는 건 어쩔 수 없었다. 지난밤에도 술집 앞에서 한참을 기다렸건만 아스더의 그림자조차 보지 못했다. 당장 공연일이 다가오는데 이를 어쩌면 좋나, 답답함에 한숨이 절로 새어 나왔다.

'어차피 보지 않는다 해도 얘기는 다 듣게 될 테지만…….'

위치가 위치인지라 어차피 듣기 싫다 해도 다 알게 될 수밖에 없기는 했다. 그것 또한 원치 않는다면 저번처럼 상처를 입게 될 테니 미리 언질이라도 주고 싶었던 건데, 상황이 여의치 않으니 하는 수 없었다.

리리는 아이템창에서 초대장을 꺼내 들었다. 예술의 전당 귀빈석 초대장이었다.

그것은 하얀빛에 휩싸이더니 어디론가 사라졌다.

"와주면 좋고, 아니면 어쩔 수 없고."

그리 중얼거린 리리가 다시금 움직이기 위해 몸을 일으켰다. 잠깐의 휴식은 조금도 달지 않았지만 그래도 스트레스 수치만큼은 낮아져 있었다.

그렇게 극 준비는 차근차근 진행되어 어느덧 공연 당일이 되었다.

"아, 어떡해, 너무 떨려……."

"나도……."

"몇 번이고 무대에 올랐지만, 할 때마다 떨려서 숨을 못 쉬겠어. 나는 무대 체질이 아닌가 봐."

무대 뒤편에선 준비를 마친 배우들이 떨리는 마음을 가다듬고 있었다.

누구는 대본을 다시 읽어보기도 하고, 누구는 목을 축이며 심호흡을 했으며 또 누구는 구석에서 조용히 노래를 불러보았다.

"코코 양, 오늘 목 상태는 어때요?"

"아아아아아. 괜찮아요!"

"다행이군요!"

하이든과 메인 배우들은 마지막으로 호흡을 맞추었고, 아직 준비를 끝내지 못한 이들은 대기실과 탈의실을 부산스럽게 돌아다녔다.

"내 신발 본 사람?"

"여기!"

"잠시 여기 좀 봐줄 사람? 손이 부족해!"

"내가 도와줄게!"

아르미가 옷 입는 것을 도와주고는 있었으나 그녀 한 명으로는 턱없이 부족했다. 대부분 본인이 갈아입었으며 장신구나 코르셋 같은 건 서로 도왔다. 리리도 그 사이를 바삐 오가며 세심하게 챙겼다.

그동안 관객석은 이미 관객들로 가득 차 있었다. 기대 가득한 얼굴로 공연이 시작되기만을 기다리는 통에 배우들의 긴장만 더욱 커졌다. 늘 그랬지만 이번에는 유독 심했다. 너무나 아름답고도 슬픈 이국의 사랑 이야기를 완벽하게 선보이고 싶다는 욕심 때문이었다.

이윽고 공연 시작을 알리는 악기 연주가 흘러나오고, 관객석은 순식간에 고요해졌다.

"시, 시작한다."

"아, 화장실 가고 싶은 것 같아."

"지금은 안 돼. 곧 올라가야 하잖아."

"다들 너무 긴장하지 말고, 연습한 대로만 해요. 모두들 잘할 수 있어."

"실수하지 않겠죠?"

"해도 아무도 몰라요. 오늘이 첫 공연이니까. 그러니 너무 걱정 말아요. 우리에겐 여신님의 가호가 함께하잖아요?"

리리는 발을 동동 구르는 배우들을 다독였다. 마지막으로 무대를 점검하는 동안, 하이든은 무대 위로 올라가 관객들에게 인사를 올렸다.

하이든만을 비추는 몇 개의 조명을 의지해, 그녀는 우아하게 허리를 숙였다.

"오늘도 저희 예술의 전당을 찾아주신 여러분께 진심으로 감사의 인사를 올립니다. 좋은 공연으로 보답할 수 있도록 최선을 다하겠습니다. 공연을 시작하기에 앞서 예술의 전당이 더욱 성장할 수 있도록 아낌없이 후원해주신 분들께 감사의 마음을 전하고자합니다. 가장 먼저, 거금을 아끼지 않으신 베르타 백작가, 레이번트 백작가, 아이덴 상단, 히로크 상단……."

하이든은 후원자들의 이름을 늘어놓았다. 이름을 하나하나 외칠 때마다 객석에 앉은 손님들이 손뼉을 쳐주었다.

"오늘 선보일 공연은 하르빌 사막에서 전해 내려오는 아름다운 사랑 이야기입니다. 한때 그 어느 곳보다도 번영했다던 신비로운 사막의 나라. 그곳은 어째서 모래 속으로 사라졌을까요? 오늘 그 숨겨진 이야기를 아름다운 음악과 무용으로 풀어내어 환상적인 공연으로 선보이게 되었습니다."

하이든의 말에 여기저기서 환호성과 박수가 터져 나왔다.

시작도 하기 전에 너무나 뜨거운 열기에 하이든은 잠시 말을 끊었다가 천천히 덧붙였다.

"다시 한 번 전 공연의 많은 성원에 감사드리며 부디 좋은 공연을 즐겨주시길 바랍니다. 시작하겠습니다."

하이든이 물러나고 순간 모든 조명이 꺼졌다. 그리고 희미한 조명 하나만이 무대 위를 비추었다.

이국적인 옷차림의 사내가 저벅저벅 걸어 나왔다. 그의 등 뒤로는 메말라버린 오아시스와 하늘을 뒤덮은 모래바람만이 전부였다. 새파란 사막의 하늘은 아름다웠으나 무자비했고, 끝없는 모래 언덕은 웅장했으나 광포했다.

그는 자꾸만 말라만 가는 오아시스를 바라보며 한탄의 노래를 불렀다.

"사막은 말라가고, 사람들은 굶주림과 목마름에 시달리네. 아아. 우리가 여신께 죄를 지었나. 여신의 사랑을 보지 못하고, 듣지 못하였나. 그래서 여신께서 노하셨을까. 풍요롭던 과거의 영광, 그러나 빛바랜 지금 우리는 어디로 가야만 하는 것인가."

묵직하면서도 비통한 노래가 끝이 나자, 배우들이 줄지어 무대 위로 올라왔다. 더운 사막에서 사는 사람들답게 옷차림은 헐벗다 시피 할 정도로 가벼웠으나 다양한 하르빌 사막의 금속과 보석으로 장식하여 조명 아래서 화려하게 반짝거렸다.

센테르와는 다른 양식을 지닌 장식들에 관객들의 눈동자가 일순간 반짝거리는 것을 리리는 똑똑히 보았다. 그들의 머릿속은 아마 극이 끝나자마자 바로 저 특이하고도 아름다운 장신구들을 예약주문 해야겠다는 생각으로 가득 차 있을 터였다.

무대 위에 올라온 이들은 부족장들로, 사막의 왕국은 여러 부족이 모여 만들어졌다는 것이 가볍게 소개되었다. 그들은 지금의 사태에 대해 떠들어댔다.

왕이 막막한 목소리로 노래를 불렀듯이, 그들 또한 현 사태의 심각성을 다시금 강조했다.

사막이 자꾸만 말라가며 오아시스를 찾기가 힘들어졌고, 드물게 태어나곤 했던 수속성 주술사도 메말랐으며 그들은 그것을 여신의 분노라 여기고 있었다. 그들이 죄를 지어 여신께서 벌을 주시는 거라고 말이다.

"아무래도 여신께선 사막을 버리신 듯 보입니다."

"이제 그만 저희도 떠나는 게 좋지 않겠습니까."

강인하던 부족민들이 잔혹한 더위에 지쳐가고 있었다. 그걸 모를 리 없는 왕은 슬퍼했다. 신하들이 물러가고, 홀로 남은 왕이 사막을 바라보며 노래했다.

"나의 고향, 내 육신의 원천. 이 품을 떠날 때가 되었나."

그런 왕의 곁으로 천천히 다가서는 여인이 있었다. 여인의 가늘고도 풍성한 몸매를 고스란히 드러내는 매혹적인 옷차림에 관객석은 다시금 술렁였다. 귀족 여인들은 놀란 입을 부채로 가리며 커다랗게 뜨인 눈으로 옷을 낱낱이 살폈다.

마하엔스의 의상과 예전에 살던 세계의 여러 전통 복식들을 조합한 여인의 드레스는 활동성이 좋으면서도 여성스러움을 한껏 살리는 모양새였고, 원색과 여러 장신구의 조합으로 센테르의 드레스보다도 더욱 화려해 보였다.

특히 허리 밑으로 부풀면서도 다리의 곡선을 따라 흐르듯이 감싸는 드레스는 여인의 허리를 더욱 잘록하게 강조했으며 가녀리면서도 탄탄한 몸매를 돋보이게 했다.

벌써부터 아르미 양장점에 손님이 밀려드는 모습이 눈에 선했다.

"나의 왕이시여, 너무 슬퍼 마시어요. 사막 어딘가에 우리를 기다리는 오아시스가 존재할 테니까요."

"오, 탄야. 그대는 진정 그리 생각하시오?"

"물론이지요. 나의 왕이시여, 사막은 우리를 버리지 않을 겁니다. 전사의 피를 이은 우리가 아니고선 그 누구도 사막을 지켜내지 못할 테니까요."

"강인한 사막의 여전사, 탄야여. 그대의 말이 무척 달콤하구려. 정말로 그러하였으면 좋겠소."

두 남녀는 사막을 바라보며 과거 번영했던 왕국을 그리워하는 가사를 담은 노래를 불렀다.

사막의 왕이 지닌 단단한 저음과 사막의 여전사가 흘려내는 매혹적인 목소리가 어우러져 정말로 눈앞에 하르빌이 펼쳐진 듯한 착각이 들었다.

무대 뒤에서 리리가 열심히 코러스를 깔아준 것도 그에 한몫하고 있었다. 그녀의 목소리는 잔잔히, 튀지 않을 만큼만 낮게 깔렸으나 그것만으로도 충분히 스킬이 발동되었고, 사람들은 넋이 나간 얼굴로 무대에 빠져들었다.

결국 왕과 여러 족장들은 오아시스를 찾아 사막을 헤매었다. 도중에 괴물을 만나기도 하고, 모래 늪에 빠지기도 하였으나 굳건하게 이겨냈다. 그들에게 많은 부족민의 삶이 달려 있었기 때문이다.

그러던 어느 날이었다. 우연히 찾은 동굴에서 잠을 청했던 왕은 어디선가 들려오는 노랫소리에 서서히 깨어났다. 잠결에도 무척이나 곱고 청량한, 마치 오아시스와도 같은 달콤한 목소리에 홀린 듯 걸음을 옮겼다. 그와 함께 잠이 들었던 신하들은 여전히 깊은 잠에 빠진 채였다.

왕이 동굴 밖으로 나와 몇 걸음 더 내디디자, 어두웠던 무대 한 쪽에 조명이 탁 들어오며 노래하는 여인을 비추었다. 왕은 물론이고, 관객들조차 그 여인의 자태에 감탄의 목소리를 내지 않을 수 없었다.

마치 물의 여신을 형상화한 듯한 투명하고도 청초한 드레스는 어느 곳에서도 보기 힘든 독특한 매력을 마음껏 뽐내고 있었다. 거기에 물방울을 엮은 듯한 푸른빛의 보석 장신구는 흰 피부 위에 우아하게 드리워졌고, 천상의 목소리로 부르는 노랫소리가 더해지며 신비로움이 배가되었다.

"이렇게 아름다운 여인이 있었다니……."

왕은 저도 모르게 혼잣말을 내뱉고, 그에 놀란 여인이 입을 다물며 노랫소리가 뚝 끊겼다. 잠시 적막이 무대 위를 채웠다. 여인은 겁먹은 듯한 얼굴로 주춤주춤 뒤로 물러나고, 왕이 황급히 사과했다.

"미안하오! 너무도 아름다운 노랫소리여서 나도 모르게 엿듣고 말았소. 놀라게 했다면 정말 미안하오."

왕의 말에 여인은 여전히 두려움에 떨면서도 호기심을 드러냈다.

"……당신은 누구죠?"

"나는 하야탄 왕국을 다스리는 왕이오. 그러는 당신은…… 대체 누구이기에……."

왕은 말을 끝까지 잇지 못하였다.

여인만을 비추던 빛이 점차 넓어지며 그녀의 주위 역시 밝혔기 때문이다. 그녀 주위로 커다랗고 풍족한 오아시스가 펼쳐져 있었다.

"당신은 정말, 사막을 구하러 내려온 샘의 여신인가……."

왕이 놀라 중얼거리자, 여인은 후훗 웃음을 터트렸다. 그에 왕의 얼굴도 활짝 피었다. 늠름한 왕과 아름다운 여인은 순식간에 서로에게 빠져들었다.

오아시스 주위를 거닐며 서로에 대해 묻기도 하고, 감추기도 하며 웃음꽃을 피웠다.

밤이 깊어질수록 서로에 대한 감정도 깊어지고, 이윽고 달이 저물고 해가 떠오를 때쯤에는 상대를 향한 마음을 노래로 부를 정도가 되었다.

두 사람의 만남은 운명이었기에 사랑에 빠지는 것 역시 당연한 순서였고, 두 사람은 만나는 순간 이미 돌이킬 수 없는 사랑의 늪을 건넌 셈이었다.

오아시스를 따라 움직이는 왕국이었기에 모든 국민들과 부족장들은 오아시스 주변으로 이동해 왔다. 습한 대지 위에는 푸르른 식물들이 물을 머금고 피어났다. 그곳에 왕국이 새로이 건설되는 데에는 그리 오랜 시간이 필요치 않았다.

그사이 두 사람의 마음은 깊어질 대로 깊어져, 왕궁이 완공되는 날에 혼인을 치르기로 이미 약속이 되어 있었다.

맑은 오아시스 주변으로 행복을 되찾은 사람들이 모여들고, 두 사람은 그 모습을 지켜보며 영원한 번영과 사랑을 노래했다. 여인의 배가 점차 불러오더니 아이도 낳았다.

두 사람은 간소하게 둘만의 혼인을 치렀고, 목소리에는 기쁨이 흘러넘쳤다. 공연장을 넘어 바깥에서 엿듣던 이들까지 흥얼거리게 할 정도로 밝은 노래였다.

그러나 어느 순간부터 두 사람의 노랫소리 위에 깔리는 낮고도 원통한 목소리가 있었다. 반대쪽 구석에서 슬그머니 모습을 드러내 천천히 무대 중앙으로 걸어 나오는 여인, 탄야의 노래였다.

"사막을 적시는 저 축복 가득한 샘과 같이, 우리의 사랑도 넘쳐흘러 모두를 행복하게 할 수만 있다면……."

"잊혀진 여인, 그 이름은 탄야. 사막의 전사였던 나의 왕이시여, 어찌하여 배반의 검을 뽑았단 말입니까."

정반대의 분위기의 노랫소리가 번갈아가며 이어졌다.

한쪽은 설레는 사랑의 노래를, 다른 한쪽은 음울한 배신의 노래를 불렀다.

"내가 서 있을 곳이었는데. 오로지 나만이 나의 왕을 보필하여 이 왕국을 이끌어갈 수 있는데. 모두들 저 사악한 여자의 노래에 귀가 멀어버렸어."

비통한 목소리의 노래는 계속 이어져, 이윽고 왕의 곁에 서서 자신의 자리를 차지하고 만 여인에 대한 저주가 되었다.

조명이 꺼지고, 무대가 바뀌었다. 탄야는 가장 많은 부족을 이끄는 족장인 자신의 아버지를 찾아가 속삭였다. 왕의 곁에 선 그 여자가 사막의 물을 다 빼앗아 간다고, 그 여자가 사막이 메마르는 이유이며 그 여자는 사람의 형상을 띤 괴물이 틀림없다고, 결국 왕은 잡아먹히고 왕국은 멸망할 것이라는 이야기였다.

"믿을 수 없는 얘기다."

단호한 아버지의 말에도 탄야는 굽히지 않았다.

"제가 직접 봤어요, 아버지."

"직접…… 봤다고?"

"네. 새벽에 홀로 샘으로 향하는 것을 제 눈으로 똑똑히 보았습니다. 모두들 괴물한테 속고 있는 거라고요!"

한번 심어진 의심의 씨앗은 사소한 것도 양분으로 삼아 무럭무럭 몸집을 키웠다. 유독 물에 집착하는, 물 없이는 살 수 없는 여인. 외모도, 옷차림도 낯설며 출신이나 이곳에 온 목적을 말하지 않는 여인.

처음에는 물을 찾아준 은혜로운 여인으로 떠받들어졌으나 서서히 탄야의 주장 쪽으로 기울어졌다. 실제로 새벽에 홀로 오아시스를 찾는 모습이 목격되면서부터였다.

"일부러 그곳에서 우리를 기다리고 있던 것이 틀림없어요. 애초부터 오아시스는 그곳에 있었던 거고, 그걸 빌미로 접근한 거죠. 그곳으로 이끈 건 아버지였잖아요? 그 여자가 아니었다면,

오아시스를 찾아내는 건 아버지가 되셨을 텐데!"

탄야의 아버지 역시 그 여자에 대한 불만을 심었다. 왕을 이끌고 오아시스로 향한 건 자신이었는데, 그 공을 빼앗겼다는 생각이 들었다.

왕은 속고 있었다. 그 여자는 오아시스를 만들지도, 찾아내지도 않았건만 지금의 번영을 여자의 공으로 돌리고 있다고.

게다가 그 여자가 나타나기 전에는 자신의 딸이 유력한 왕비 후보였는데, 지금은 거들떠보지도 않았다. 그는 하나뿐인 딸 탄야가 못내 안쓰러웠고, 딸이 아닌 그 여자를 택한 것에 대한 분노가 치밀었다.

그래서 그는 다른 족장들을 만나고 다니며 자신의 딸이 왕비가 되면 다른 이들에게도 큰 이익이 된다는 것을 강조했다. 그 여자는 부족민들을 이끄는 것도 아니고 강인한 여전사와도 거리가 멀었으며, 사막의 보석을 얻는 방법이나 그곳으로 가는 길을 알지도 못했기에 다들 왕비로는 부족하다고 여기던 참이었다.

그러는 사이 탄야도 은밀히 여인에게 접근하였다.

"어머나. 아름다운 사막의 여전사로군요. 모래와도 같은 피부색은 건강한 육체를 자랑하는 듯하고, 새카만 눈동자는 마치 사막의 밤과 같이 깊고도 고요해요. 당신은 누구죠?"

"저는 탄야라고 합니다. 이타이타 부족을 이끄는 족장의 막내 딸이지요."

"그렇군요! 만나서 반가워요. 혹시 들고 있는 것을 내게 보여줄 수 있나요? 처음 보는 물건이어서 무척 궁금하거든요."

"이건 활입니다. 괴물도 잡을 수 있답니다."

"정말 대단하네요!"

두 여인은 화기애애한 시간을 보냈다. 탄야는 사막에서 길을 잃었다가 괴물을 만나 용감하게 처치하고 돌아온 영웅담을 기백 가득한 목소리로 노래해주었고, 그걸 들은 여인은 걱정과 감탄의 화음을 넣어주었다.

두 여인의 노래는 아름다웠으나, 모두들 불안한 눈으로 감상했다. 탄야가 그 여인에게 무슨 목적으로 접근했는지 의심할 수밖에 없었기 때문이다.

"당신은 너무나 아름답고 강인해요. 존경스러운 사람, 종종 내게 사냥 이야기를 들려줄 수 있을까요?"

"물론입니다. 아직도 해드리고 싶은 얘기가 아주 많은걸요."

"기뻐라!"

탄야의 말대로 해주고 싶은 이야기가 아주 많았는지 두 사람은 자주 만났다. 탄야의 이야기를 들을수록 여인은 사냥에 대한 관심과 애정이 깊어졌고, 기어코 직접 사냥을 해보고 싶다는 욕구가 생기고야 말았다.

"사냥은 무척 위험한걸요. 사막의 전사가 아니고서는 화살을 다룰 수 없어요."

"그러니까 더욱 하고 싶어요. 저도 사막의 인정을 받아 왕의 곁에 당당히 서고 싶답니다."

여인의 말에 탄야는 못 이기겠다는 듯 고개를 숙였다.

"뜻이 그러하시다면야. 오늘은 힘들고, 조만간 제가 사냥을 도와드리도록 하겠습니다."

그것이 탄야의 함정이라는 것도 모른 채, 여인은 한껏 기뻐했다.

여인을 비추던 조명이 꺼지고, 탄야는 무대를 향해 웃으며 노래했다.

"이제 얼마 남지 않았어. 그간의 노력은 달콤한 보상으로 내게 돌아오겠지."

무대 위에 있던 사람들이 물러나고, 배경이 바뀌었다. 모래바람이 거세게 불어오는 사막이었다.

그곳에 탄야와 여인이 다시금 모습을 드러내자 관객들은 숨 쉬는 것도 잊은 채 몰입했다. 곧 여인에게 닥칠 불행이 어느 정도 예상되는지, 다들 두 손을 꼭 모은 채 불안에 떨었다.

극은 멈추지 않고 절정으로 향했다.

"탄야, 모래 때문에 눈을 뜨기가 힘들어요. 오늘은 사냥이 힘들지 않을까요?"

"아니에요. 이런 날일수록 괴물이 방심하기 때문에, 원래 사냥은 바람이 거셀 때 나가곤 한답니다."

"정말요? 화살이 제대로 날아가지 않을 것 같은데."

"우리 부족이 만든 화살은 이 정도 바람에는 끄떡도 하지 않죠. 그리고 정방향이 아니라, 약간 이쪽으로 비스듬히 쏘면 제대로 날아가 박힐 거예요."

"좋아! 해볼게요!"

여인은 탄야의 도움을 받아 화살을 쏘았다. 그간 계속 보고 듣고 탄야의 화살을 만져왔기 때문인지 제법 자세가 곧았다.

바람 때문에 휘청이면서도 제대로 날아가는 것을 본 여인이 환호했다.

"굉장해! 이렇게 멀리 날아가다니!"

"그렇죠? 그럼 장소를 옮겨서 사냥감을 찾아보도록 할까요?"

"좋아요!"

두 여인은 사막을 가로질렀다. 점점 거세지는 모래바람 탓에 눈도 제대로 뜰 수 없었고, 하늘이 온통 뿌옜다. 사냥감을 발견하기조차 쉽지 않을 것만 같았다.

그때였다. 탄야가 무언가를 가리키며 외쳤다.

"저기! 괴물이에요!"

"어디요? 저는 보이지 않아요!"

늘 사막에서 생활하며 사냥해오던 탄야와 달리 여인은 앞을 보는 것조차 힘들어 보였다. 탄야는 어딘가를 가리키며 외쳤다.

"조금만 더 가까이 다가가면 보일 거예요. 같이 가줄까요?"

"아니! 아니에요. 저 혼자 해볼래요."

"그럼 저는 뒤에서 지켜보고 있을게요. 혹시라도 괴물이 쫓아 올 걱정은 하지 말아요. 제가 쏠 테니까."

탄야가 들고 있던 활을 들어 보이자, 여인은 믿음직하다는 듯 고개를 끄덕였다.

"든든하군요. 꼭 성공해서 돌아올게요!"

여인은 탄야를 두고 천천히 사냥감이 있는 쪽으로 걸어갔다. 무대 위에는 거친 바람 소리만이 가득했다.

센테르의 바람 소리와는 달리, 마치 비명이 뒤섞인 듯한 섬뜩 하고도 광폭한 소리였다.

조명은 여인만을 비추며 따라갔기에 무대 어디쯤 서 있는지 알 수 없었고, 관객들은 마치 사막 한가운데에 있는 듯한 기분을 맛 보았다. 광활하고도 분간이 되지 않는 사막.

이윽고 사냥감이 보이기 시작하는지 여인이 화살을 활에 걸었 다. 탄야가 가르쳐준 대로 자세를 잡고, 활을 조준하고, 시위를 팽팽하게 잡아당겼다.

여인이 그 자세로 잠시 멈추자, 시끄럽던 바람 소리도 일순간 조용해졌다. 사람들은 한껏 긴장한 채 무대 위에 서 있는 여인을 바라보았다.

그리고 활시위를 놓았을 때, 바람을 가르며 날아가는 소리가 섬뜩하게 울려 퍼졌다.

"자, 잡았나?"

여인의 혼잣말이 신호라도 된 듯 다시금 사나운 모래바람이 휘몰아치고, 여인은 서둘러 사냥감이 있는 쪽으로 다가갔다. 동시에 그녀만을 비추던 조명도 점차 넓어져 양쪽 무대 끝 부분만을 남겨두고 있었다.

"……어?"

여인은 잠시 걸음을 멈추었다가, 다시금 무대 끝으로 향하였고 그녀를 따라가던 조명 역시 무대를 훑으며 점점 어두운 구석으로 다가섰다.

여인이 그곳에 다다랐을 때가 되어서야 조명은 구석을 비추어 주었다. 그곳에는 그녀가 사랑하는 왕이 화살을 맞은 채 쓰러져 있었다.

"어, 어째서……."

여인이 큰 충격을 받고 쓰러진 왕을 내려다보는데, 무대 위로 급히 뛰어 올라오는 신하들이 몇 있었다. 그들은 뒤늦게 왕의 상태를 살피느라 정신이 없었다.

그중 한 명이 여인을 향해 손가락질했다.

"잠시 한눈을 판 사이에 저 여자가 활을 쏘았다! 감히 왕을 시해하려던 죄인이다!"

"나, 난 그저 사냥을 하려고……. 타, 탄야. 탄야가 진실을 밝혀줄 거야."

여인은 황급히 뒤를 돌아보았으나 무대는 텅 비어 있었다.

"있긴 누가 있다는 거냐! 감히 사막의 여전사에게 누명을 씌우려고 하다니!"

"아니야, 분명 저기 있었는데?"

여인은 자신을 붙잡으려는 손을 피해 뛰쳐나갔다. 무대 끝에서 끝으로 힘껏 내달렸으나, 어둡게 꺼져 있던 반대쪽 끝에는 역시 아무도 없었다. 여인은 허망한 얼굴로 무대 한가운데에 섰다.

"분명 탄야가 함께 있었어. 탄야가 사냥감이라고 가리킨 것이…… 어째서 나의 왕이었을까. 내가…… 내가…… 나의 왕을 다치게 하고 말았어……."

여인은 주저앉아 울부짖었다. 점점 좁혀지던 조명이 여인을 비추다가 이윽고 꺼지고 어둠에 휩싸였다.

관객석은 여전히 조용했다.

그러나 리리는 놓치지 않고 보았다. 불편한 기색을 역력히 드러내는 몇몇 귀족들을. 그들은 헛기침을 하기도 하고, 자세를 바로 하기도 하며 이 자리가 불편하다는 것을 마음껏 드러내고 있었다.

무대에 불이 들어왔을 때에는 배경이 바뀐 후였다.

"감히 왕을 시해하려던 죄인은 왕께서 깨어나 처벌을 명하실 때까지 감옥에 갇히리라!"

목소리만이 들려오고, 무대에는 여인만이 홀로 앉은 채였다. 처음 울부짖을 때처럼 그렇게, 충격으로 창백하게 질린 얼굴이었다.

그녀의 등 뒤로는 창문조차 없는 감옥이 그려진 배경이 세워져 있었고, 도망가지 못하도록 발목은 쇠사슬로 묶여 있었다.

여인에겐 식사조차 주어지지 않았으며 물 한 모금 마시지 못해 벽에 맺히는 물방울로 연명했다. 그녀는 밤만 되면 후회와 걱정의 노래를 불렀다. 어미를 기다리고 있을 아이에 대한 그리움과 어서 왕이 깨어나기를 비는 내용이 주였다.

"나의 왕이시여. 나의 실수로 그 귀한 몸에 상처를 내고 말았으니 나는 어쩌면 좋을까. 어떤 죗값도 달게 받겠나이다. 부디 고의가 아니었다는 것만 알아주시옵소서."

그러던 어느 날, 그녀는 목소리가 더는 나오지 않는다는 걸 깨닫게 되었다. 그제야 왕은 정신을 차리고 여인을 찾아와주었다. 붕대를 둘둘 감은 상체가 못내 가슴 아팠으나 그녀는 더는 걱정의 노래를 부를 수가 없는 몸이었다.

"내게 할 말이 없느냐."

그런 그녀를 향해 왕은 물었다. 여인은 힘없이 고개를 떨구었다. 두 사람의 노래는 끝이 났다. 대신 무대의 구석에서 홀로 조명을 받는 여인, 탄야만이 노래로 두 사람의 끝을 알렸다.

"나의 왕이시여. 전사도 아닌 것이 감히 활을 쏘아 귀한 육체를 다치셨으니, 이제 그 여인을 더는 사랑하실 수 없으리. 따뜻한 시선도, 다정한 웃음도 모두 거두어지고 여인은 쓸쓸하게 생을 마감하리라."

탄야가 노래를 부르며 무대 앞으로 나오고, 뒤에선 사람들이 부지런히 움직였다. 감옥 배경은 다시금 아름다운 사막의 나라로 바뀌고, 가운데에 처형대가 놓였다.

여인은 힘겹게 걸음을 옮겨 처형대로 올라가고 사막 사람들은 그것을 지켜보았다.

"아아. 가여운 여인이여. 왕의 사랑을 받은 것이 그대의 잘못일지니, 부디 다음 생에는 그러지 마오. 나의 사랑을 가로채지 마오. 그럼 안녕히……."

탄야가 허리를 숙여 인사하고, 여인은 처형당하였다. 관객석에서 숨을 삼키는 소리와 한탄의 한숨을 내쉬는 소리 등이 들려왔다. 몇몇은 손수건으로 눈물을 찍어내고 있었다. 너무나 가여운 한 여인의 삶이 그들의 마음을 움직인 모양이었다.

그 뒤로 두 사람의 아이가 사막으로 쫓겨나는 장면이 이어졌다. 반역자의 아이를 죽이라며 성난 목소리로 외치는 사막 부족인들을 진정시키며, 뒤로는 아이를 매정하게 버렸다.

"그렇게 사막의 전사, 아름답고 강인한 여전사 탄야는 왕의 곁을 차지하였고……."

탄야의 노래는 계속 이어졌다. 시녀들이 나와 탄야에게 베일을 씌우고, 왕은 천천히 걸어와 그녀의 머리 위에 왕관을 얹었다.

"오래오래 행복하게 살아갈 날들만이 남은 줄 알았는데……."

왕과 왕비, 두 사람은 손을 맞잡고 손을 흔들었다.

관객석을 향해서도, 각각의 무대 끝을 향해서도 인사를 건네고는 왕관과 베일을 벗었다.

"어째서일까. 풍족하여 마를 일 없을 것만 같았던 오아시스가 점점 바닥을 드러내니, 사람들은 다시금 굶주림과 목마름에 시달리네. 나의 왕이시여, 근심 어린 당신의 얼굴이 나를 아프게 하니…… 사막은 넓고 오아시스는 많답니다. 나의 위로에 기운을 차리시어 새로운 왕국을 건설하시옵소서."

번성했던 왕국 대신 처음의 메마른 사막 배경이 걸렸다. 왕은 사막을 바라보며 고개를 저었다. 신하들도 고개를 숙였다. 기도하듯 양손을 모으고 왕을 바라보던 탄야는 자신에게 눈길조차 주지 않는 그를 향해 노래했다.

"나의 왕이시여. 한 번도 나를 바라봐주지 않는 무심하고도 너무한 당신이시여. 그래도 나는 언제까지고 기다리리라. 따뜻한 시선을, 다정한 웃음을. 언젠가 새로운 오아시스를 찾아 나만을 위한 왕궁을 지어줄 나의 왕을."

그렇게 탄야가 무대를 내려가고, 홀로 남은 왕은 사막을 바라보며 쓸쓸히 노래했다.

"우리를 가엾이 여기신 여신께서 물의 정령을 보내주었건만, 우리는 그녀를 지키지 못하였네. 그 죗값을 어찌 치르면 좋을까. 기회를 저버린 사막은 이대로 메말라버리겠지. 아무도 살지 못하는 곳으로 변해가는 것을 지켜볼 수밖에 없으니, 사랑하는 여인을 제 손으로 버린 왕의 최후에 걸맞으리라."

왕 역시 노래를 마치고 천천히 무대를 걸어 나갔다. 그렇게 무대 위에 남은 것은 잔인하면서도 서글픈 사막뿐이었다.

무대 위에는 아무도 없으나 노래만이 흘러나왔다. 번영했던 사막의 왕국, 그들을 사랑했던 여신께서 샘물의 정령을 보내주었으나 몇몇 이들의 이기심으로 그것을 저버렸으니 왕국의 몰락은 너무도 당연한 것이었다. 질투와 욕심에 눈이 멀어 사랑하는 두 남녀를 갈라놓았으니 영원히 원하는 사랑은 손에 넣지 못하리라.

리리의 목소리가 더해진 마지막 노래까지 끝이 나고, 무대는 어두워졌다. 고요했던 관객석에선 이내 박수갈채가 쏟아졌다. 비극적인 여인의 사랑에 눈물을 펑펑 쏟아냈다.

"탄야, 이 못된 여자 때문에 사막이 멸망했다니."

"결국 끝까지 왕의 사랑을 얻지 못했잖아. 벌을 받은 거야."

두 소녀가 종알거리며 탄야를 욕했다. 반응을 보던 리리가 무대 위로 올라와 인사를 하는 배우들에게 박수를 보냈다. 완벽한 무대였다. 사람들은 탄야를 욕하고 여인을 가엾이 여겼으며, 여인을 지키지 못한 왕을 동정하면서도 그랬으면 안 되었다고 화를 내었다.

그런 와중에 도망치듯 빠져나가는 귀족들도 보였다. 아마 무언가를 눈치챈 듯 심기 불편한 얼굴이었다.

'저들이 황후의 뒤편에서 그녀를 도왔던 거겠지.'

그러니 자신의 죄를 꼬집는 듯한 이야기에 마음이 불편해져선 어쩔 줄을 몰라 하는 거였다. 리리는 예전에 살던 세계에서 보았던 영화를 따라 해, 그녀가 하고 싶은 이야기를 연극으로 선보였고 어느 정도 효과가 있는 듯했다.

'이걸 아스더가 봤을까?'

아마 그라면 그녀가 하고 싶은 말이 무언지를 눈치챘을 터. 리리는 환호하는 관객석을 살피다가 이내 포기하곤 대기실로 향했다.

"리리 양! 리리 양, 어땠나요? 관객들 반응은 어떤 것 같나요?"

리리를 발견한 하이든이 발을 동동 구르며 물었다. 그녀는 무대 위로 올라가 감사 인사를 하기 위해 뒤편에서 대기 중이었다.

리리는 엄지를 척 치켜세웠다.

"최고였어요. 지금 반응 보면 모르겠나요?"

"정말 다행이네요. 이런 이야기는 처음 선보여서 내심 걱정을 많이 했답니다. 결국 여신의 사랑을 외면하여 멸망한 것이잖습니까. 여신께서 보여주는 사랑에 제대로 눈을 뜨고 있었다면, 저런 바보 같은 짓은 하지 않았을 텐데요. 천벌을 받으려고!"

"그렇죠……. 천벌을 받아야 마땅하죠."

리리는 은근한 목소리로 중얼거렸다. 천벌을 받아야 할 이가 분명히 존재하고 있기 때문이었다. 곧 황후의 귀에도 이 무대 이야기가 들어갈 텐데, 과연 그녀는 어떤 반응을 보일지 궁금해졌다.

그리고 그녀의 예상은 정확히 맞아떨어졌다.

직접 찾아와 이런 망측하고 끔찍한 극을 당장 내리라고 화를 내는 이가 있었기 때문이다. 물론 직접 행차하실 수는 없는 노릇이니 사람을 쓴 건지, 전혀 연관이 없어 보이는 이들이었다.

"어떻게 이런 말도 안 되는 이야기를 사람들에게 해줄 수 있단 말이오!"

"사막의 전설이라니, 나는 들어본 적도 없소."

극을 잘 마무리하고, 다들 모여 요정의 만찬표 맛있는 음식들로 회식을 하던 중에 들이닥친 이들 때문에 하이든은 난감한 얼굴로 어쩔 줄을 몰라 했다.

"다들 그게 무슨 소리이신지……."

"나는 이런 천박한 이야기를 더는 두고 볼 수가 없단 말이오!"

"처, 천박하다니요. 아름다운 사막의 사랑 이야기일 뿐인 것을……. 혹시 비극이어서 그러십니까?"

"비극이고, 희극이고! 꼴 보기도 싫다니까?"

결국 리리가 나섰다. 그녀는 하이든에게 버럭버럭 소리를 지르는 남자들 앞으로 끼어들었다.

"거참, 이상하네요. 이미 예전에 멸망한 사막의 왕국이 배경이고, 비극적인 사랑 이야기가 주이건만 그걸 왜 못 보겠다며 난리를 치는 거지? 꼭 뭐 찔리는 사람처럼 구니까 의심이 생기네."

리리의 말에 남자들은 어깨를 움찔 떨었으나 무슨 헛소리를 하느냐며 다시금 난리를 쳤다. 리리는 단호하게 말을 잘라내었다.

"잊으신 모양인데, 여기 예술의 전당은 폐하께서 직접 지어주신 독립적인 건물입니다. 즉, 여기서 무슨 공연을 하든 그건 전부 지배인님의 마음이라는 거죠. 정히 마음에 들지 않거든 폐하께 직접 가서 고하세요. 이딴 연극이 있으니, 당장 못 하게 막으라고."

"무, 무슨 헛소리를……"

"우리가 왜 폐하를 뵙는단 말이냐!"

"굳이 따지자면 이곳은 폐하의 것이니까요, 우리는 폐하의 명령만을 따른다 이거죠. 못 믿겠으면 폐하께 여쭈시든가요."

"건방진 것!"

"내가 누군지 알고 이딴 망발을 지껄이는 게냐?"

"그럼 알려주시지요. 제가 직접 폐하를 뵈어 「이러이러한 분들이 찾아와 극을 하지 말라고 행패를 부리셨습니다. 어찌할까요?」하고 여쭐 테니."

"……누가 행패를 부렸다고."

"……크흠. 가지."

폐하께 가서 일러바치겠다는 리리의 말에 남자들은 꼬리를 내리고 물러났다. 리리는 허리춤에 팔을 올리곤 큼 콧방귀를 끼었다. 확실히 찔리는 게 있긴 한 모양이었다. 이렇게 빨리 반응을 보일 줄은 몰랐는데 말이다.

리리는 오늘 노래하고 연기하느라 고생한 배우들을 챙긴 후 빈민가로 넘어왔다.

초대장을 보낼 때 오늘도 술집 앞에서 기다리겠다고 했으니 그 말을 지켜야만 했다. 연극을 보았거나 혹은 들었다면 반응이 있을 거라고 생각했다.

언제나 그랬듯이 술집 근처에 앉아 얌전히 기다리려는데, 방해하는 이가 있었다.

"어? 누나?"

바로 티메였다.

"티메! 여기서 뭐 해? 설마 술 마시려고?"

리리가 놀라 묻자 티메는 어이없다는 듯 되물었다.

"그러는 누나야말로 여기서 뭐 해?"

"나? 누구를 좀 기다리느라고."

"여기서?"

티메가 의아한 눈으로 주위를 두리번거렸다. 어디 들어가 있는 것도 아니고, 공원이나 광장같이 만나기 좋은 장소도 아니고, 어두운 술집 골목에 쓸쓸히 앉아 기다린다는 게 퍽 황당한 모양이었다.

상대가 상대이다 보니 어쩔 수 없는 선택이었으나 그걸 모르는 이들이 보면 이상하겠다는 생각이 들었다.

"말 돌리지 말렴. 너야말로 여긴 웬일인데? 나이도 어린 게 벌써부터 유흥이나 즐기고, 잘한다."

"누나야말로 말 돌리는 거 같은데? 그리고 애는 누가 애야. 이제 나도 어엿한 성인이라고."

"……네가?"

리리는 믿기지 않는다는 목소리로 물었다. 그에 티메가 울컥했는지 어깨를 펴고 목을 꼿꼿이 세우며 리리를 내려다보았다.

"이거 왜 이래? 벌써부터 나 좋다고, 결혼하자고 쫓아다니는 처자가 몇인데? 그냥 뒀더니 끝까지 애 취급 한다?"

아마 머리가 희끗희끗한 할아버지가 되어도 그저 애 같을 걸 알았지만 리리는 굳이 입 밖에 내어 티메를 더욱 울컥하게 하는 일은 하지 않았다. 분명 리리보다 한 뼘은 넘게 크고, 이제는 소년티도 웬만큼 가서 제법 어른스러운 분위기를 풍겼으나 그래도 여전히 순진무구한 아이처럼 보였다.

나이를 먹어도 변하지 않는 투명하고도 커다란 에메랄드빛 눈동자 때문일 거라는 생각이 들었다. 곱슬곱슬한 붉은 머리카락도 빼놓을 수 없었다. 햇볕 아래서 일한 탓인지 눈가에 주근깨가 조금 박혔는데 천진난만함만 더해주고 있었다. 저런 얼굴로 이제 어른이니, 결혼할 나이니 해봐야 씨알도 먹히지 않는 게 당연했다.

"그래, 그래. 알았어."

리리가 그렇다고 해주겠다는 듯한 말투로 고개를 끄덕이자 티메는 눈썹을 찌푸렸다가 이내 픽 웃음을 흘렸다. 그도 그냥 포기하는 모양이었다.

"누나와의 첫 만남이 그따위였으니, 누나가 영원히 애 취급 한대도 나는 할 말이 없기는 해."

"알면 됐어."

왜인지 퍽 쓸쓸한 눈으로 리리를 바라보던 티메가 자신을 부르는 목소리에 고개를 돌렸다.

"어이, 안 오고 뭐 해!"

"먼저들 들어가 계세요! 금방 갈게요!"

"뭐야? 일행이 있었던 거봐? 그럼 얼른 가봐."

"안 그래도 돼. 어차피 들어가서 또 안주 고르느라 시간 다 보내고 있을 테니까……."

티메가 혹시라도 들릴까, 손을 말고 소곤소곤 말하는데 험악하게 생긴 남자가 성큼성큼 다가왔다.

"뭐야. 너 이 자식 또 여자 만나고 있는 거야? 웃기는 녀석이네?"

"아, 단장님…… 그게 아니고요……."

"어라? 처음 보는 처잔데? 원래 만나던 그 까랑까랑한 처자는 언다 두고? 고새 갈아치웠냐?"

"무슨 소리를 하시는 거예요! 걘 아무 사이도 아니라고 몇 번을 말씀드려요! 그리고 이 누나는 그런 저질스러운 농담이나 들을 사람이 아니에요."

"어쭈, 편 들어주는 거 봐라? 평범한 사이는 아닌가 보네. 어이, 반갑수."

리리는 대뜸 악수를 청해오는 험악한 남자를 빤히 올려다보았다. 어디서 본 거 같다 했더니 썩은 폭풍단의 새 단장이었다.

한때는 사람들을 괴롭히는 건달이었으나 리리의 정화 주술을 먹고 난 후론 빈민가의 경비를 도맡아 하는 단체로, 새로운 단장을 모셨다는 얘기는 들었는데 이렇게 직접 만나는 건 처음이었다.

리리가 악수를 받지 않자 단장은 머쓱한지 커다란 손으로 뒷머리를 긁적였다. 그러곤 괜히 티메를 타박했다.

"네 녀석은 무슨 만나는 여자마다 이렇게 대담하냐. 날 보고 기죽는 것도 없고. 솔직히 이만한 덩치에 이 정도 인상이면 여자들 지레 겁부터 먹던데."

"어디 여자뿐이겠어요. 형님을 모르는 남자들도 슬금슬금 도망치느라 바쁘다고요. 단장님 인상 장난 아니십니다."

"야! 내가 나를 욕하는 건 괜찮아도 너는 안 돼! 이 건방진 놈아!"

화통을 삶아 먹었다는 표현이 딱 어울리는 목소리로 버럭 소리를 지르는 통에, 남들보다도 오감이 예민한 리리는 귀를 틀어막았다. 그에 단장은 당황한 얼굴로 목소리를 낮추었다.

"내 목소리가 좀 컸나 보군. 큼큼. 이 녀석이 내 성질을 긁는 바람에…… 놀랐다면 사과하지."

"괜찮아요."

리리가 귀를 막고 있던 손을 내리며 말하자, 단장의 눈이 휘둥그레졌다.

"내가 들어본 목소리 중 최고로 아름다운걸? 티메, 이 자식은 능력도 좋아."

"아, 난감하게 자꾸 여기서 이러지 말고 들어가 계세요. 금방 따라 들어갈 테니까! 오랜만에 만난 누나랑 인사 정도는 하게 해 달라고요!"

"아, 누가 뭐래? 거참, 여자 앞이라고 목에 힘주는 거야, 뭐야? 감히 이 몸을 이렇게 떠밀고 말이야!"

"얼른 들어가세요, 얼른!"

티메가 단장의 허리를 마구 떠밀며 입구로 향했다. 티메의 팔심 정도는 우습게 버텨낼 것 같은 덩치지만 단장은 순순히 밀려나며 리리에게 손을 흔들어주었다. 다음에 또 보자느니, 그때는 신전이었으면 좋겠다느니, 아이는 많을수록 좋다느니 하는 헛소리를 내지르면서였다.

결국 술집 안에 단장을 밀어 넣는 데 성공한 티메가 헥헥거리면서 달려왔다.

"누나, 미안. 단장님이 원래 짓궂은 면이 있으셔서. 생긴 건 조금 저래도, 성정은 착한 분이셔."

오자마자 가장 먼저 하는 말은 단장을 감싸는 칭찬이었다. 두 사람의 태도로 관계를 짐작하기는 했으나, 지금의 티메의 말은 겉으로는 티격태격해도 실제로는 얼마나 서로를 믿고 의지하는지 더욱 잘 보였다.

리리는 픽 웃었다. 엘을 지키기 위해 빈민가의 경비를 나서서 맡았던 녀석이니 아예 체계적으로 발 벗고 나서서 빈민가를 지키는 새로운 썩은 폭풍단에 소속되어 그들을 따르는 것도 충분히 이해가 되었다.

"알아. 참 순박한 분 같더라."

"그게 보여? 다행이네. 단장님도 참……. 사실 속이 무지 여린 분인데, 그거 들키고 싶지 않아서 일부러 더 저런다니까? 모르는 사람이 보면 진짠 줄 알 거 아니야."

그러니까 여자들이 못 다가오지. 티메는 혼잣말처럼 덧붙이며 고개를 저었다.

리리가 봐도 저런 태도를 고수한다면 웬만한 여자는 겁에 질려 알아갈 엄두조차 내지 못할 거라는 생각이 들었다.

"그러는 너는 여자한테 참 자상히 잘해주나 보다? 그래서 여자가 막 따르나 봐?"

"뭐, 뭐? 그게 무슨 소리야!"

"단장님이 그랬잖아. 전에 만나던 까랑까랑한 여자며, 만나는 여자마다 대담한 성격이라는 말하며……."

"아, 그거 단장님의 오해야! 단장님 혼자 소설 쓰시는 거라고!"

티메는 답답한지 자신의 머리카락을 움켜쥐며 고개를 젖혔다. 소리 없는 비명을 내지른 그가 숨을 몰아쉬며 말을 이었다.

"누나. 누나는 내 말 믿지? 제발 믿어줘."

그 간절함에 리리는 저도 모르게 주춤 물러서며 고개를 끄덕였다. 그에 티메의 얼굴이 조금이나마 밝아졌다.

그는 쥐어뜯던 머리카락을 놓고는 한숨을 푹 내쉬었다.

"형님들은 내 말을 죽어도 안 믿어주신다니까? 그냥 여자랑 같이 있기만 해도 형님들 머릿속에선 내가 그 여자랑 결혼해서 애를 낳아 오순도순 사는 모습이 그려지나 봐. 그렇게 상상 결혼까지 하게 된 여자들이 대체 몇 명인지 셀 수조차 없어."

"……힘들겠네."

"그래도 어차피 아니라는 걸 알게 될 테니 상관 안 했는데, 얼마 전부터 자꾸만 나를 괴롭히는 여자가 생겨서…… 형님들의 오해가 단단히 굳어지고 있어. 나를 바람둥이 취급까지 한다고."

"너를 괴롭히는 여자가 생겼다고?"

리리가 놀라 묻자, 티메는 머뭇거리다가 고개를 저었다.

"아냐……. 누나가 신경 쓸 일은 아닌 것 같아. 금방 잠잠해질 테니까……."

그리 말하는 티메의 얼굴이 퍽 피곤해 보였다. 인기가 많다더니 그 말이 농담은 아닌 모양이었다. 하기야, 티메의 겉모습만 놓고 보면 보기 드문 호감형 미남이기는 했다. 서글서글한 인상하며 분위기에 어울리지 않는 키와 몸집에다 다정한 성격까지. 눈이 있는 여자라면 탐내지 않고는 못 배길 남편감이었다.

"……인기가 많다는 건 참 괴로운 일이야."

"……맞아."

인기 없는 썩은 폭풍단 형님들이 들었으면 버럭버럭 난리를 쳤을 대화였으나 다행히 듣는 이가 없었다. 두 사람은 서로 연민 가득한 시선을 던졌다. 어느 정도 적당한 선에서 잘나야지, 너무 잘나면 그것도 고생길이 훤했다.

"하여간 건강해 보이니 그건 참 다행이네. 엘은 요즘 어때?"

"엘! 그래, 엘! 누나, 요즘 엘 때문에 미치겠어, 내가!"

엘을 떠올리자 발작이라도 일어나는 건지 티메가 또 목소리를 높였다. 리리는 당황하여 물었다.

"엘이 왜? 사춘기라도 왔니?"

"사춘기? 그래…… 사춘기…… 그럴 수도 있겠다……."

"정말?"

그 순수하고 착하던 소녀가 사춘기라니. 리리도 너무 충격적인 얘기를 들어 차갑게 얼어붙었다. 언니언니 하며 까르르 웃던 엘의 얼굴이 떠올랐다. 그래, 나이가 그러하니 질풍노도의 시기를 겪어도 이상할 거 없다지만, 엘이……. 상상조차 되질 않았다.

"에, 엘이 왜……."

"엘이 갈수록 더 예뻐져. 그것까진 각오했던 건데, 온갖 남자 놈들이 졸졸 쫓아다니니까 그게 문제야."

"……그것도 당연히 예상하고 각오했어야 할 일 아니니?"

"물론! 그렇긴 하지…… 그렇긴 한데…… 엘이 그걸 즐긴다니까?"

"뭐?"

리리의 눈이 동그랗게 뜨였다.

티메는 속이 답답한지 가슴을 텅텅 치며 말을 이었다.

"예전에는 남자 놈들의 관심이 부끄럽고 낯설고 그래서 숨어다녔는데, 지금은 오히려 인사까지 해주며 즐긴다고. 막 웃어! 남자들한테 막 웃음을 날려!"

"세상에! 엘이 그런다고?"

"그렇다니까? 내가 남자 놈들 조심해야 한다고, 절대 믿지 말라고 하면 다 그런 건 아니래! 언제까지고 혼자 살 수는 없으니까 미리미리 알아둬야 한대!"

"뭐…… 그건 맞는 말이지만……."

"누나아……."

"티메, 네 마음도 충분히 이해는 되는데. 그래도 엘이 언제까지고 애로 남진 않을 거 아니야. 너도 다 컸다며. 이렇게 술도 마시러 오고, 여자들이 쫓아다닌다고 자랑도 하고. 근데 엘은 그러면 안 되니? 그건 아니잖아?"

"그건 그렇지만…… 엘은 너무 연약하단 말이야. 내가 보호해줘야 한다고."

"네가 평생 보호해줄 수는 없는 노릇이야. 그러지 말고 차라리 호신술을 가르쳐주지 그래? 자기 몸은 자기가 지키도록."

"……이미 그러고는 있어. 웬만한 남자는 한 번에 제압할걸?"

근데도 연약해서 보호해줘야 할 것만 같단 말인가. 리리는 어이가 없다는 듯한 눈으로 티메를 바라보았다.

그도 이건 좀 아닌지 머쓱한 얼굴을 옆으로 돌렸다.

"나름대로 잘 키우고 있네. 나중에 엘이 결혼한다고 하면 어떻게 오빠를 두고 결혼하느냐고 울면서도, 엘 남편 될 사람에게 애 눈물 나게 하면 내 손에 죽는다, 뭐 이런 협박을 속삭일 것 같아."

"묘하게 구체적이다, 누나⋯⋯."

"내 주변에도 그럴 만한 사람들이 있어서⋯⋯."

"아⋯⋯."

티메는 이해가 된다는 듯이 고개를 끄덕였다. 아마 딸바보, 아 가씨바보는 이보다 더하면 더했지 덜하지는 않을 터였다.

엘이 그만큼 사랑받고 귀여움받는다는 뜻이니 그냥 넘어가주 기로 했다.

"이제 그만 들어가봐야 하는 거 아니니?"

"음⋯⋯ 그렇긴 한데⋯⋯."

티메가 미적거렸다. 오랜만에 만난 리리가 반가운지 인사가 길 어지고 있었다. 리리는 그런 티메가 귀여워 작게 웃음을 흘리다 가 문득 생각난 게 있어서 입을 열었다.

"아, 맞아. 안 그래도 만나면 묻고 싶은 게 있었는데."

"뭔데?"

주인에게 「놀까?」나 「갈까?」와도 같은 말을 들은 멍멍이처럼 티메의 얼굴이 확 밝아졌다. 귀가 있다면 쫑긋 섰을 것이오, 꼬리 가 있다면 지금쯤 붕붕 흔들리고 있을 터였다.

그러나 안타깝게도, 그다지 기쁜 이야깃거리가 아니었기에 리리는 쉬이 말을 꺼내지 못했다.

금세 티메의 표정이 시무룩해졌다.

"좋은 얘기는 아니구나?"

"좋지도, 나쁘지도 않은 그런 얘기⋯⋯. 티메, 만약에 친아버지를 만날 수 있다면 어떻게 하고 싶어?"

"아버지를 찾았어?"

티메의 물음에 리리는 천천히 고개를 끄덕였다. 그에 티메는 팔짱을 끼고는 흐음, 고민에 잠겼다.

"궁금하긴 해. 늘 내 아버지가 누굴까 생각하곤 했으니까."

리리도 공감했다.

자신의 부모는 누구일까. 어디에 살고, 어떤 일을 하며, 표정은 어떠하고, 성격은 어떠할까. 늘 상상해보곤 했으니 말이다. 거기에 더해 대체 무슨 사정이 있었기에 자신을 버려야만 했을까 하는 것까지.

"그 사람은⋯⋯ 나를 만나고 싶어 해?"

티메가 조심스레 물었다. 리리는 재빨리 대답해주었다.

"아마 네가 태어난 줄도 모르는 것 같아. 추측일 뿐이지만, 알았더라면 너를 데리고 갔을 사람처럼 보이거든."

티메의 얼굴이 눈에 띄게 밝아졌다. 그는 기쁘다는 듯 눈을 접으며 웃었다.

"그랬구나. 엄마가 나의 존재를 숨겼던 걸까?"

"아마도? 그 이유는 모르겠지만……."

예상은 되었다. 아이가 잘못되거나 그렇게 만들까 봐 그런 거겠지. 웬만큼 성장한 아이의 손을 잡고 찾아가 「이 아이는 당신의 아이예요.」라고 내미는 그날까지 숨죽여 홀로 키우는 경우가 있다고 들었다.

티메는 누가 봐도 그 사람의 피를 이었으니까, 그렇게 갑자기 생긴 아들을 내치지는 못하리라고 계산했을 가능성이 컸다. 엘도 마찬가지였다.

"그 사람이 모른다면 나도 없는 셈 치고 살고 싶어. 굳이 만날 필요는 없다고 생각해."

"왜? 궁금하다며."

"……계속 생각해봤는데, 지금껏 없던 아버지가 갑자기 생기는 건 너무 낯설고 이상하거든. 난 그냥 이대로가 좋아. 엘이랑 헤어지는 건 더더욱 싫고."

"네 뜻이 그렇다면야……."

"혹시 엘의 아버지도 찾았어?"

"확실치는 않은데, 누구인지 알 것 같아."

"엘도 나와 비슷한 생각인 것 같았어. 아마 찾더라도 만나고 싶어 하진 않을 거야."

"그래. 나도 그렇게 생각해."

두 사람은 너무나 닮은 남매였고, 힘든 상황에서도 잘 자라주었다. 인제 와서 아버지의 존재가 필요한 것도 아니었고, 그저 조금 궁금할 뿐이니 굳이 만나서 지금의 평온을 깨고 싶지 않을 터였다.

'아무래도 티메와 엘의 어머니 행방은…… 엘의 아버지 측이 연관되어 있을 것 같단 말이야.'

티메의 아버지 쪽은 정말 모르는 눈치였고, 알았더라면 엘이 태어나기도 전에 무슨 일이 생겨도 생겼을 터였다. 물론 그런 짓을 저지를 만한 사람들처럼 보이지는 않았지만.

'아스더라면 알지도 모르는데…….'

어쩌면 대륙 내 모든 정보를 손에 쥐고 있는 아스더라면, 티메 어머니의 행방을 알고 있을지도 몰랐다. 리리는 저도 모르게 심각한 얼굴로 생각에 잠기다가, 어쩐지 눈치를 살피는 티메를 알아차리곤 재빨리 털어내었다.

"너랑 엘 생각은 잘 알았어. 그래도 그들에게 아이가 있다는 것 정도는 알려도 괜찮지?"

"그거야 뭐…… 누나 마음대로 해."

"너희가 애써 이룬 행복이 깨어지지 않게 노력할게."

리리의 말에 티메가 다정한 미소를 지었다.

"너무 애쓰지는 마. 우리는 어떤 경우에서도 행복할 수 있을 테니까."

"……정말 대견하다니까."

올곧게 잘 자란 티메가 기특해 그의 머리카락을 마구 쓰다듬어주자 예전이었다면 헤실헤실 웃었을 녀석이 이제는 쑥스러운지 괜히 시선을 피했다.

"기다릴 텐데 얼른 들어가."

"알았어. 근데 누나는 바람맞은 거 아니야?"

티메와 대화를 나누는 도중에도 아무도 찾아오지 않으니 그리 생각하는 것도 무리는 아니었다. 리리는 어깨를 으쓱 털었다.

"글쎄."

리리의 모호한 대답에 티메가 의아한 표정을 지었으나, 그녀는 들어가보라는 듯 등을 떠밀었다.

"다음에 놀러 와. 엘이 누나 많이 보고 싶어 해."

"알겠어."

"말로만 그러지 말고. 꼭!"

"바쁜 거 다 마무리 지으면 간다고 전해줘."

리리의 약속에 티메는 손을 흔들며 건물 안으로 들어갔다. 리리는 나지막한 한숨을 내쉬었다. 만나러 가야 할 사람이 한가득 밀려 있었다. 도대체 왜 이리도 바쁜지. 언제쯤 한적한 여유를 만끽하며 이따금 사람들을 만나며 놀 수 있을는지.

"과연 그런 날이 오기는 할까 모르겠네."

리리는 혼잣말을 중얼거리며 몸을 돌렸다.

건물과 건물 사이, 좁고 어두운 골목이 눈에 들어왔다. 그곳으로 한 걸음, 한 걸음 천천히 다가섰다.

"세상은 참 내가 마음먹은 대로 따라주지 않아. 그렇지, 아스더?"

아무것도 없는 것만 같던 그곳에서 리리의 말에 반응을 보이는 인기척이 있었다. 마치 벽에서 분리되는 그림자처럼 소리도 없이 서서히 모습을 드러내는 복면의 남자. 아스더였다.

새카만 밤이었다. 하늘에 떠 있는 붉은 달처럼 핏빛을 띤 눈동자의 아스더는 사뭇 다른 분위기를 풍겼다. 복면으로 눈 아래 얼굴을 감추고 후드도 깊게 눌러쓰고 있었기에 더더욱.

리리는 가만히 서 있는 아스더에게 다가가며 말했다.

"오랜만이네, 이 모습은. 내가 얼마나 기다린 줄 알아?"

낮의 아스더라면 「그러게, 누가 기다리라고 했나?」라며 비꼬았을지 몰랐으나 앞에 서 있는 밤의 아스더는 말이 없었다. 모습이 바뀐 탓인지, 답답한 복면 탓인지, 그것도 아니면 리리와 대화를 나누고 싶지 않다는 뜻인지 알 길이 없었다.

그래도 와준 것이 어딘가. 그것만으로 왜인지 마음이 부풀었다.

"그래도 혹시 오늘은 오지 않을까 싶었어. 예술의 전당에서 선보인 공연을 보았거나 소문을 들었을 테니까."

리리와 아스더의 거리가 가까워지고, 복면으로 감춘 얼굴의 실루엣이 언뜻 보였다.

못 본 사이 더 마른 것도 같았다. 그녀는 밀려드는 죄책감에 아무렇지 않은 척하고 있기가 조금 힘들어졌다.

어떻게 사과를 꺼내야 할까. 아스더를 기다리는 동안 계속 생각했으나 여전히 답은 나오질 않았다. 무슨 말로 어떻게 포장하든 아스더에게 상처를 입힌 사실에는 변함이 없었으니까.

결국 아스더를 바라보던 시선을 비껴 내리는데, 그때까지도 말이 없던 아스더가 입을 열었다.

"그 여자가 말해준 건가."

괜히 건물 벽에 손을 짚고, 벽돌을 자세히 살피는 척하던 리리가 한숨과 함께 대답했다.

"……어느 정도는."

모호한 리리의 대답에 아스더의 고개가 살짝 기울어졌다. 어디 더 말해보라는 듯한 서늘한 시선에 리리는 벽을 더듬거리며 힘겹게 말을 이어갔다.

"그 말을 온전히 믿을 수가 없어서, 내 나름대로 알아보았어. 증거는 없지만 정황상 그녀의 말이 진실에 가깝다는 것을 알게 되었고."

"그래서. 내게 그걸 알려주기 위해 그런 공연을 기획했나 보지?"

"그건 아니야."

아스더의 붉은 눈동자가 가늘어졌다. 눈매가 좁아진 탓이었다.

"그쪽은 이미 알고 있을 텐데, 굳이 뭐 하러?"

아스더에게선 대답이 없었다. 로쉐, 그리고 리리의 짐작이 어느 정도는 맞았다. 아스더도 미처 지우지 못한 흔적과 정보들로 웬만큼 추측해냈으리라는 짐작 말이다.

"물론 그쪽이 봐주었으면 하는 의도가 없진 않았지. 미처 몰랐을 진실이 더 있을 수도 있는 거니까. 그래도 그것만이 전부는 아니야."

"……그러면?"

리리는 대체 어디서부터 얘기를 하면 좋을지 알 수가 없어 잠시 애꿎은 입술만 잘근거리다가 입을 열었다.

"천자."

고개를 돌려 아스더와 눈을 마주치며 다시금 확고한 대답을 내뱉었다.

"침묵하고 있는 천자와 당시 그 사건에 연루되어 있는 몇몇 귀족들을 자극하기 위해서였어."

아스더는 이해할 수 없다는 듯 눈썹을 찌푸렸다.

"무얼 위해서?"

"그야……."

당연히…….

"아스더, 당신을 원래 자리로 되돌리고 싶어서지."

아스더는 잠시 굳어 있나 싶더니, 이내 어이없다는 듯 바람이 새는 듯한 비웃음을 흘렸다.

그는 정말로 황당한지 팔짱을 낀 채 시선을 여기저기 의미 없이 던졌다.

"물론 당신은 그럴 생각이 없을지도 몰라. 내가 너무 주제 넘는다는 것도 잘 알고. 당신 입장에선 내가 정신 나간 것처럼 보일 수도 있겠다. 당신의 의사조차 묻지 않고는 마음대로 샘에 데려가질 않나, 제자리로 돌린다고 하질 않나……."

"잘 아네."

아스더 특유의 비꼼이 우습게도 반가웠다. 삐딱하게 서선 건방진 목소리로 내뱉는 게 왜 고마운 건지. 적어도 저번처럼 상처받거나 화를 내거나 슬퍼하지 않기 때문일까.

리리는 한결 편해진 마음으로 말을 덧붙였다.

"근데 나도 어쩔 수가 없어. 나는 당신을 그 자리에 돌려놓아야만 해. 당신은 천자가 되어야만 한다고."

너무도 확고한 리리의 말에 아스더는 뭔가 있다는 것을 깨달은 건지 다시금 서늘해진 눈으로 물었다.

"왜?"

"그렇지 않으면, 이 세계가 멸망한다는 신탁이 내려왔거든."

아스더의 숨소리가 잦아들었다. 그는 팔짱을 끼고 있던 팔을 느리게 내려놓았다. 그저 눈을 크게 뜬 채, 믿기지 않는다는 목소리로 물어올 뿐이었다.

"방금 뭐라고…… 신탁?"

"그래. 신탁. 믿을지 모르겠는데, 당신을 새디아로 데려간 것도 다 그 망할 신탁 때문이었다고. 새디아의 저주를 풀지 않으면 안 된다잖아. 그러려면 요괴 아이기의 한을 풀어야 한대고, 근데 알고 보니 당신이 그 한을 풀 열쇠였고, 마침 당신이 새디아에 가고 싶다고 말하니 나는 아무 생각도 없이……."

리리는 점점 격해지는 감정에 목소리를 높이다가, 자신이 변명하고 있다는 걸 깨닫고는 급히 입을 다물었다.

이럴 생각이 아니었는데. 이유가 어찌 되었건, 자신이 아스더에게 잘못을 저지른 건 분명한 사실이었고 거기에 변명 따윈 필요치 않았다.

그녀는 도로 작아진 목소리로 말했다.

"……미안해. 당신을 상처 입힌 거, 진심으로 미안하게 생각하고 있어."

가만히 리리의 말을 듣고만 있던 아스더가 작게 한숨을 내쉬며 한 손을 허리춤에 올리고 삐딱하게 섰다. 그는 잠시 생각에 잠긴 듯 바닥을 내려다보다가 그 상태로 혼잣말처럼 중얼거렸다.

"신탁. 신탁이라고? 네가 정말로 신의 목소리를 듣는 성녀였단 말이지."

"그래."

"나를 새디아에 데려간 것도, 신이 원해서고?"

"응."

"그러면 내가 누군지도 신이 알려주었나? 언제부터 나에 대해서 알고 있었던 거지?"

리리는 황급히 고개를 저었다. 양손도 저절로 아니라는 표현을 적극적으로 하고 있었다.

"그건 아니야. 이게 너무 복잡하고도 긴 얘긴데……."

리리는 곤란한 얼굴로 주절주절 떠들어댔다.

"8년 전, 새디아에 처음 갔던 날 아이기를 만났어. 아이기는 내 육체를 빼앗으려다가 실패하곤, 자신의 아이를 만나면 반응을 보이게끔 심장에 저주를 새겨놓았더라고. 근데 그 저주가 당신만 보면 반응을 보여서……."

저도 모르게 심장 부근에 손을 얹은 리리가 말을 이었다.

"그게 왜 그런 건지 몰랐는데, 얼마 전에야 내게 그런 저주가 걸려 있다는 걸 알았어. 그러니 내 심장이 이상하게 반응한 당신이 아이기가 찾던 아이인 거지. 그리고 당신과 천자의 관계나 뭐 그런 것도 최근에야 알았어. 당신과 새디아에 함께 갔던 날."

아스더는 영 신뢰가 가질 않는지 속을 들여다보듯 가늘게 뜨고 리리를 바라보았다. 그녀는 자조 섞인 목소리로 중얼거렸다.

"아쉽게도 나의 여신께선 그다지 친절하신 분이 아니어서, 뭘 하라고만 하지 그걸 왜 해야 하는지 무슨 사연이 있고 어떤 방식으로 접근해야 하는지에 대해선 말을 안 해주시거든……."

심지어 보상도 알아서 받으란다.

정말이지 불친절한 여신이 아닐 수 없었다. 정말로 기도라도 해서 직접 목소리를 들을 수 있다면, 궁금한 게 모두 풀릴 때까지 며칠이고 몇 년이고 기도만 하고 있을 텐데.

"네 말이 사실이라고 치지. 그렇다면 세계가 멸망한다는 신탁도 진실인 건가? 왜? 천자를 잃은 대지가 말라붙고 역병이 돌아서?"

"아니."

리리는 무심코 대답을 해주려다 자신이 아직도 술집 근처 골목에 있다는 것을 알아차리곤 입을 다물었다. 반역에 성녀에 남들이 들으면 안 되는 얘기들만 실컷 나누었지만 그래도 지금부터 할 얘기는 더 심각한 것이기에 조심할 필요가 있었다.

"혹시 자리를 옮길 생각은 없어? 지금 주변에 아무도 없다고는 하지만, 그래도 좀 은밀히 주고받을 주제인 것 같아서 말이야."

"늦은 감이 없지 않은데."

"그건 나도 알지만, 그래도 편하게 대화를 나누는 게 좋지 않겠어?"

리리의 **뻔뻔**한 말에 아스더는 기가 막힌다는 얼굴로 쳐다보았다. 그러나 그도 어느 정도는 공감하는지, 성큼성큼 다가와선 리리의 손목을 붙잡았다. 두 사람의 주위로 새카만 연기 같은 것이 피어올랐다. 어쩐지 물 냄새가 나는 듯했다.

어둡던 골목길이 어그러지고, 검은 연기 너머 은은하게 등을 켜둔 낯선 방이 펼쳐졌다.

아센 상단이나 식당으로 향할 거라 예상했던 리리는 처음 보는 풍경에 놀라 주위를 두리번거렸다.

아센 상단 내에 있던 아스더의 방과 비슷한 향냄새가 자욱했으나 분위기는 조금 달랐다. 어쩐지 야한 느낌이 들던 붉은색 대신 푸른색 계열의 얇은 천이 침대를 가리고 있었으며 그 안이 비쳐 언뜻 형상이 보일 정도였다.

황금색이 아닌 은색으로 칠해진 침대 기둥이나 장식품 하나 없는 허전한 벽, 역시 검푸른 색의 천 소파와 작은 탁자 등 같은 사람이 쓰는 방이라곤 믿지 않을 만큼 분위기가 달랐다.

여기가 어디인지, 리리는 알 것 같았다. 아마 홍등가 지하에 있던 정보상단. 그 끝에 있던 아스더의 방일 터였다. 물론 제대로 확인하기 전에는 확신하기 어려웠다.

"이중인격도 아니고…… 취향까지 다른 거야, 뭐야."

리리가 혼잣말을 중얼거리자 아스더가 고개를 돌려 그녀를 내려다보았다. 리리는 당황하여 어설픈 웃음을 흘렸다.

"아니…… 분위기가 다른 거 같아서."

"낮에는 달의 기운을, 밤에는 해의 기운을 죽이라고 해서."

"……그 반대 아니야?"

보통은 해가 떠 있는 낮에 해의 기운이 강해지고, 달이 떠 있는 밤에 달의 기운이 강해지지 않던가? 리리가 의문을 품고 물었으나 아스더는 대답해주지 않았다.

리리는 홀로 추측하는 수밖에 없었다. 생각해보면 낮의 아스더는 유독 나른하고, 밤의 아스더는 기운이 넘쳐흘렀는데 그것과 연관이 있는 건가 하고 말이다. 혹은 어느 한쪽의 기를 더욱 살리기 위해 반대쪽 기를 죽이려고 하는 거라든가.

음양의 조화까지 떠올리던 리리는 커다란 소파에 걸터앉으며 복면을 내리는 아스더를 보고 생각하기를 멈추었다.

검은 복면이 턱에 걸쳐지고, 은은한 주술등 빛에 감추어져 있던 그의 얼굴이 드러났다. 묘하게 붉은빛을 띠는 노란 불빛이 아스더의 얼굴 위로 아른거렸다. 사납게만 느껴지던 핏빛 눈동자도 노을처럼 포근한 색을 머금고, 못 본 새 살이 빠져 더욱 날카로워진 얼굴선과 서늘한 눈매도 조금쯤 부드러이 풀렸다.

초콜릿과도 같은 머리카락이 더욱 달콤한 색으로 변해 얼굴 위로 흘러내렸다. 조금도 나른하지 않은, 차분하면서도 무거운 시선이 리리에게 향했다. 옷차림 때문인지, 분위기 탓인지 곱상한 편이라고 생각했던 그의 얼굴이 퍽 사내답게 변한 게 신기해 멍하게 쳐다보던 리리는 왜 그러느냐는 듯 가만히 눈을 마주쳐오는 아스더 때문에 당황하여 황급히 고개를 돌렸다.

'정말이지…… 봐도 봐도 신기하단 말이야. 어떻게 저 얼굴이 그 얼굴이야?'

분명 같은 사람이요, 전혀 달라지지 않은 이목구비인데도 볼 때마다 놀랍고 낯설었다.

게다가 술집 지붕 위에서 마주쳤던 날에는 밤하늘에 뜬 달빛에 의지해 간신히 봤다지만, 지금은 너무도 적나라하게 드러나 있어 더더욱 신기했다.

분위기만 달라졌을 뿐인데 다른 사람처럼 보인다니, 직접 겪지 않았더라면 결코 믿지 않았을 상황이었다.

'분위기뿐 아니라 성격도 달라진 것 같단 말이지.'

물론 입을 열면 삐딱하고 건방진 게 그대로였지만, 유독 말수가 적고 침착해진다는 차이가 있었다. 낮의 아스더는 내키는 대로, 생각나는 대로, 상대방의 기분 같은 건 고려하지 않은 채 행동하는 느낌이라면 밤의 아스더는 무척 은밀하고 조심스러웠다.

그것은 놓인 상황에 따른 변화일까? 같은 영혼의 환생이라지만 완전히 달랐던 리리와 미아처럼. 상단주인 아스더, 정보단주인 아스더. 아무래도 다를 수밖에 없을 것 같다는 생각이 들었다.

왜인지 묘한 기분이 되어 다시금 주변을 두리번거리는데, 다리를 꼬고 턱을 괸 아스더가 입을 열었다.

"아무래도 이곳에 온 이유를 잊은 모양인데?"

그제야 뭐 하러 자리까지 옮겼던 건지를 기억해낸 리리가 어설픈 미소를 지으며 탁자 앞에 놓인 의자를 끌었다. 의자에 앉자 아스더와는 약간 대각선으로 마주 보고 앉은 모양새가 되었다.

헐렁하고 아슬아슬하게 속살을 다 드러내는 옷이 아니라 온몸을 꽁꽁 가린 수준의 옷차림이었으나 자세에는 변함이 없었다.

그런 사소한 습관이라도 익숙한 게 있으니 불편함이 조금 가시는 기분이라 스스로도 어이가 없었다. 그래 봤자 아스더일 뿐인데, 왜 이렇게 눈치를 보게 되는지.

꼭 잘못한 게 있어서 때문만이 아니라, 자신은 자꾸만 눈앞의 사내에게 약해졌다. 이제는 심장이 마구 뛰지 않는데도.

"어디까지 얘기했더라?"

"이 세계가 멸망한다는 신탁에 대해서 말하던 중이었다."

"어휴, 기억력이 아주 좋네."

리리는 엄지를 척 치켜세우려다가 아무 반응도 보이지 않는 아스더 덕에 머쓱해져선 슬그머니 내려놓았다. 이 불편하고도 무거운 공기가 싫어서 조금이라도 풀었으면 좋겠는데 상대는 그럴 생각이 전혀 없어 보였다.

어쩌겠나. 자신이 죄인인 것을.

"말 그대로 이 세계는 곧 멸망해. 센테르뿐 아니라, 하르빌 사막도 새디아섬도 모조리 다."

"센테르……만이 아니라고? 대체 왜?"

"침략을 받아서."

「누구의 침략?」이라고 묻는 듯 아스더의 눈빛이 너무도 의문으로 가득했다. 리리도 아스더의 반응이 무척 이해가 되었다. 이거야말로 외계인의 침공이 아닌가. 외계인이 있는지도 모르고 살다가 어느 날 갑자기 침공당한다고 하면 믿을 사람이 몇이나 될지 모르겠다.

리리는 얘기가 길어질 게 뻔하니 목이나 축이기로 했다. 아이템창에서 찻주전자와 잔 두 개, 불면증에 좋다는 약초로 차를 끓였다.

그게 뭔지 뻔히 알고 있을 아스더는 별말 없이 기다려주었다.

"여기에 성력이 담긴 물이라도 섞어줄까? 혹시나 불면증에 효과가 있을지도 모르잖아."

"……아니."

"왜? 못 미더워서?"

"오히려 반대다. 너무 효과가 좋을까 봐."

"그럼 잘된 거잖아."

"아직은 때가 아니라서."

마치 아직은 불면증이 필요하다는 얘기 같아서 리리는 눈썹을 찌푸렸다. 저렇게나 잠을 못 잔 사람이 괴로워하는데, 불면증에 좋다는 약을 달고 살면서도 효과가 매우 좋을까 봐 성력을 거부한다고?

"……그럼 때가 되면 말해. 내가 도와줄게."

"미안하다더니, 진심이긴 한 모양이군."

"당연하지. 내가 뭘 어떻게 하든 그쪽에게 상처를 주기 전으로 돌아갈 수는 없겠지만, 그래도 노력할 거야. 내가 잘못한 거니까."

"그런 거 치곤 너무 당당한데."

아스더가 어이없다는 듯 중얼거렸다. 리리는 무어라 해줄 말이 없어 괜히 찻물만 들이켰다. 사실 만나면 정말 미안하다, 내가 멍청했다 구구절절 사과할 생각이었는데 막상 상대를 눈앞에 두니 입도 잘 떨어지지 않았다. 자꾸만 말이 삐딱하게 나가려는 걸 붙잡는 것만으로도 벅찼다. 그런 식으로 아스더를 대해온 게 습관이라도 된 모양이었다.

"하여간, 침략에 대해 말하기 전에 알아야 할 게 있어."

리리는 이 세계가 사실은 두 여신이 만든 세계이며 반으로 쪼개져 빛과 어둠, 두 세계로 이루어져 있다는 것과 그곳은 무척이나 춥고 어둡고 광포한 곳이라는 사실을 설명했다. 미아에게 들은 이야기에 언뜻 보았던 그 세계의 분위기가 더해져 조금 더 사실적으로 묘사되었다.

제법 진지한 태도로 이야기를 듣던 아스더의 입이 열렸다.

"그러니까. 그 세계에 사는 존재들이 이곳을 침략한다는 건가, 네 말은."

"잘 이해했네."

"……왜?"

"욕심이 나서. 태어나길 욕심이 많고 호전적인지라 더 가질 게 없고 넘어설 이가 없으면 결국 다른 세계에 눈을 돌리게 되는 거라던데."

"하."

아스더는 기가 막힌 듯 비웃음을 흘렸다. 리리의 입가에도 이미 비웃음이 가득 걸린 상태였다. 결국 때의 문제일 뿐, 언제가 되었든 이곳을 탐낼 자들이라는 소리였다. 대체 왜 그런 세계를 만든 건지. 신도 모든 것을 다 알지는 못하는 모양이었다.

"그 말을 믿으라는 건가."

"뭐, 이해해. 못 믿으면 할 수 없지. 나 역시 아직도 실감이 나질 않거든. 전쟁이라니, 이렇게 평화로운 세계가 그렇게까지 처참하게 짓밟힌다니……."

"별로 그런 걸 알고 싶진 않았는데."

"나도 마찬가지야."

리리는 막연함에 한숨을 푹 내쉬었다.

"나는 그냥 자유롭게 살다가 편안하게 죽고 싶었을 뿐인데…… 이게 다 무슨 일인 건지."

"그러기엔 너무 열심히 인 것 같은데. 여러 가지로."

"그건……."

처음에는 언제 잃을지 몰라서 최선을 다해 즐기려고 했던 것 같다. 어느 날 갑자기 이 세계에 떨어진 것처럼, 어느 날 갑자기 원래 세계로 돌아가게 될 거라고. 그전에 해보고 싶었던 것 모조리 다 해보고 가자고.

그녀가 살게 될 세계를 알게 된 후부터는 어땠더라. 이왕 이렇게 살게 된 거, 최선을 다하려고 했던가.

'아니…… 그냥 즐거워서였어. 노력하는 만큼 올라가는 수치도, 금방금방 생겨나는 스킬도…….'

완벽하게 성장한 자신의 미래가 기대되었다. 하루하루가 재밌어서 시간이 어떻게 흘러갔는지 알 수가 없었다.

만약 그 모든 게 이 세계를 지키기 위한 안배였음을 진작부터 알았더라면, 그렇게까지 즐기지는 못했을 터였다.

리리가 말을 하지 않고 생각에 잠기자, 아스더는 희미한 불쾌함이 섞인 목소리로 말했다.

"늘 그렇듯 네 얘기는 하질 않는군."

정곡을 찔린 기분에 리리는 민망한 얼굴을 찻잔으로 감추었다. 워낙 감출 게 많기도 하지만, 그보다는 굳이 말할 이유가 없다는 게 더 클 터였다. 말해봐야 뭐 한단 말인가. 믿기 어려운 얘기일뿐더러 그걸 들은 상대가 어떤 반응을 보일지, 어떤 태도로 자신을 대할지 알 수가 없는 것을.

리리는 자신이 고아라는 사실이 알려지는 순간, 그저 평범한 동급생이 아닌 다른 누군가로 대하던 반 친구들을 기억하고 있었다. 누구는 동정을, 누구는 비웃음을 던졌다. 남들과 다르다는 이유로 그들에게 어떤 시선이든 그것을 받는 것은 불쾌한 일이었고, 반복하고 싶지 않았다.

근데 그녀만 그런 게 아니었나 보다.

"나는 네 앞에서 모조리 발가벗겨진 기분인데."

놀라 크게 뜨인 눈으로 아스더를 바라보자, 그는 불만스러운 듯 눈썹을 찌푸리며 리리를 보고 있었다. 여전히 삐딱하게 다리를 꼰 채로, 그녀가 알던 아스더의 분위기가 묘하게 섞인 그가 말을 덧붙였다.

"왜 너는 감추는 거지?"

그의 시선이 천천히 아래로 내려가는 탓에, 말뜻이 그게 아니란 걸 알면서도 자연스레 양손으로 몸을 가렸다. 아스더가 어이없다는 듯이 혀를 찼다.

"아무리 찾아도 너에 대한 정보를 더는 얻을 수가 없는데. 너는 어떻게 여신의 목소리를 듣는 거지? 여신은 왜 네게만 신탁을 내리는 걸까. 너는 왜 이렇게 이상한 건지, 왜 다른 여자들과 다른 건지, 도대체 그 안에 든 게 뭔지."

말하다 보니 감정이 격해지는지 서서히 목소리를 높이던 아스더가 짧은 한숨을 내쉰 후 물었다.

"넌 대체 누구야?"

리리는 아스더가 이렇게까지 자신을 궁금해할 줄은 몰랐기에 당황스러움을 감추지 못했다.

"궁금한 게 너무 많네……."

물론 자신은 감추고 싶었을 출생의 비밀까지 모조리 까발려졌으니 억울한 마음이 드는 것도 이해는 됐다. 그녀라도 그랬을 터였다.

그래도 이렇게까지 몰아붙일 거라곤 예상 못 했던지라 어찌 반응해야 하나 망설여졌다. 그녀가 당장에라도 이 자리를 박차고 일어나 도망가고 싶을 정도로 난감함을 느끼고 있다는 걸 알아차린 듯, 아스더가 몸을 일으켰다. 그러곤 탁자를 짚으며 몸을 숙였다.

"적어도 내 궁금증을 웬만큼 해소해주든가. 만족스러울 만한 비밀을 알려주든가."

쐐기를 박는 아스더 탓에 물러날 곳도 없었다. 아니, 리리라면 충분히 도망을 칠 수도, 말을 돌릴 수도 있었지만 그래선 안 된다는 걸 알았다.

어쩌면 이게 기회였다. 본의 아니게 아스더의 속을 들여다보는 바람에 그가 상처를 입었다면, 리리 역시 뭐라도 내놓으면 동등해지니까.

그렇다고 아스더를 이용한 죄는 사라지지 않겠지만, 아무것도 안 하는 것보다는 나았다.

"……좋아."

리리의 대답에 아스더는 의자를 드르륵 끌고 와 앉았다. 소파보다도 더욱 가까워진 탓에 부담스러워졌다. 어디 한번 말해보라는 듯 빤히 들여다보는 아스더의 시선이 그녀를 꽁꽁 옥죄어오는 느낌마저 들었다.

리리는 크게 숨을 들이마셨다가 내뱉었다. 그녀에 대한 얘기를 입 밖에 내는 건 지금이 두 번째였다.

이곳에 와서야 생긴 가족을 제하고 누군가에게 또 말하는 일이 있을 거라곤 상상도 못 했는데 말이다.

"나는 이 세계 사람이 아니야."

우선 말해보라고 떠밀었으나 그 대답이 가히 상상 이상인지 아스더의 눈이 커졌다. 그는 대답하는 것도 잊고 멍하니 리리를 바라보았다.

"이 육체도, 내 정신도 다른 세계에서 태어났어. 그러니 당연히 평범한 이 세계 사람들과는 다를 수밖에. 나는 이곳의 문화, 언어, 예의범절이니 의술과 주술, 하다못해 음식까지도 모조리 낯선 것들뿐이어서 적응하는 데에만 한참 걸렸는걸. 남들과 다르고, 어딘가 이상했다면 그건 다른 세계에서의 습관이나 그곳에서 형성된 성격, 뭐 그런 거겠지."

여전히 충격이 큰지 멍한 얼굴로 듣던 아스더가 겨우 입을 열었다.

"……다른 세계라면, 설마 그곳인가. 이 세계의 뒤편?"

리리는 어찌 설명해야 할지 알 수 없어서 난감한 얼굴로 찻잔을 만지작거렸다. 일단 이 몸은 그 세계의 것이 맞는데, 정신은 다르지 않은가. 그렇다고 그걸 설명하자니 왜 육체와 정신이 따로 나뉘었는지부터 시작해 육체는 어떻게 이곳에 왔고, 정신은 어떻게 왔으며, 게임이라는 건 뭐고 그래서 가지게 된 시스템은 이러이러하고…… 설명할 게 너무 많았다.

로쉐와 젤리에겐 감출 것도 아니었고, 시간이 넘쳐흘러서 천천히 하나하나 설명해줄 수 있었다지만 지금은 상황이 달랐다. 아스더에게 게임 시스템을 말해주어야 할지 확신이 서지 않았으며 그 때문에 생길 또 다른 궁금증들이 벌써부터 감당이 안 되는 느낌이었다.

고민하던 리리는 두루뭉술하게 에두를 작정으로 입을 열었다.

"전혀 다른 세계야. 이곳과는 완전히 다른……. 전에 읽었던 신화에선 그리 표현하더라. 신들은 각각 마음에 드는 별을 정해 다스렸다던가. 별을 얻지 못한 멜비스 여신은 직접 육체를 떼어내 이곳을 만들었다고."

"그러면 다른 신이 다스리는 또 다른 세계가 정말로 존재한다, 이 말이지?"

"그래. 신이 고작 두 명뿐이라는 보장은 없잖아?"

과거 카슈토 여신과의 대화에서 그녀가 그랬다. 평화의 신이 전쟁 준비하는 소리 한다고. 그 얘기는 평화의 신이라는 존재도 있다는 뜻이었다. 이전에 살던 세계를 다스리는 신이 누구였을지는 알 수 없으나, 여러 종교에 신을 섬기는 문화는 분명 있었다.

"어느 날 갑자기 멜비스 여신이 나를 이 세계로 불러들였어. 말했듯이, 이 세계는 곧 침략을 당할 위험에 처했고 누군가는 그걸 막아야만 했거든."

"……그게 너고."

"그래. 왜 나인지는 물어봐도 대답해줄 수가 없어. 나도 모르거든."

리리야말로 알고 싶었다. 왜 하필 자신인지. 정말로 전생에 무슨 큰 대역죄인이라도 되었던 건지 말이다.

아스더는 턱을 괸 손으로 입을 꾹 눌렀다. 퍽 심각한 얼굴이었다. 믿든지 말든지 그건 아스더의 자유였으나 상황을 모면하려고 거짓말한다는 취급을 받는 건 사절이었으므로 조금 더 말을 보태기로 했다.

"내가 살던 곳은 지구라는 별이야. 이 세계보다 훨씬 커서 조각조각 나뉘어 외형도, 언어도 다른 사람들이 각각의 문화를 이루며 살아갔고 그만큼 갈등이 잦은 곳이었지. 음, 나는 대한민국이라는 나라에서 태어나서 성인이 될 때까지 살았는데…… 거긴 전쟁을 아주 많이 치른 나라였고, 내가 살던 때에도 또 전쟁이 터지네 마네 이런 얘기가 계속 돌았어. 흐음…… 지금은 어떻게 되었으려나?"

문득 궁금해졌다. 전쟁이 일어나네 마네 소문이 돌 때면 사람들은 생존 가방이라는 걸 꾸렸던 것도 같은데……. 물론 대다수는 콧방귀를 뀌었다. 워낙 그런 얘기가 자주 돌았고, 그때마다 아무 일도 없었으며 사람들은 점점 덤덤해졌기 때문이다.

리리도 그중 한 명으로 가끔은 차라리 전쟁이 일어나서 인류가 다 멸망해버렸으면 좋겠다고 생각하기도 했다.

사는 게 너무 퍽퍽했고, 죽을 거면 다 같이 죽는 게 덜 억울하기 때문이었다. 얼마나 부정적이고 무기력했는지 잘 드러나는 부분이다.

지금이야 완전히 달라졌지만. 당장만 하더라도 이 세계가 멸망할지 모른다 하니 어떻게든 해결하려고 노력하지 않는가. 아스더에게 이런 비밀을 다 털어놓으면서까지 그와의 관계를 회복하려는 것도, 죄책감도 물론 있지만 퀘스트 해결도 적지 않게 영향을 끼치고 있었다.

"성인이 될 때까지 살았다고? 내가 봤을 땐 어린 소녀였는데……."

"아, 이곳으로 오면서 외모도, 나이도 다 달라졌더라고. 원래의 나는 검은 눈동자에 검은 머리카락이야. 황인종이라고 해서, 우리나라 사람들 대부분이 그런 색이었어. 조금 옅다, 짙다 하는 차이뿐? 이렇게 눈코 입의 자기주장이 강하지도 않았고…… 하여간 전혀 다르게 생겼었어."

은발에 자색 눈동자라니, 원래 살던 세계에선 상상조차 할 수 없는 외형이었다. 물론 서구 쪽에서는 밝은 색상으로 조금 다양하기는 했으나 이 정도로 형형색색의 화려함은 없었으니까. 게다가 인형에 가까운 외모라니, 이 모습으로 도로 그 세계로 넘어가면 전 세계인의 이목이 쏠릴 터였다. 가히 돌연변이에 가까운 수준 아닐까.

쌍꺼풀도 없고, 이목구비나 비율이나 지극히 평범했던 자신의 모습이 이제는 가물가물해서 힘겹게 떠올려보는데 말이 없던 아스더가 그녀를 두 눈에 담으며 중얼거렸다.

"지금과 전혀 다른 모습이라니…… 무척이나 궁금하군……."

"궁금할 것도 없어. 그곳에서도 미인은 아니었으니, 여기선 더 별 볼 일 없는 외모였을 듯."

"……답지 않게 겸손인가."

겸손이 아니라 사실이었으나 굳이 정정해주진 않았다. 이곳에 와서 이렇게 자신감이 넘쳐흘러 공주처럼 사는 건데 그걸 모르는 아스더가 예전의 리리를 상상하기란 어려운 일이니까.

"이제 이해가 되었어? 왜 내가 남들하고 다른지."

"그럭저럭. 네 그 독특한 성격과 행동, 나이에 걸맞지 않은 생각 같은 건 납득이 되었다."

"……내가 그렇게 독특했니."

그래도 제법 적응해선 남들처럼 무난하게 잘 산다고 생각했는데 착각이었나 보다. 아스더는 침묵으로 긍정적인 대답을 한 뒤 갑자기 생각났다는 듯 물었다.

"그곳에서 성인이었다면…… 혹시 정혼자가 있었나?"

"아니, 없었어."

「정혼자라니. 먹고살기도 바쁜데 연애할 시간이 어딨어?」라는 뒷말을 삼키자 아스더가 이해되지 않는다는 얼굴로 물었다.

"어째서지? 그 세계는 이곳과 정혼 방식이라든가 일반적인 정혼 나이라든가 하여간 뭐가 달랐기 때문인가?"

"뭐…… 비슷해. 여기는 성인이 되기 전에 약혼하는 경우가 흔하고, 당연히 정혼을 치러야 한다는 인식이 박혀 있는 것 같지만 거긴 안 그랬어."

"신기하군."

그리 말하는 아스더의 얼굴이 조금쯤 밝아 보이는 건 착각인가 싶었다. 리리는 의아한 표정을 지으면서 말을 이었다.

"결혼은 하지 않고, 연애만 즐기는 경우도 많았던 것 같다."

"……연애라고?"

"그래. 연애."

아스더의 얼굴이 다시금 심각해졌으나 리리는 별로 신경 쓰지 않았다.

"뭐, 더 궁금한 거 있어?"

"……그 세계에 대해 더 자세히 알고 싶은데. 네가 살던 나라는 어떤 곳이었는지, 너는 거기서 어떻게 살았는지."

"그런 것까지 다 말하려면 밤을 새워도 부족할 듯싶은데……."

리리는 난감해져선 콧등을 찌푸렸다.

"이 정도로 부족한 거야? 이만하면 만족스러울 만한 비밀 아닌가."

그에 아스더가 이해했다는 듯 고개를 끄덕였다.

"거기서 끝내겠다는 거군. 좋아, 그럼 거래를 하지."

"거래?"

리리가 눈을 동그랗게 뜨며 묻자 아스더는 턱을 괸 쪽으로 고개를 기울이며 확실히 편안해진 얼굴로 말했다.

"아이기의 한을 풀어줘야 한다고 했지? 그래야 새디아의 문제가 해결된다고."

"……그랬지."

리리는 설마 하는 생각에 기대감이 떠오른 눈으로 아스더의 다음 말을 기다렸다. 아스더는 그런 리리의 반응을 즐기기라도 하듯, 뜸을 들이다가 입을 열었다.

"그러기 위해선 내가 필요한 거고?"

"응, 맞아."

리리는 황급히 고개를 끄덕였다. 아스더의 입술 한쪽이 삐죽이 올라갔다. 새디아섬에 다녀온 이후로 처음 보는 미소였고, 어쩐지 벅찬 기분이 되었다. 아스더의 기분이 많이 풀렸다는 뜻으로 받아들여졌기 때문이다.

"내가 새디아섬에 가서 아이기의 한을 풀어줄게. 대신 너는 네가 갖춘 능력들을 전부 알려주는 거야. 내 제안, 어때?"

"……내 능력을, 전부?"

"그래."

아스더는 천천히 고개를 끄덕였다. 그 넘치는 여유로움과 달리

리리는 갑자기 마음 한구석이 불편해졌다. 가진 능력을 전부 말하라니. 가진 모든 패를 내보이라는 뜻 아닌가. 정작 리리도 아스더가 가진 모든 패를 알지 못하는데, 이게 만약 승부였다면 리리의 필패였다.

"그건 좀……."

"싫어? 그럼 말고."

"아니, 싫은 건 아닌데……."

아스더가 순순히 아이기의 한을 풀어주겠다는데, 그러면 동쪽 퀘스트는 완료인데, 그 대가가 너무 부담스러웠다. 리리는 팔짱을 끼고는 찻잔을 노려보듯 의미 없는 시선을 던졌다. 이건 고심해봐야 할 문제였다.

"별로 어려운 제안도 아니지 싶은데."

"이게 뭐가 안 어려워. 너무하네, 정말. 나는 그쪽 능력을 하나도 모른다고."

"왜 모르지? 내 주술 속성을 이미 알고 있으면서."

"그걸 내가 어떻게…… 아, 지력……."

"그것뿐인가. 내 반쪽짜리 능력도 이미 알 텐데."

아버지쪽 능력이 황족만의 고유한 주술력인 지력이라면, 어머니쪽 능력은 물을 자유자재로 다루는 요괴력일 터. 이곳으로 데려올 때 분명 암흑 속성 주술 특유의 검은 연기가 두 사람을 휘감았지만 미묘하게 물 냄새가 났고, 리리도 어느 정도 추측한 바였다.

아스더의 주술 속성은 수속성임을 말이다.

어쩌면 주술 속성은 또 다르게 존재하고, 지력처럼 완전히 다른 요괴력이 있는 걸지도 몰랐다. 그렇게 생각하면 노베 바다를 맨몸으로 건넜던 것도 이해가 되었다. 그는 태생적으로 일반적인 사람들과 완전히 다른 것이다.

"내 능력을 모조리 알고 있으면서, 네 능력은 감추다니 너무한 건 내가 아니라 너지. 성녀님."

반박할 말이 없었다.

리리는 입을 꾹 다문 채 손가락으로 찻잔 테두리만 빙빙 덧그렸다. 억울한데, 분명 리리가 훨씬 손해인데, 아스더의 말을 논리적으로 반박할 수가 없으니 심히 유감이었다.

갈등 가득한 리리 덕분에 아스더는 즐거움을 되찾은 모양이었다. 리리는 아스더가 기뻐하는 포인트를 아마도 영영 알 수 없으리라 여겼다. 그는 리리 못지않게 특이했다.

"그냥 곱게 만날 생각은 없는 거야?"

"그녀의 잘못이 아니라고 해도 응어리가 모두 풀어진 않으니까."

의외로 선선히 대답해주는 아스더에 리리는 더욱 말문이 막혔다. 결국 그녀는 고개를 끄덕일 수밖에 없었다.

만약 자신의 부모가 자신을 일부러 버린 게 아니었다고 해도, 그녀는 그들을 원망할 테니까.

"그래. 달라지는 게 없기는 해. 내 인생을 되돌릴 수 있는 것도 아니고, 내가 힘들었던 게 사라지는 것도 아니니까, 힘겨웠던 시간만큼 누군가를 원망하는 걸 멈출 수가 없겠지."

공감하는 마음에 무심코 중얼거렸다. 아스더는 멈칫하더니 의아한 목소리로 물었다.

"……네가 뭘 안다고?"

"아……."

리리는 잠시 머뭇거리다가 솔직하게 털어놓았다.

"나도 부모가 없었거든. 날 버리고 갔어."

아스더에게선 대답이 들려오지 않았지만, 그녀는 한번 말문이 트이자 그 뒤부터는 어렵지 않은 기분이 들어서 턱을 괸 채 탁자 위에 의미 없는 시선을 던지며 권태로운 목소리로 말을 이어갔다.

"너무 어렸을 때라…… 기억조차 없을 정도로 갓난아기 때 버리고 간 거라 없는 게 오히려 당연한 처지였는데도…… 때때로 원망스럽고, 서럽고, 억울하고, 화나고, 부럽고, 두렵고, 불안하고…… 그러더라고."

언젠가부터는 자신을 찾으러 와줄 거라는 기대조차 버렸는데도 그랬다. 왜 자신을 낳아서. 차라리 낳지를 말지. 그런 원망은 사라지지 않았다.

"그래서 나는 그쪽을 이해할 수 있을 것 같아."

한숨을 푹 내쉰 리리가 조심스레 말을 이었다.

"음…… 그래도 아이기의 얘기를 들어주는 정도는 할 수 있지 않을까. 나는 궁금했는데. 왜 나를 버려야만 했는지. 이왕이면 그게 내가 납득할 수 있을 만한 사정이길 바랐어. 뭐…… 결국 죽을 때까지 알 수 없게 되었지만……."

이곳에서 사는 내내 부모를 만나지 못했고, 이제는 전혀 다른 세계로 와버렸으니 만나고 싶다 해도 만날 수가 없다. 아마 영원히 모를 것이다. 그들에게 무슨 사정이 있었던 건지. 그녀는 왜 버림받아야만 했는지.

"근데 그쪽은 적어도 이유를 알잖아. 그렇게 힘들어야만 했던 이유를……. 따지고 보면 그게 그쪽 부모 탓도 아니고 말이야. 나처럼 만날 수 없는 것도 아니고, 일방적으로 버려진 것도 아닌데……. 가서 화라도 내지 그래? 얼마나 힘들었고, 그때마다 얼마나 원망했고……. 응어리를 완전히 풀 순 없어도 속이나마 시원할 것 같은데."

그렇게 생각하니 아스더가 조금 부러워졌다. 언젠가 자신도 그런 상상을 해본 적이 있었다.

뒤늦게 자신을 그리워해서 찾아오게 된 부모한테 「당신들은 날 버렸어. 나도 예전에 부모를 버렸으니 다신 찾아오지 마.」 뭐 이런 드라마에서 나올 법한 대사를 하는 상상이었다. 울며 매달리는 부모를 차갑게 뿌리친 후 한을 끌어 모아 욕하는 뒷장면도 있었다.

자신은 끝끝내 화를 내거나 자신이 얼마나 힘들었는지 하소연조차 하지 못했는데, 아스더는 그게 가능하니 그거 하나만큼은 자신보다 나아 보였다.

"우선 아이기의 사정을 들어보고, 어떤 감정이었네 얼마나 힘들었네 하소연하면 나는 더 힘들었다고, 엄살 피우지 말라고 화를 내는 거지. 어때?"

자신이 하지 못했던 것을 아스더에게 대신 제안하며 웃자 조용히 그녀를 응시하던 아스더가 시선을 내리며 중얼거렸다.

"……나는 그녀에게 화를 낼 것도 없어. 화나지 않았으니까."

"다행이네."

말은 그렇게 하면서도 막상 아스더의 분노를 정면에서 받아내곤 상처받아 무너질 아이기가 내심 걱정이었는데, 그럴 생각이 없는 듯해 안도했다.

그에 아스더가 나지막하게 중얼거렸다.

"……네게 그런 과거가 있는 줄 알았다면 묻지 않는 건데 그랬군."

아스더의 마음이 영 편치 않은 모양이었다.

막상 당사자인 리리는 지금 다정하고 자신만을 아껴주는 가족을 만나 무척이나 행복하며, 과거 따윈 말 그대로 과거로 남은지라 아무 생각이 없었지만 굳이 말해서 그의 마음을 편안하게 만들지 않기로 했다.

어쨌든 거래는 거래이니 동쪽 퀘스트를 완료한 후에는 그녀가 가진 능력들을 전부 까발려야만 했고, 리리는 그게 무척이나 억울했기에 어느 정도는 아스더에게 마음의 짐을 떠안겨두는 편이 좋겠다는 계산을 마쳤기 때문이다.

"뭐, 그건 됐고……. 그럼 말 나온 김에 바로 갈까?"

아스더는 먼저 거래를 제안한 것이라기엔 영 내키지 않는 표정이었으나 결국 고개를 끄덕였다.

굳이 시간을 끌 필요가 없었다. 리리는 페가수스 인형을 꺼내 새디아섬으로 보내달라고 속삭였다.

문득 이 페가수스 인형에 대해서도 말해야 하는 건가 하는 찝찝한 마음이 들었으나 굳이 따지자면 이건 리리의 능력이 아니라 젤리의 능력이었으므로 일단 우겨보기로 했다. 과연 아스더가 넘어가줄지는 알 수 없었지만 말이다.

새디아섬으로 넘어가자 늘 그랬듯 고요하기 짝이 없었다. 아이기가 리리의 말을 믿고 아스더를 데려오기만을 기다리고 있을 텐데도 그랬다.

아스더가 도로 찾아왔는데도 아무 문제도 없다는 양 이리도 평화롭다니, 아무래도 그녀는 샘에 누군가 가까이 와야만 그 존재를 알아차리는 것 같았다.

새디아에 다시 오니 감흥이 또 남다른지 가만히 서서 주위를 살피던 아스더가 물었다.

"배조차 띄울 수 없을 정도로 요동치는 바다와 달리 이 섬은 유독 조용하고 평화로워서 이상했는데…… 전에 보았던 그 사내의 힘인가?"

"맞아. 아벨은 이 섬의 수호자거든."

"아벨……."

리리는 지도창을 띄운 후 아이기의 샘이 있는 곳으로 걸음을 옮기며 말했다.

"각각의 대륙엔 주인이 있어. 중앙은 천자, 마하엔스는 카아네스, 노베 바다는 다리우스, 하르빌 사막의 라이까지. 주인이 제대로 기운을 다스리고 있는 곳에선 주술 사용이 가능하고 평화로운 반면, 주인을 잃은 곳에선 문제가 생기지."

"천자를 잃은 센테르가 가뭄과 역병에 시달리는 것과 같은 모양이군."

"비슷해. 다만 센테르는 주인의 기운이 지력이기 때문에 땅과 관련된 문제가 나타나는 거지."

리리의 말에 뭔가 떠올린 듯, 아스더가 놀란 눈으로 중얼거렸다.

"설마…… 하르빌 사막과 노베 바다는 주인을 잃었던 것인가."

하여간 이해력도 상황 판단도 아주 뛰어난 남자였다. 그러니 두 개의 거대한 단체를 움직이는 걸 테지만.

"아직 하르빌 사막은 주인을 온전히 찾지 못한 상태야. 노베 바다도 주인은 있지만 자리를 비웠고."

리리는 문득 다리우스를 떠올리곤 눈썹을 찌푸렸다. 자기 바다나 다스릴 것이지 아직도 페레로가에 눌어붙어 있는 그 이상하고도 제멋대로인 남자를 말이다. 돌아가면 심심하다느니 외롭다느니 하며 두 하얀 동물을 끼고선 자신만의 해피 라이프를 즐기고 있었다.

그래도 그 덕분에 라이의 성장에 속도가 붙는 것 같아 그냥 두었다. 언제든 돌아가기만 하면 되는 상태니 뭐라 할 여지도 없었다.

"두 주인이 제대로 다스리기 시작하면 하르빌 사막과 노베 바다에서도 주술을 사용할 수 있게 될 거야."

"너는 대체 언제부터 그런 일을 해온 거지?"

"본격적으로 움직인 지는 얼마 되지 않았어. 말했지만, 나의 여신님께선 그다지 친절하신 분이 아니어서 뭘 어떻게 해야 하는지 도통 감이 잡히질 않았거든. 우연히 얻어걸리지 않았더라면 아마 지금까지도 몰랐을걸?"

리리는 처음 사막 퀘스트를 해결했던 것을 떠올리곤 저도 모르게 바람 새는 듯한 웃음을 흘렸다. 그러고 보니 리리가 하르빌 사막으로 가게 된 계기에 아스더도 있었다. 아센 상단의 독점 계약에 대한 불만과 그도 하는데 자신이라고 못 할쏘냐 하는 경쟁심리 같은 거였다.

그렇게 따지면 리리가 퀘스트의 뜻을 이해하고 본격적으로 움직인 데에 아스더가 일말의 도움을 준 셈이었다.

정작 본인은 그 사실을 모르지만. 심지어 그 본인이 두 퀘스트의 열쇠이기까지 했다니, 사람 일은 정말 한 치 앞을 알 수 없는 거였다.

"……왜 웃지?"

리리가 어이없는 웃음을 자꾸만 흘려대자 아스더는 의아한 목소리로 물었다. 리리는 지금 이렇게 된 상황이 너무 황당하고 기가 막히며 신기하기까지 해서 이게 과연 우연일까 하는 생각까지 하던 중이었다.

"그냥…… 그쪽과 내 인연이 범상치는 않은 것 같아서."

아스더도 기분이 묘해졌는지 조용히 수긍했다.

"……그런 것도 같군."

두 사람은 잠시 말이 없었다. 그저 어깨를 나란히 하고 걸음의 속도를 맞춘 채 천천히 수풀을 헤칠 뿐이었다. 각각 기억을 더듬으며 기묘한 인연들을 회상하는 탓이었다. 아마 두 사람이 생각하는 지점도, 감정도 다를 터였다.

리리는 아직도 잊을 수 없는 첫 만남을 기억해냈다.

"혹시 기억하려나? 그쪽과 내가 처음 만났던 날."

리리의 물음에 아스더도 어렵지 않게 떠올렸는지 고개를 주억거렸다.

"물론이다. 건물 뒤에 몸을 숨기고 나를 몰래 엿보고 있었지."

생각하니 웃긴지 아스더의 입가에 미미한 미소가 떠올랐다.

리리는 얼굴이 슬쩍 붉어졌다. 아무리 사람마다 같은 일을 다르게 기억한다지만, 아스더의 첫 기억이 홍등가에서 걸어 나오는 젊은 총각을 몰래 훔쳐보는 그녀라니 그건 너무 민망했다.

"뭐 하는 곳인가 궁금해서 그런 거였거든?"

"그렇다기엔 너무 노골적으로 나를 훑어보던데."

아스더가 놀리는 것이 분명한 목소리로 말하며 리리를 흘겨보았다. 그의 붉은 눈동자에는 즐거운 기색이 가득했다.

"그야 대낮부터 술에 잔뜩 취해선 여자들을 끼고 있는 한량이 대체 누군가하고 본 거지! 도대체 어떤 놈이길래 저리도 팔자 좋을까, 젊은 놈이 벌써부터 술과 여자를 탐하다니 말세구먼, 쯧쯧 하면서!"

리리가 노인네처럼 말하자 아스더의 눈이 더욱 가늘게 휘었다.

"한심하게 쳐다보는 얼굴이 아니었는데. 마치 사랑에 눈을 뜬 수줍은 소녀와도 같은 얼굴이었는데."

"아, 말이 되는 소리를 해라."

끔찍하다는 듯이 양손으로 몸을 부여잡곤 부르르 떨자 아스더가 낮게 웃음을 흘렸다.

정말이지, 사람의 기억이 이렇게까지 왜곡되어 남는다는 게 신기할 따름이었다.

물론 그의 외모에 놀랐던 건 인정한다. 이곳에 온 뒤로 본 남자 중 세 번째로 잘생겼었으니까.

첫 번째는 로쉐요, 두 번째는 젤리였으니 집 밖에 나온 이후로 처음 보는 미남인 셈이었다. 두 사람과는 전혀 다른 색기 넘치는 젊은 청년이니, 겉은 어릴지라도 속은 나이를 먹을 만큼 먹은 리리가 관심을 두는 것도 지극히 자연스러운 일 아니던가.

그래도 반한 건 절대 아니었다. 절대. 술과 여자를 즐기는 한량은 리리의 취향과 아주 멀었기 때문이다. 이 세계와 지구의 거리만큼이나.

그의 속사정을 웬만큼 아는 지금은 그때 생각했던 것만큼 한량이 아니며 오히려 아주 바쁘고 부지런한 남자라는 걸 인정하지만 말이다. 상인으로서 그의 능력을 높게 사기까지 했다.

리리는 불쾌함이 가득 실린 목소리로 투덜거렸다.

"착각은 자유라지만…… 그쪽 왕자병은 그때나 지금이나 변함이 없네. 그때도 비슷한 말을 했던 것 같은데."

아스더가 놀랍다는 양 대꾸했다.

"그쪽이야말로 기억력이 대단하네. 그때 너는 분명 어린 나이였는데."

"육체 나이는 고작 열 살이긴 했지. 이 정신 나이는 그보다 훨씬 많다는 게 문제였지만. 아, 그러고 보니…… 그쪽과 처음 만났던 그날이 이곳에 온 지 겨우 일주일 남짓 되었을 무렵일걸?"

이번에야말로 제대로 놀랐는지 아스더의 눈이 커졌다.

"일주일? 그렇다기엔 말도 행동도 어색함이 전혀 없었잖아."

"그야……."

정신이 깃들기 전 육체는 이미 10년 동안 이곳의 언어와 예의범절을 배웠기 때문이었지만 그걸 말하자니 또 복잡해졌다. 리리는 **뻔뻔**하게 나가기로 했다.

"그야 내가 워낙 똑똑하니까."

아스더는 어이없다는 눈으로 멍하니 리리를 바라보았다. 사실이긴 사실이니까.

지력이 물음표로 넘어간 지금, 자신보다 뛰어난 지력의 소유자는 없을 테니. 리리는 어깨를 으쓱 털었다.

"하여간 이곳에 온 지 얼마 안 되었을 때라 겨우겨우 정신을 차리곤 이 세계에 대해 알아봐야겠다며 여기저기 돌아다니던 중이었어. 그러다가 웬 홍등이 잔뜩 걸린 거리를 발견한 거고, 저긴 어딜까 하며 가본 거지."

실은 이미 어디인지 예상했던 것 같지만 굳이 그런 것까지 말해줄 필요는 없어 보였다. 그에 아스더가 "그런가……." 하며 고개를 끄덕였다. 이제야 겨우 리리의 누명이 벗겨진 것 같았다.

"근데 웬 미친놈을 만나선 머리카락이 썩둑 잘렸지 뭐야. 처음 와본 낯선 세계에서, 거의 처음이나 마찬가지로 만나게 된 낯선 사람이었는데 고작 열 살짜리에게 검을 던지더라고. 처음으로 가져본 긴 머리카락이었는데 목 언저리까지 엉망진창으로 잘리고, 여기…… 여기 상처도 생겼다니까?"

리리는 이제는 도로 길어진 머리카락을 들추며 자신의 목을 가리켰다.

열 살짜리에게 검을 던진 미친놈, 아스더는 그녀의 희고 가는 목에 슬쩍 시선을 주었다가 도로 먼 곳을 보며 딴청을 피웠다.

"그래서 아, 이 세계는 위험하구나…… 이런 미친놈이 대낮에 길거리를 활보하는 곳이구나……를 깨닫곤 잔뜩 주눅이 들어 몸을 사리게 되었지. 열 살 여리디여린 소녀가 얼마나 놀라고 겁을 집어먹었겠니."

"내 기억으론 그 이후로도 열심히 이곳저곳 돌아다녔던 것 같은데 말이지. 머리카락 색과 눈동자 색을 바꿔 당시엔 같은 사람인 줄 몰랐지만."

"물론 돌아다니기야 했지! 단지 사람을 피해 다녔을 뿐. 아마 평범한 교류 관계를 피하며 독고다이의 길을 걷게 된 건 다 그 미친놈 탓일지도 몰라. 왜? 언제 또 그런 미친놈을 만나게 될지 모르잖아!"

당사자를 앞에 두고 자꾸 미친놈, 미친놈 하니 기분이 퍽 나쁜지 아스더의 눈썹 사이에 주름이 생겼다.

물론 리리의 은둔자형 생활은 지극히 그녀의 성향 탓이었지만, 아스더가 그 사실을 알 리 없었기에 조금이나마 죄책감을 느끼길 바라며 더욱 과장했다.

"그 덕에 나의 유년기는 너무나 외로웠지. 늘 혼자였어. 나를 이렇게 만든 그 미친놈을 다시 만나게 되면 똑같이 머리카락을 석둑석둑 잘라주겠다고 다짐했던 것도 같은데…….”

그리 말하며 아스더의 머리카락을 빤히 쳐다보자 그는 손바닥으로 은근슬쩍 가렸다. 그냥 아무렇게나 내버려두는 듯한 머리 모양이었으나 나름대로 신경을 쓰긴 하는 모양이었다.

“그래서였군……. 내게 검을 돌려줄 때 했던 말뜻은 머리카락만큼은 무사히 살려주겠어…… 뭐 그런 거였던가.”

“이제라도 알았으면 됐어.”

리리가 큰 인심 썼다는 듯 고개를 크게 주억거리자, 아스더는 기막힌 웃음을 흘렸다.

그때는 정말로 「다시 만나는 날 죽여버릴 거야!」 정도의 분노만이 가득했는데 지금은 그날 일을 이렇듯 장난스럽게 이야기할 수 있다는 게 놀랍기만 했다. 그만큼 그에 대한 신뢰를 많이 쌓았다는 뜻처럼 보였다.

리리는 그날의 아스더가 다시금 이해되지 않아 물었다.

“근데 정말 왜 그랬던 거야?”

“뭐가?”

“왜 검을 던졌느냐고. 딱히 잘못이랄 것도 하지 않았는데.”

아스더는 그날 일을 다시 떠올리려는 듯 곰곰이 생각에 잠겼다. 이윽고 그의 입이 열렸다.

“아마 겁을 주려고 했던 것 같은데.”

"겁을 왜 줘? 미친놈이 아니라 건달이었던 거야, 뭐야."

"……자꾸 미친놈 미친놈 하지 마라. 듣는 미친놈 기분 나쁘니까."

조용히 경고한 아스터가 말을 덧붙였다.

"딱 봐도 호기심으로 온 게 분명해 보였고, 그곳은 호기심으로라도 함부로 발을 들이는 곳이 아니니 다신 오지 말라는 뜻이었을걸. 아마도."

리리는 어이가 없어선 하, 짧게 숨을 토해낸 후 말했다.

"굳이 그러지 않아도 갈 일이 없는 곳이었는데 뭐 하러 그렇게까지 겁을 줘? 그것도 애한테?"

"그건 모르는 거니까. 네가 잘 모르나 본데, 거기는 하루에도 수십 명씩 일을 하고 싶다며 문을 두드리는 곳이다. 개중엔 그때의 너 정도 되는 꼬마들도 많아."

"뭐? 말도 안 돼……."

아스터의 말이 믿기지 않아 저도 모르게 중얼거리자 그는 그럴 줄 알았다는 듯 혀를 찼다.

"빈민가에 직접 축복도 내린 성녀님께서 세상을 너무 모르는군. 먹고살기 힘든 상황에서 자기 몸이라도 팔아 살아보겠다는 사람이 어디 한둘일 것 같아? 특히 어린아이들은 일을 구하기도 어렵고, 구걸해봐야 다른 이들에게 도로 빼앗기니 당연히 좋은 옷 입고 귀한 손님만 맞이하는 고급 술집이 아주 편안하고 배부른 일이라고 생각하겠지. 실제로 그렇게 들어와 잔심부름하는 어린 아이들도 몇 있고 말이야."

"맙소사……."

리리가 경악이 서린 목소리로 중얼거리자 아스더는 팔짱을 낀 채 고개를 기울였다.

"심지어 당시 너는 보기 드문 외모의 어린 소녀였어. 세상의 빛이란 빛은 다 품은 듯이 찬란하여 오가던 이들의 눈을 잡아끄는 네가 그곳에서 서성이다가 손님으로 찾아왔던 귀족들의 눈에 띄기라도 했어봐. 어찌 되었을지, 상상이 안 가나?"

결국 아무것도 모르고 위험한 곳에 발을 들인 리리가 걱정되어 조금 심한 방법으로 쫓아내었다는 뜻이었다. 리리는 이제야 알게 된 아스더의 행동이 놀랍기도 했지만, 그보다 더 당혹스러운 게 있었다.

"칭찬 맞지? 그쪽이 나를 칭찬하다니 믿기지 않아서 말이야. 그것도 그런 묘사라니……."

보기 드문 외모라느니 찬란하다느니…… 아스더가 그런 말을 입에 담았다는 게 믿기지 않아 되물으니 아스더도 슬쩍 다른 쪽을 보았다가 원래대로 돌아왔다.

"하여간 그때도 지금과 다를 바 없는 생각으로 그런 짓을 했으리라고 본다."

"그래……. 알겠어."

"샘엔 언제쯤 도착하지? 제법 걸어온 것 같은데."

말을 돌리는 것이 분명했지만 리리는 그냥 넘어가주기로 했다. 맨정신으로 그런 말을 또 들을 자신이 없었던 데다 아스더의 말대로 두 사람은 대화를 주고받으며 꽤 많이 걸어왔고, 이미 샘과 가까워져 있었기 때문이다.

굳이 코앞에 샘이 있다고 말해줄 필요도 없었다. 이미 그들의 방문을 눈치채고 있었을 새디아섬의 수호자가 모습을 드러냈으니 말이다. 나뭇잎이 한곳으로 모여들며 사람의 형상을 만들어냈다. 달빛 아래 아벨의 모습이 유독 신비로워 보였다.

"정말 와주었군."

아벨은 여전히 무미건조한 목소리였으나 기쁜 기색이 읽혔다. 이제야 겨우 아이기의 한을 풀어줄 수가 있게 되었으니 당연한 일이었다. 만약 리리였다면 이 문제를 해결하기 위해 다시 나타난 구원자를 끌어안고 양 뺨에 뽀뽀 세례를 퍼부었을지 모를 일이었다.

"드디어 이 섬에 평화가 찾아오는 것인가."

"아마도요. 아스더, 아까 말했던 새디아섬의 수호자셔."

"반갑군, 소년이여. 나는 생명의 나무를 수호하는 아벨이다."

아스더는 고개를 끄덕여 그의 인사를 받아준 뒤 리리에게 몸을 돌렸다.

"샘에는 나 혼자 가겠어."

괜찮을까 하는 불안한 표정을 감출 수 없었으나 아스더는 완강했다. 그녀가 아벨의 허락을 구하듯 쳐다보자 그 역시 비슷한 눈빛이었으나 고개를 끄덕였다.

"아이기가 자식을 해할 리 없다."

"아니, 물론 아이기가 그런 짓을 할 리가 없죠."

자식이 어미를 해칠까 봐 걱정인 거지. 그런 의미를 담은 눈으로 아스더를 보았으나 그는 신경도 쓰지 않았다. 두 사람의 불안함을 깡그리 무시한 채 성큼성큼 샘으로 다가가는 아스더 덕분에 리리는 마음을 졸여야 했다.

'아이기에게 너무 상처 입히면 상황이 더욱 악화되는 거 아니야?'

그녀의 마음을 아는지 모르는지 아스더의 걸음 폭은 줄어들지 않았고 금세 샘이 있는 곳으로 들어섰다. 아스더의 방문을 알아차린 듯 샘 위로 물방울이 방울방울 맺혔다. 그것은 곧 여인의 형상으로 바뀌었다. 천자의 사랑을 독차지하는 바람에 비운의 죽음을 맞이하고만 아름다운 여인이.

"내 아가…… 정말로 나를 만나러 와주었구나……."

아이기는 벌써부터 울음기가 스며든 목소리로 조심스레 말을 내뱉었다.

그를 데리고 올 거라는 리리의 말을 믿었던 건지, 아니면 체념했던 건지, 아니면 기다리며 마음을 다스린 건지 그녀는 한결 차분해져 있었고 저번처럼 달려들거나 울부짖는 일은 없었다.

"너무…… 너무 보고 싶었단다. 십 년을 넘게 기다려왔어…….
너를 다시 만날 날만을 간절히 기다려왔어……."

결국 아이기는 눈물을 보였다. 그녀가 망설임이 역력한 움직임
으로 아스더에게 다가섰다. 그를 만지고 싶은지 그녀의 손은 허
공을 의미 없이 쓰다듬었다.

"막 태어났을 때도 그리도 사랑스럽더니 여전하구나. 이 세상
무엇도 너만큼 찬란하지는 못할 거야. 여신의 축복이 함께하는
나의 아가……."

그녀가 울며 속삭이는 것을 가만히 듣고 있던 아스더가 처음으
로 입을 열었다.

"나는 당신을 보고 싶어 한 적이 없어. 다시 만나기를 기대한
적은 더더욱 없고."

잔인한 아스더의 말에 아이기의 애처로운 손길이 멈추었다. 그
녀의 눈이 상처로 일렁였다. 투명한 그녀의 몸이 달빛 아래 더욱
위태로워 보였다. 리리는 저도 모르게 양손을 꼭 쥐었다. 제발,
제발 얌전히 좀 넘어가주라. 그 애원이 입 밖으로 내뱉어질 것만
같았다.

그러나 이어진 아스더의 말에 경직되었던 리리의 어깨가 스르
륵 내려왔다.

"그래도 당신을 궁금해했던 것 같아. 당신이 살던 곳, 내 반쪽
짜리 고향…… 한 번쯤은 꼭 와보고 싶었으니까."

"아가⋯⋯."

"조용한 곳에서 대화를 나누고 싶어. 단둘이."

아스더의 말이 끝나기 무섭게 아이기의 몸에서 물보라가 튀어 나왔다. 그것은 아스더를 품고 곧장 샘으로 빨려 들어갔다. 순식 간에 아이기와 아스더, 둘 모두 샘 아래로 사라지는 것을 목격한 리리가 비명처럼 소리를 내질렀다.

"아스더! 아벨, 아스더가!"

"괜찮다. 저 소년은 아이기의 아이니까."

"그래도 반은 사람인데, 물속에서 숨을 쉴 수가 있나?"

"저 샘은 그냥 평범한 물이 아니다. 아이기의 품과 다름없는 곳. 어느 자식이 어미의 품 안에서 불편함을 느낄까. 그곳에서 태 어나고 자란 것을."

그제야 리리는 안도의 한숨을 푹 내쉴 수가 있었다. 아무리 그 래도 그렇지, 둘만 있고 싶다고 말이 끝나기 무섭게 저런 방법으 로 끌고 가는 게 어디 있느냔 말이다. 사람 식겁하게.

"아스더도 너무하네. 나에 대해선 그렇게나 궁금한 게 많더니, 정작 자신의 속마음은 꽁꽁 감추겠다는 거야 뭐야."

퍽 섭섭해졌으나 이해해주기로 했다. 십여 년 만에 만난 어미 이고, 이제야 겨우 한 걸음 내디딘 거니까. 어미에게 묻고 싶었던 것, 어미의 이야기를 들은 후의 반응 등은 타인인 리리에게 보여 주고 싶지 않을 만도 했다.

두 사람이 엉켜 있던 감정의 실마리를 푸는 동안, 리리는 아벨과 한가로운 시간을 보냈다.

리리가 다른 요괴를 보고 싶다며 호기심을 드러내자 가까이 있던 요괴들을 친히 소개해주기도 했는데 그건 그 나름대로 충격과 공포였다.

그 요괴들은 이미 리리의 곁에 머무르고 있었기 때문이다. 하나는 나무 기둥에, 하나는 나뭇잎 사이에, 또 하나는 진흙 더미에, 그리고 마지막으로 수풀 사이까지. 늘 인간과 비슷한 모습의 존재들만을 마주해왔던 리리로서는 자연과 한 몸이 되어 있는 요괴들이 놀랍고 당혹스럽기만 했다.

말 그대로 자연 그 자체인지라, 새디아에 올 때마다 마주쳤는데도 요괴인지 몰랐을 정도였다. 어떤 기운도 느껴지지 않았다. 아벨의 부름에 꼼지락꼼지락 기어오는 나무껍질과 진흙에 놀라 뒤집히는 것도 자연스러운 일이었다.

"정말 신기하다. 나무껍질 요괴라니."

"이들도 한때는 다른 육체를 지닌 적이 있었지만 오랜 시간이 흐르며 본질에 더욱 가까워지게 되었다."

"그럼 아벨은요?"

"나는 생명의 나무를 수호하는 중대한 역할을 맡았기에 이 섬에 침입하는 이들과 소통하기 위해 인간의 육체를 유지하고 있다."

"그렇구나……. 그나저나 둘은 뭘 하길래 이렇게 오래 걸리는 거지."

리리가 중얼거리자 아벨도 답답하긴 마찬가지인 듯 샘 쪽을 바라보며 중얼거렸다.

"잘 해결되었으면 좋겠군. 적어도 죽음의 바다에선 벗어나고 싶다."

"그러게요……. 아이기의 기분이 어느 정도 풀리면 바다도 잠잠해지는 거죠?"

"물론이다. 오래 지나지 않아 원래의 모습을 되찾겠지."

바다의 저주는 풀린다는 소리였다. 즉 「퀘스트 완료!」 리리는 진심으로 안도하며 말했다.

"다행이에요. 근데 만약 그렇게 되면 사람들이 방문할 텐데 어떻게 하실 거예요?"

"글쎄."

아벨은 그에 대해선 생각해본 적이 없었는지 잠시 생각에 잠겼다.

"아이를 찾았다고 해도 아이기의 분노가 완전히 풀리지는 않을 테지. 복수를 위해 인간의 육체를 탐할지도 모른다."

"하긴……."

자신을 그렇게 만든 황후에 대한 분노는 쉽게 사그라지지 않을 것이다. 그것도 리리가 대신 해준다고 하면 조금 나아지려나? 그런 생각을 하던 중이었다.

리리의 눈앞에 시스템창 하나가 떠올랐다.

✽

† 퀘스트 「아이기의 아이를 찾아서 (2)」 완료
:: 「아이기의 아이를 찾아서」 퀘스트 보상은 수호자를 통해
받으실 수 있습니다.

리리는 자리에서 벌떡 일어났다. 왜 그러느냐는 듯 리리를 올려다보던 아벨 역시 서서히 눈이 크게 뜨였다. 아이기의 한을 막느라 온 힘을 쏟아붓던 그였으니 그녀의 감정 변화를 누구보다 빨리 느끼는 모양이었다.

"두 사람…… 둘의 관계가 어느 정도 회복되었나 본데요?"

"그런가 보군. 근데 인간인 네가 그걸 어떻게 느꼈지?"

"다 방법이 있어요."

리리는 빠르게 걸어 샘으로 향했다. 때마침 아이기와 아스더도 물 밖으로 나오는 중이었다. 아스더는 고른 숨을 내쉬고 있었지만 흠뻑 젖는 건 피할 길이 없었는지 물이 뚝뚝 떨어지는 머리카락을 쓸어 넘기고 있었다.

"아스더!"

그를 부르며 달려가자 아스더가 시선을 던졌다.

"아스더, 화해한 거야? 둘이 이제 사이가 좋아진 거예요?"

"화해는 무슨. 그저 오해를 조금 풀었을 뿐이야."

"아가…… 아니, 아스더가 내게 화나지 않았다고 해주었단다. 나를 미워하지도, 원망하지도 않는다고 말해주었어."

아이기가 덧붙여주는 말에 아스더는 "뭘 그런 것까지 일일이 말해주는 거야."라고 투덜거리며 고개를 돌렸다. 멋쩍어하는 반응이 분명했기에 리리는 엄지를 척 추켜올렸다.

"장하다. 아주 잘했어."

"너까지 나를 애 취급 하다니, 기분 나쁜데. 한 명으로 충분해."

그러면서 옷을 쥐어짜다가 안 되겠는지 얼굴을 확 찌푸렸다. 곧 그의 몸에서 이상한 일이 벌어졌다.

옷과 머리카락 등을 흠뻑 적시고 있던 물이 방울방울 빠져나와 허공에 맺히기 시작한 것이다.

리리가 놀란 눈으로 그 모습을 바라보고 있자 어느새 뽀송뽀송해진 아스더가 허공에 떠 있던 물을 샘으로 날려 보내며 말했다.

"예상했던 거 아니었나?"

"……물론 예상이야 했는데, 직접 보니까 신기해서. 주술력이 조금도 느껴지질 않는데?"

"그거야 아이기는 수속성 주술사가 아닌 샘 요괴니까 당연하지."

반쪽짜리 요괴라지만 어쨌든 그 피를 물려받았으니 아스더도 요괴력을 쓴다는 건 이미 예상하던 바였다. 그래도 이렇게 편리하고 놀라운 능력이라니, 직접 보는 건 또 달랐다.

"……부럽다. 나도 이런 능력 하나쯤 있었으면 좋았을 텐데."

"네 능력은 나보다 훨씬 많으면서……. 아, 그래. 너도 봤지? 아이기의 한을 풀어준 거. 그럼 이젠 네 차례야."

그게 무슨 소리냐는 듯 쳐다보는 아이기와 아벨의 시선이 느껴졌지만 대답해줄 시간 같은 건 없었다.

아스더가 얼른 돌아가자며 채근했기 때문이다. 그녀의 능력이 궁금하긴 한 모양이었다.

"급할 거 없잖아."

"난 급해."

"나도 아이기와 할 말이……. 아, 정말……."

아스더의 재촉에 리리는 어쩔 수 없다는 듯 얼굴을 찌푸렸다. 하는 수 없이 돌아갔다가 다시 와야겠다. 그리 생각하며 아이템 창에서 페가수스 인형을 꺼내던 리리는 무언가를 떠올리곤 도로 집어넣었다.

"뭐 하는 거야?"

"생각해보니까 거기보단 여기가 나은 것 같아서."

무슨 소리냐는 듯 쳐다보는 아스더에게 친절히 설명을 덧붙여 주기로 했다.

"여긴 아무도 없잖아. 내 능력을 모조리 보여도 그게 문제가 되지 않는다고. 게다가 넓고 조용하니까, 그쪽이 조금 더 편안하게 감상할 수 있지 않을까?"

"이렇게 어두운데?"

"그게 뭐? 너나 나나 어두운 게 문제 되거나 하진 않잖아?"

오감이 예민한 리리나 밤에 활동하는 아스더나 어둠 같은 건 방해물 취급도 하지 않았다. 리리의 말이 꽤 설득력 있었는지 잠시 재보던 아스더가 고개를 끄덕였다. 리리는 뭐가 더 생각났다는 듯 말을 덧붙였다.

"그리고 그쪽이 그랬지. 그쪽의 고향은 어떤 곳인지 보고 싶었다고. 사실 새디아섬의 본모습은 따로 있는데……. 어때, 보고 싶지 않아?"

"새디아의…… 본모습?"

고개를 끄덕인 리리가 아벨을 바라보았다. 그녀의 말뜻을 알아차린 아벨이 두 사람을 바람으로 둘러쌌다.

습한 나뭇잎 냄새가 물씬 풍기는 바람결에 몸을 내맡기자 주변 풍경이 서서히 뒤바뀌었다.

두 사람 앞에 펼쳐진 것은 하늘을 떠받들듯 거대한 나무였고, 아스더는 커다랗게 뜬 눈으로 홀린 듯 다가섰다. 어두운 와중에 유독 녹색으로 빛나는 잎과 나비가 신기한지 손을 뻗어보던 그가 중얼거렸다.

"……대단하군."

"멋있지? 센테르 어디에서도 이런 건 볼 수가 없다고."

마치 나무가 자신의 것인 양 으스대고 있었으나 아스더는 그런 걸 눈치챌 정신도 없어 보였다.

광대한 기운을 품고 살아 숨 쉬는 나무에 손바닥을 대며 그 생명의 박동을 느껴보기도 하고, 길게 내려와 있는 고불고불한 넝쿨을 만지작거리기도 했다.

그러다가 넝쿨 중 하나가 꼬물거리며 나무 속으로 숨는 것에 놀라 흠칫하기도 했다.

"푸하! 방금 그건 요괴였나 보다!"

"방금 그게 요괴라고?"

"나도 안 지 얼마 안 됐는데, 자연과 하나가 되어 이미 자연 그 자체인 요괴가 생각보다 많은 모양이더라고. 기척도 느껴지질 않아서 그냥 봐선 구별이 안 돼."

"놀라운걸. 저렇게 생긴 게 요괴였다니."

"그렇지? 우리가 몰라서 그렇지, 여기 꽤 많은 요괴가 있을지도."

아스더와 리리는 주변을 둘러보았다. 달빛 아래 하얗게 빛나는 꽃밭과 한가롭게 울어대는 벌레, 하다못해 작은 돌멩이까지. 어느 것이 요괴일는지는 요괴인 당사자가 움직여주지 않는 한 알수 없었다.

잠시 숨은 요괴를 찾느라 바빴던 두 사람은 이곳에 온 목적을 상기했다.

"흠. 막상 보여주려니 민망하네. 어떻게 보여줘야 할지도 모르겠고."

"네 말대로 시간은 많으니 천천히 진행하도록 하지."

아스더는 아예 생명의 나무 기둥에 기대어 앉은 채 리리를 감상했다.

마치 그 앞에서 일인극이라도 하는 기분이 들어 무척 낯간지러 웠으나 인제 와서 못 한다고 할 수도 없는 노릇이었다.

리리는 잠시 고민하다가 손바닥 위에 흰빛으로 이루어진 주술 구를 띄웠다.

"우선 그쪽도 잘 알고 있는 성력."

"……기분이 묘해지는데."

"막 내 앞에 무릎 꿇고 싶고, 성녀님이라고 부르고 싶고, 내 발 등에 입 맞추고 싶고 그렇지?"

허리춤에 한 손을 척 얹은 채 삐딱하게 서서 비웃으려니 아스 더가 입술 끝을 실룩거렸다.

"그 정도는 아니고."

"그래? 다른 사람들은 고작 이만한 성력에도 나를 찬양하기 위 해 태어난 사람처럼 굴던데."

"평범한 심력을 지닌 사람이라면 이해가 안 되는 바도 아니군."

결국 아스더도 반응이 다를 뿐, 비슷한 기분을 느끼기는 한다 는 말이었다. 아스더를 향해 직접적으로 사용했다거나 주변에 영 향력을 행사했다거나 하지는 않아서인지 그는 제법 담담하게 그 녀가 보여주는 성력을 감상했다.

"내가 아는 신성 주술이란 아픈 이를 치료하고, 기운을 북돋워 주는 것인데 그간 봐온 성녀의 행보는 조금 달랐어. 어떻게 빈민가를 그렇게 변화시킨 거지? 어째서 빈민가 사람들이 주술이 걸린 물건을 만들어낼 수 있는 거야?"

"신성 주술은 크게 세 가지야. 치료, 축복, 정화. 나는 고통받는 사람들을 치료해주고자 그 세 가지 주술을 다 사용했을 뿐인데, 그런 말도 안 되는 상황이 벌어져서 나야말로 놀랐다고. 내 성력을 과소평가했지 뭐야."

"네 수준을 정확히 인지할 수가 없었는데…… 설마 신성 주술사보다도 높은 수준이란 말인가."

"맞아. 내가 지닌 성력 역시 한계를 알 수가 없으니 굳이 따지자면 신성계열 대주술사인 셈이지?"

아스더는 말도 안 된다며 중얼거렸다.

리리도 공감했다. 어떻게 어둠의 신이 다스리는 세계에서 태어났다는 마족이 성력을 지니느냐 말이다. 그것도 어마어마한 수준의 성력을.

"하여간 성력은 이만하면 된 것 같고…… 다음엔 또 뭘 보여주지?"

축복이니, 정화니 그것들이 가진 충격적인 부가 효과에 대해서까지 알려줄 필요성은 느끼지 못했다.

아스더도 리리가 대주술사라는 사실에 놀라 거기까진 생각을 하지 못했는지 더 묻지 않았다.

"그거…… 허공에서 물건이 나타나는 것도 성력인가?"

"아, 아이템창?"

리리는 아이템창에서 탁자와 의자 등을 꺼냈다. 그렇게 커다란 물건을 꺼낸 건 처음이었기에 아스더가 놀란 눈으로 바라보았다.

"이건 여신께서 서비스로 주신 거라고 해야 하나. 정확히 따지자면 내 능력은 아니야. 나는 이게 어떤 원리인 건지 감도 안 잡히니까."

"어떤 물건이든 보관했다가 필요할 때 꺼내 쓸 수 있는 투명한 창고 같은 건가……."

"비슷해. 대신 물건이어야만 해. 사람이나 동물은 안 되고, 설명하여 팔 수 있는 상품 같은 거."

"그 안엔 뭐가 들어 있지?"

"너무 많아서 다 말해주는 건 불가능해. 그냥 웬만한 건 다 있다고 생각하면 될 듯."

그리 말하며 탁자 위에 테이블보와 젤리표 간식, 여러 종류의 차, 장식품과 촛대까지 올려놓자 아스더는 기가 막힌다는 듯 숨을 내뱉었다. 순식간에 우아한 티테이블이 완성되었다. 리리는 촛대에 불을 붙였다. 주변이 은은하게 밝아지며 퍽 분위기 있어 보였다.

"사기적인 능력이네."

"나도 그렇게 생각해. 또 궁금한 거?"

리리는 그 뒤로도 아스더가 궁금했던 능력들을 모조리 선보였다. 그녀의 검술 실력을 알고 싶다는 말에 검을 꺼내 검무를 췄다가 무용 스킬이 발동되어 잠시 그를 넋 놓게 만들기도 하고, 다룰 수 있는 악기가 궁금하다기에 하나씩 꺼내 연주를 해주다가 버프가 걸리기도 했다. 그 밖에 온갖 스킬과 능력치를 뽐내느라 시간 가는 줄을 몰랐다.

막상 능력을 보여주다 보니 아스더가 놀라는 걸 보는 재미도 쏠쏠하고, 언제 이렇게 자랑해보겠느냐는 생각에 막 더 뽐내게 되었다. 가진 바는 많은데 그걸 늘 감추기만 하다 보니 자랑하고 싶은 욕구가 억눌려 있었던 모양이었다.

"짠. 이것도 내가 만든 거라고. 들어는 봤니, 디자이너 리? 센테르 내의 웬만한 의상은 다 내 손을 거쳐 갔지. 그리고…… 이건 내가 세공한 보석들. 세공 실력도 수준급이지? 이래 봬도 요리도 잘한다고. 맛볼래?"

"……됐어."

아예 그녀가 만든 요리까지 꺼내 손수 입에 넣어주려니 아스더가 질겁하며 뒤로 물러났다. 평소 능청스러운 걸로는 둘째가라면 서러운 그가 그런 반응을 보이니 웃기기만 했다. 막상 본인이 놀림당하는 건 영 익숙지 않은 듯했다.

"맛있는데. 이걸 먹으면 기력을 조금 회복시켜준다고."

그러면서 자기가 만든 요리를 직접 먹어치우자 아스더는 어이 없다는 눈으로 바라보았다.

"그래도 되는 거야?"

"뭐가?"

"네 능력을 모조리 보여줄 작정인 것 같아서 말이야."

"……그러게? 하다 보니 재밌어져서."

그리 말하며 웃자 아스더는 황당하다는 얼굴로 픽 웃었다. 리리는 그만해야겠다며 꺼냈던 것들을 전부 아이템창에 도로 집어넣곤 손을 탁탁 털었다. 그러곤 아스더와 조금 떨어진 곳에 앉아 나무 기둥에 기대자 들떴던 기분이 조금이나마 가라앉았다.

어느새 달의 위치가 바뀌어 있었다. 이제 곧 날이 밝아올 터였다. 잠시 말없이 하늘을 올려다보던 아스더가 리리에게 고개를 돌리며 말했다.

"신기한 건, 네 그 능력들이 너무 짧은 시간 내에 얻어진 것들이라는 거다. 어떻게 그럴 수가 있지? 내가 알기로 열 살 이전의 너는 저택 밖으로 한 발자국도 나오질 않았고, 어느 날 갑자기 그런 눈에 띄는 행보를 시작했는데……. 너무 빠르게 대단한 능력들을 갖추었다는 게 믿기질 않아."

"여신의 안배인 거지. 빠르게 성장해야 전쟁이 벌어지기 전에 내가 맡은 역할을 제대로 해낼 수 있을 테니까, 남들보다 좋은 조건으로 시작하게 해줬어."

"그럼 그것도인가? 네가 무엇을 하면 남들보다 더 뛰어나 보인다고 해야 하나……. 말로 표현하기가 어려운데 분명한 건 네가 하는 말이나 행동에는 힘이 있고, 더욱 몰입이 되며 믿음이 간다는 특징이 있다. 어떨 때는 홀리는 기분이 들기도 해."

"그 어떨 때는 혹시 내가 춤을 추거나 노래를 부를 때, 혹은 선교를 할 때?"

"……정확하군."

"그것도 여신이 준 능력이니까. 내 능력이라고 보기엔 조금 어렵고, 사람들을 조금 더 쉽게 설득할 힘이 내게 주어졌어."

아스더는 허탈한 웃음을 흘렸다.

"……결국 다 갖췄다는 뜻이네. 부러울 정도야."

"그쪽한테 부럽다는 말을 들으니 기분이 이상하다."

리리는 푸흐흐 웃음을 터트렸다. 아스더는 왜 그러느냐는 듯 의문 섞인 시선을 던지고 있었다.

막상 자신도 아스더의 정체를 알았을 때 어떻게 사람이 저럴 수가 있느냐고, 타고난 혈통은 못 이기는 거냐고 억울해했던 적이 있다. 그런데 그 당사자에게 부럽다는 말을 들으려니 황당하면서도 뿌듯했다.

"나도 그랬거든. 그쪽이 센테르에서 가장 큰 상단의 주인이자 정보단주라는 사실을 알았을 때…… 그것이 타고난 능력 덕분이라는 걸 깨달았을 때 말이야. 역시 사람은 각자 맡은 운명의 길이 있구나, 내가 8년이라는 시간 동안 간신히 얻어낸 능력들을 단지 대륙의 주인이 될 사람이라는 이유만으로 타고날 수도 있는 거구나, 내심 억울해했거든."

"그렇게 따지면 세계를 구하는 용사의 운명을 타고난 네가 더 뛰어난 것 아닌가?"

"그쪽 눈에는 또 그렇게 보이나 봐? 역시 사람은 자신이 가지지 못한 것을 부러워하게 된다니까? 우리 둘 다 가질 만큼 가진 사람들인데, 상대방의 능력이 조금 더 뛰어나 보이고 편해 보이고 그런다. 웃겨."

리리의 말에 아스더도 짧은 웃음을 흘렸다. 공감하는 눈치였다. 리리는 나무 기둥에 편히 기대어 하늘을 올려다보며 말을 이었다.

"그리고 그쪽이 오해하는 게 하나 있는데. 나는 그쪽을 아무 생각 없이 이용했던 게 아니야. 왠지 그쪽이라면 괜찮을 것 같다…… 늘 그렇듯 뻔뻔하고 능청스럽게 넘어갈 것 같다…… 뭐, 그런 믿음이 깔려 있었던 거지."

"……좋은 건가? 욕하는 것처럼 들리는데."

아스더가 고개를 갸웃거리며 불퉁하게 물었다. 리리는 삐죽이 웃으며 말했다.

"글쎄. 그렇게 들린다면 내가 할 말이 없네."

아스더의 한쪽 눈썹이 치켜 올라가고, 리리는 킥킥 웃으며 말을 덧붙였다.

"하여간 그날 일은 미안하다고. 정말로."

리리의 사과에 아스더는 도로 나무 기둥에 팔을 괴곤 기대며 답했다.

"됐어. 지금은 기분 나쁘지도 않으니까."

"그렇다면 다행이네."

빈말은 아닌지 아스더의 표정이 퍽 밝아 보였다.

애초에 아스더란 인물이 빈말할 남자가 아니기도 했다. 그리 생각하자 그의 칭찬이 떠올라 괜히 또 낯간지러워졌다.

빈말도 할 줄 모르는 사람이 그런 반짝반짝한 표현으로 칭찬을 할 줄이야……

잠시 말이 없던 아스더가 천천히 입을 떼었다.

"네 말대로 화를 낼 상대가 있다는 건 다행이니까. 응어리가 모조리 풀어지진 않았대도 조금이나마 작아진 것 같아 오히려 내 쪽이 고마워해야 할 것 같다."

안 그래도 아스더의 칭찬에 대해 생각하던 참이었는데, 이렇듯 솔직담백하게 속마음을 털어놓는 것에 더욱 낯간지러워져 입술 끝이 실룩거렸다. 리리로선 너무도 어색한 분위기였으며 어떻게 든 벗어나고 싶은 화제였다.

그래서 말을 돌리려던 참이었다. 아스더가 말을 덧붙였다.

"가만히 생각해보면, 나는 너만큼 불행하진 않은 듯해."

그리 말하며 불쌍하다는 듯, 묘하게 비웃음이 가득한 얼굴로 리리를 바라보는 탓에 그녀는 순간 울컥했다.

"아! 정말 열 받아. 넌 너무 얄미워. 예전이나 지금이나 변함없이 재수가 없어!"

리리가 벌떡 일어나선 삿대질을 하자, 아스더가 웃음을 터트렸다. 지금까지 봐왔던 것과 다른 환한 웃음인지라 잠시 멍해졌던 리리가 확 몸을 돌렸다.

"하여간 나는 보여줄 만큼 다 보여줬다? 거래 종료야?"

스킬이나 능력치를 눈으로 보는 것, 지도창이나 아이템 확인창과 같은 시스템이 남아 있었지만 그건 설명해준다고 해도 쉽게 이해할 범주가 아니었으므로 관두기로 했다.

로쉐와 젤리에게 설명해주었던 것만으로도 벅찼다. 게임이 없는 이곳에서 게임 시스템을 설명하기란 무척 어려운 일이었기 때문이다.

'이렇게 동쪽 퀘스트도 무사히 완료했고…… 서쪽은 라이를 키우기만 하면 되니까, 이제 남은 건 중앙이라는 건데……. 저 아스더를 어떻게 천자 자리에 앉힌담?'

이제 거래할 패도 더는 없었기에 난감했다. 고작 공연으로 천자의 반응을 떠보는 걸로는 한참 부족한데…….

뭔가 더 확실한 방법이 없을지 조금 더 고민해봐야 할 성싶었다.

21. 위기의 센테르

　힘겹게 새디아섬 퀘스트를 완료하였으나 막상 체감하는 변화는 없었다.

　아이기의 한 때문에 들끓었던 바다가 한순간에 잠잠해지는 것은 아니었기 때문이다. 게다가 아이를 찾아주었을 뿐이지, 그녀를 그렇게 만든 황후나 귀족들에게 속 시원한 복수를 하며 맺혀 있던 모든 한이 풀린 건 아니었기에 아마도 시일이 제법 걸릴 듯했다.

　리리는 아이기에게 자신이 대신 복수를 해주겠다는 말도 해보았지만 거절당했다.

　'하긴…… 나라도 남이 대신 복수해준다고 하면 싫을 것 같아.'

적어도 자신을 그렇게 만든 이가 고통받아 괴로워하는 모습이라도 직접 봐야 성에 차지 싶었다.

그래서인지 아이기는 여전히 새로운 육체를 바라고 있었고, 누군가 찾아왔다가 일전에 리리가 겪은 것처럼 샘으로 빨려 들어갈지 모르는 일이기에 아벨은 지금까지처럼 인간의 출입을 막아두기로 했다. 퀘스트만 완료되었지, 사실상 깔끔한 마무리는 아닌 셈이었다.

그나마 다행인 것은 아이를 찾으며 안정되었다는 점일까. 복수심은 시간이 흐르면서 흐려질 수도 있는 거였고, 어차피 중앙 퀘스트를 위해 아스더를 천자의 자리에 앉혀야만 하니까 그것으로 모든 게 해결될지도 몰랐다.

사랑하는 아이가 본래의 자리를 되찾고, 그 자리를 차지했던 황후와 황태자가 물러난다면 말이다.

결국 동쪽 퀘스트의 완벽한 완료를 위해선 중앙 퀘스트를 해결해야만 했다.

"그리고 그게 제일 골치 아픈 거고 말이지……."

리리는 지끈거리는 이마를 짚으며 한숨을 푹 내쉬었다. 그에 요리가 담긴 트레이를 끌고 오던 젤리가 걱정스러운 목소리로 물었다.

"아가씨, 괜찮으십니까?"

"……어. 아직까진."

"스트레스를 많이 받으신 것 같습니다. 요즈음 아가씨 얼굴이 말이 아니라고요."

"그래?"

간만에 상태창을 열자 스트레스 수치가 200이 넘어 있었다. 자꾸만 쌓이고 또 쌓여서 자고 일어나거나 맛있는 걸 먹는 정도로는 해소가 안 되는 탓이었다. 그래도 체력과 기력이 범인의 수준이 아닌지라 딱히 체감상 느껴지는 건 아니었으나 젤리의 말을 듣고 보니 팔다리가 무거운 것도 같았다.

리리가 괜히 푸석해진 것 같은 얼굴을 쓰다듬으려니 접시를 내려놓던 젤리가 그녀의 얼굴을 살피며 말했다.

"요즘의 아가씨를 보면 누가 생각나는지 아십니까?"

"누구?"

"주인님이요."

젤리의 말에 리리는 넋이 나간 얼굴로 멍하니 올려다보았다. 그는 한숨을 내쉬며 고개를 저었다.

"어두워진 눈 밑이며 창백한 피부하며 세상의 모든 걱정을 짊어진 듯한 표정하며…… 그냥 딱 주인님 같으십니다."

"……그 정도야?"

"네."

젤리는 단호하게 답했다. 리리는 너무 충격적인지라 말이 나오질 않았다.

로쉐라니. 한 20년은 제대로 못 잔 것 같은 피로한 인상의 로쉐와 비교당하니 자신이 심각하게 피곤하긴 한가 보다, 직접적으로 와닿았다.

어디 잠만 못 잤을까. 처음 봤을 때는 뱀파이어인가 싶을 정도로 피폐하였던 것을. 그것도 한참이나 피를 빨지 못한 초췌하고 야윈 뱀파이어. 자신이 그 정도라니 그건 너무도 당혹스러운 얘기였다.

"에이. 비교할 걸 해야지."

"딱 주인님이라니까요. 일중독까지 닮았습니다. 갈수록 아가씨 얼굴 보는 게 힘들어지는 듯하니까요."

"그거야 시간이 얼마 남지 않았으니 그러지. 젤리도 들어서 알잖아."

그에 젤리는 어두워진 얼굴로 쟁반을 꼭 끌어안았다. 전쟁이라는 것이 몸으로 와닿지는 않아도 그 단어만으로도 충분히 두려움을 주는지 이 주제가 나올 때마다 한껏 겁에 질린 얼굴이 되어버리곤 했다.

리리는 젤리의 두려움을 털어내기 위해 얼른 말을 돌렸다.

"그나저나 아빠 못 본 지도 꽤 되었네. 밥은 먹이고 부려먹는 걸까……."

천자에 대한 원망이 언뜻 섞인 말이었다. 젤리도 고개를 주억거렸다.

"그러게나 말입니다. 안 그래도 피곤하신 분께서 잠은 제대로 주무실는지……."

로쉐는 천자의 명령에 따라 지주와 함께 황궁으로 들어섰다. 그 후로 무슨 깊이 있는 회의를 하는지 며칠 동안 주술각에도 보내주지 않아 황궁에만 붙들려 있었다. 리리와 젤리의 걱정이 당연한 상황이었다.

"그것 때문에 천자의 반응도 알 수가 없고…… 너무 답답해."

지주와의 회의를 더 중요시하기 때문인지, 공연에 대한 얘기를 분명 들었을 텐데도 천자는 아무런 반응도 보이지 않고 있었다. 리리는 답답함에 한숨을 푹 내쉬었다.

"얼른 해결을 봐야 하는데…… 아직도 방법을 모르겠어."

그런 리리를 안쓰럽게 바라보던 젤리가 힘 빠진 목소리로 말했다.

"대체 여신님께선 왜 아가씨에게 그런 중대한 일을 맡기신 걸까요. 생각해보고 또 생각해봐도 이해가 되질 않습니다."

"나도 마찬가지야."

그때까지 조용히 라이의 밥 먹는 걸 도와주던 다리우스가 입을 열었다.

"그냥 운이 나빴던 거겠지."

"네?"

"운이라니?"

다리우스의 말에 젤리와 리리가 동시에 의문을 품었다. 라이는 두 사람의 분위기를 보곤 덩달아 호기심 가득한 눈으로 다리우스를 올려다보았다. 그런 라이가 귀여운지 머리를 쓰다듬던 다리우스가 말을 이었다.

"특별히 무슨 이유가 있었다기보다는 그냥 때마침 눈에 띈 것일지도 모른다."

"에이, 설마요."

젤리는 리리가 하고 싶은 말을 대신 해주었다. 리리도 고개를 주억거리자 다리우스는 이걸 어떻게 설명해야 하나 싶은 표정을 짓더니 입을 열었다.

"내가 그랬다. 그냥 뭐가 필요한데, 누구한테 뭘 좀 시켜야 할 것 같은데 때마침 대신 해줄 만한 인간이 보이면 떠맡기곤 했으니까. 그게 그 인간이어서라기보단, 그냥 적당한 인간이 눈에 띈 셈이지."

무척이나 오만하고도 황당한 얘기였으나 묘하게도 '그럴 수도 있겠는데?'라는 생각이 들고 있었다. 그냥 상황이 딱 맞아떨어져서 고르게 되었다는 얘기니까. 말 그대로 운이 나빠서 선택이 되었다는 게 문제지만.

"……그건 그 나름대로 기분이 나쁘네요. 차라리 전생에 큰 죄를 지었던 게 낫겠어."

자신의 업보려니. 이번 생엔 착하게 살아서 더 나은 후생을 맞이해야겠거니. 그렇게 생각하는 게 마음이나마 편했다.

리리의 말에 다리우스는 마음대로 하라는 듯 관심을 끄고는 라이를 돌보았다.

"이건 뭐야?"

"류라는 열매다. 성장에 도움을 주지."

"성장?"

"키가 자란다는 뜻이다."

"먹을래."

라이의 눈높이에 맞춰서 다정하게 설명해주는 모습이 제법이었다. 한때는 아무 인간이나 부려먹던 노베 바다의 수호자가 지금 여기서 저러고 있는 게 우스웠다. 그것도 자처해선 보모 노릇이라니 말이다.

"누나, 아."

"누나도 주는 거야? 아."

라이가 건네주는 열매를 받아먹자 다리우스가 불만스러운 표정을 지었다.

"나는 왜 안 주는 거지? 이렇게 네 밥을 먹이고 있는 건 난데."

"크다."

라이는 다리우스를 손으로 가리키며 말했다. 갑자기 무슨 소리인가 싶어 다들 라이를 바라보자 이번엔 리리를 가리키며 말했다.

"작다."

"아…… 누나가 더 작으니까 얼른 크라고 먹여준 거라고?"

"응."

그제야 다리우스의 표정이 풀렸다. 언뜻 흡족하다는 느낌도 있었다. 고작 한 인간 여자보다 크다는 게 만족스러운 모양이었다. 어이가 없을 뿐이었다.

리리는 다리우스에게 신경 쓰지 말고 라이를 칭찬해주었다.

"우리 라이, 크다 작다도 알고 대단하네?"

리리의 칭찬에 라이는 볼이 통통해질 정도로 웃었다. 너무 사랑스러운지라 뺨을 꼬집지 않고는 배길 수 없었다.

원래부터 인간의 언어를 다 알아듣던 라이였기 때문인지 말을 배우는 속도가 무척 빨랐다. 아직 문장을 만드는 게 미흡할 뿐, 머릿속으로는 다 들어 있는 모양이었다. 그게 몹시 신기했다. 이러다가 어느 날 갑자기 반박하기도 어려울 정도로 논리적인 문장을 매끄럽게 이어가면 당황스러울 것 같았다.

식사를 마친 후 젤리를 도와 뒷정리까지 끝냈다. 그러자 이번에는 편지가 한가득 쌓인 트레이를 밀고 왔다.

"그게 전부 협박 편지야?"

"아뇨. 이쪽은 협박 편지입니다만, 이쪽은 아가씨께 온 개인적인 것들입니다."

리리에게 온 편지는 몇 개 되지 않으나 협박 편지라고 칭한 것은 무너질 듯 위태롭게 쌓여 있었다. 리리가 퀘스트를 진행하며 거의 모든 활동을 중단했으니 편지의 수가 준 것이었고, 협박 편지는 수신자가 모두 예술의 전당이나 소속 배우 혹은 지배인인 하이든 부인으로 되어 있었다.

"이번에는 유독 이상한 물건이 들어 있는 편지가 많았습니다."

"저번처럼 쥐꼬리, 동물 손톱 같은 거?"

"……네. 코코 양에게 온 편지 중에는 독이 묻어 있는 유리 조각도 있더군요."

"미친 거 아니야? 그건 협박 수준이 아니잖아!"

예상했지만 공연 이후로 관객들의 반응은 완전히 극과 극으로 극명하게 나뉘었다. 아무것도 모르는 쪽은 너무 아름답고 슬픈 사랑 이야기라는 반응을, 찔리는 쪽은 당장 이런 끔찍한 공연을 중단하라는 반응을 보였다.

이미 후원을 중단한 귀족들이 속출했으며 공연장에 오물을 버리거나 의상이나 장신구 후원을 중단하지 않으면 예약을 모두 취소하겠다며 아르미를 협박하는 이들이 생겨났으며, 이런 식으로 협박 편지를 보내오기도 했다. 당연히 메인 보컬을 맡은 코코에 대한 협박이 가장 많고 지독했다.

그래서 지금은 배우들의 안전을 위해 공연을 일시 중단한 상태였고, 젤리와 리리는 혹시 다치거나 충격을 받을까 봐 공연장으로 가는 편지를 모조리 회수해 골라내는 작업을 진행 중이었다.

"편지 출처는?"

"역시 사람을 사서 보낸 거라 제 쪽에서는 정확히 알아낼 수가 없었습니다."

"고생했어. 이런 편지들을 자꾸 읽게 해서 미안해, 젤리."

"괜찮습니다. 아가씨나 애꿎은 배우들이 보고 상처받는 것보다
야 훨씬 나으니까요."

근래 아주 질이 나쁜 협박 편지들이 자꾸만 와서인지 젤리 얼
굴도 말이 아니었다. 그래도 아가씨와 배우들을 지키겠다는 사명
으로 눈동자만큼은 뜨겁게 이글거렸다.

"배우…… 공연…… 음…… 주…… 주음……?"

"죽음."

"응, 죽음. 죽음이 뭐야?"

"죽는 것을 뜻한다. 다시는 그 사람을 볼 수 없는 거지."

"그렇구나."

그 와중에 라이는 편지만을 잘 정리해놓은 것들을 꺼내 아는
단어를 찾아 읽고 있었다. 다리우스는 그런 라이를 품에 안고는
단어 읽는 걸 도와주었다.

그런 둘을 내버려둔 채로 예술의 전당에 오는 협박 편지들을
이대로 둘 건지, 어떻게 하는 게 좋은지 젤리와 상의하던 리리는
문득 약속 시각이 다 되었다는 걸 깨닫곤 라이를 불렀다.

"라이. 오늘은 누나랑 같이 나갈래?"

"응!"

"흰돌이는 왜 또 데리고 나가려는 건가."

"누구 좀 소개해주려고요. 그리고 또는 무슨 또예요. 얼마 만에 데리고 나가는 건데."

다리우스의 머릿속에는 방해하는 리리의 모습만이 남아 있는지 영 불쾌하다는 표정을 짓고 있었다.

그러든가 말든가 리리는 라이의 귀와 꼬리를 가릴 수 있는 망토를 입힌 후 안아 들었다.

"나한테 온 편지는 갔다 와서 읽어볼게."

"네…… 아, 아가씨. 그중 특이한 편지가 하나 섞여 있습니다."

"특이한 편지?"

"네. 잠시만요……."

젤리는 편지를 따로 빼놓았던 듯 바로 찾아서 주려고 했으나, 안타깝게도 두 사람이 한눈파는 사이에 라이가 온통 섞어둔 터라 트레이로 뻗었던 손이 쓸쓸하게도 허공만을 헤매었다. 그 모습을 본 리리가 어색한 웃음을 흘렸다.

"……다시 정리해야겠네."

"……네. 그래야겠습니다."

"미안, 젤리. 갔다 와서 내가 할 테니까 그냥 둬."

"아닙니다."

"그럼 무슨 편지였는지만 대강 말해줄래?"

젤리는 어떻게 표현해야 할지 알 수 없는지 잠시 망설이다가 답했다.

"그림…… 같았습니다. 그림 문자라고 해야 할까요. 저로선 해석할 수 없었습니다."

"그림?"

되물었던 리리는 문득 편지 하나를 떠올렸다. 아이가 그린 것 같은 편지라면 전에도 받아본 적이 있었다.

"……티메인가? 알겠어. 갔다 와서 확인해볼게."

"네, 다시 정리해놓겠습니다. 조심히 다녀오세요, 아가씨. 그리고 흰돌이."

"응, 다녀올게."

"다녀오게."

어설프게 리리의 발음을 따라 한 라이가 젤리에게 손을 흔들어 주었다. 그새 사고를 치고는 사라지는 라이를 보는 젤리의 표정은 해탈한 것에 가까웠다. 리리는 젤리가 다리우스와 오붓한 시간을 보내며 부디 회복하길 바랄 뿐이었다.

그렇게 두 사람이 이동해 온 곳은 아센 상단 내 상단주의 방이었다. 라이는 장소가 바뀌자마자 달라진 공기를 느꼈는지 리리의 품 안에서 뛰어내렸다. 그러곤 어딘가를 향해 연신 으르렁거렸다.

뛰어내리면서 모자가 벗겨졌고, 한껏 **빳빳**해져선 쫑긋거리는 흰 귀가 고스란히 드러났다. 꼬리도 붕붕 흔드느라 망토가 들썩거렸다.

"라이, 누나가 그러지 말라고 했지요? 사이좋게 지내야 한다고 말했을 텐데?"

"으으응, 으으으으응."

라이는 리리가 막아서는 게 몹시 마음에 안 드는지 고개를 저으며 투정했다. 그 모습을 가만히 앉아 바라보던 아스더가 기가 막힌다는 목소리로 말했다.

"그 건방지고 조그마한 짐승이 서쪽의 주인이라고?"

불쾌하긴 아스더도 마찬가지인지 그의 눈썹 사이에 미미한 주름이 졌으며 한쪽 입꼬리만 비죽 올라와 있었다. 리리는 그래도 어른이고 알 거 다 아는데 먼저 잘 지내보자고 손을 내밀지는 못할망정 굳이 저렇게 시비를 걸어야 하나 싶어 황당한 얼굴로 그를 바라보았다.

각자 지닌 성질에 따라 이런 식으로 적대감을 드러내기도 하는데 대체 어떻게 모든 대륙의 주인들을 모아 전쟁에 대비하라는 건지. 자기들끼리 전쟁을 안 일으키면 다행이겠구먼. 막막함까지 들었다.

"캬오오오옹."

"으응, 그래그래. 기분 나쁜 거 다 이해해."

"도대체 누가 기분 나빠야 하는 건지 모르겠군. 굳이 여기까지 찾아온 게 누군데."

"아, 그쪽은 왜 그러는 건데. 다른 주인들이 궁금하다며. 그래서 직접 데려와줬는데 뭐가 불만이야?"

"인간의 모습으로 변했다길래 뭐가 조금 달라졌을 줄 알았지. 모습만 조금 바뀌었을 뿐, 여전히 작고 건방진 짐승일 줄 알았다면 관뒀을 거다."

"캬오옹! 캬오오옹!"

라이는 금방에라도 달려들 것처럼 등을 굽히며 발톱을 세웠다. 인간의 모습이 된 후로는 처음 보는 날카로운 발톱에 리리는 깜짝 놀랐다.

"라이, 이 모습으로도 발톱을 꺼낼 수 있었던 거야?"

"그래 봤자지. 저깟 걸로 상처나 제대로 낼 수 있을지 모르겠군."

"캬옹!"

"아, 진짜……."

기껏 라이를 다독이면 아스더가 도로 도발하는 상황에 리리는 짜증이 확 솟았다. 사납게 아스더를 노려보자 그는 팔짱을 낀 채로 고개를 돌리며 딴청을 피웠다.

"왜 나한테만 뭐라 하는 거지? 시끄럽게 울어젖히는 짐승은 오냐오냐하면서. 말도 할 줄 모르는 건가."

「그야 아스더는 말귀를 다 알아듣고 나름대로 절제력도 있는 성인이라지만, 라이는 어린아이니까!」라고 소리쳐주고 싶었으나 리리의 품에서 캬르릉거리는 라이를 달래는 것이 우선이었기에 쭈그리고 앉아 눈을 마주쳤다.

"라이. 우리 라이 말할 줄 알지? 그럼 어떻게 해야 할까? 말로 해야겠지?"

리리의 말에 라이는 낮은 목소리로 웅얼거렸다.

"싫어어. 저 남자 싫어어어."

"그렇지! 아고, 잘했어요, 우리 라이. 말도 잘하네."

리리가 칭찬하며 머리를 쓰다듬어주자 라이의 기분이 나아졌는지 바짝 세웠던 꼬리를 도로 살랑거리며 방긋 웃었다.

"응. 라이 말해. 저 남자 싫어."

"옳지. 잘한다."

두 사람의 대화에 아스더는 어이없다는 표정을 지었다.

"……더 기분 나빠."

그러든가 말든가 리리는 라이를 도로 품에 안은 채로 아스더의 건너편 의자에 앉았다.

"힝. 싫어."

"응, 라이. 누나가 라이 마음을 충분히 이해하는데, 그래도 조금만 참아보자. 누나가 말했지? 이건 중요한 일이라고."

"……응."

리리의 목에 팔을 두른 채 라이가 시무룩한 얼굴로 고개를 끄덕였다. 어째 멀쩡한 성인 남자보다 훨씬 낫지 싶었다.

"아고, 착하다."

"언제까지 그러고 있을 작정이지? 이곳에 온 이유를 잊었나 본데."

"아니야, 안 잊었어. 누구누구가 나잇값 못 하고 자꾸만 어린아이를 놀리니까 보호자로서 아이를 달래느라 조금 정신이 없었을 뿐이야."

리리의 비꼼에 아스더가 의자에 몸을 기대며 비웃음을 가득 지어 보였다. 리리는 얼른 말하라는 듯 턱짓했다.

"보아하니 둘의 친밀도를 올리는 건 하루 이틀로 될 일이 아닌 것 같으니 빨리 정보나 알려줘. 얼른 돌아가게."

"내게 정보를 맡겨놓은 눈치군."

"아니라곤 할 수 없지."

리리의 말에 아스더의 썩은 미소는 더욱 짙어졌으나 그녀는 신경도 쓰지 않았다. 아스더의 말 하나하나에 반응하며 불쾌함을 드러내는 라이를 잘 달래는 것이 우선이었기 때문이다. 돌아가는 상황이 마음에 안 드는지 한숨을 푹 내쉰 아스더가 입을 열었다.

"좋아. 그럼 간단히 말할 테니 잘 듣도록 해."

"응."

리리는 품에 안은 라이를 쓰다듬으며 건성으로 답했다. 그에 아스더가 살짝 울컥한 눈치였으나 가까스로 억누르며 말을 이었다.

"내 말에 집중 좀 해줬으면 좋겠는데."

"아, 미안."

여전히 건성이었으나 아스더는 반쯤 포기한 얼굴로 말했다.

"아무래도 황후는 공작 영애를 황태자비로 맞이하기로 한 듯해.

근래 공작 영애의 입궁이 잦고, 황태자와 시간도 자주 보냈다."

"에이, 설마?"

"왜. 인제 와서 황태자비 자리를 놓친 게 아쉬워?"

"그럴 리가."

딱 잘라 대답한 리리가 말을 덧붙였다.

"천자는 페레로가를 눈독 들이고 있는데, 어떻게 황후가 공작가와의 정혼을 추진해? 천자가 반대할 게 뻔하잖아."

"내 생각으로는…… 아이부터 갖게 할 작정인 것 같은데."

"……뭐?"

리리가 놀라 아스더를 쳐다보자, 드디어 자신에게 던져지는 시선이 흡족한지 미소를 짓던 아스더가 설명해주었다.

"왜 그리 놀라지? 생각해보면 간단하게 답이 나올 텐데."

"아니…… 황태자도 다른 여자를 마음에 두고 있는데, 그게 가능할까 싶어서……."

"아, 그래. 황태자가 자신을 좋아하니까 다른 여자에게는 시선도 주지 않을 거다, 뭐 그런 자신감인 건가?"

"딱히 그런 건 아니고. 그냥 좋아하는 사람이 따로 있는데 그런 짓을 한다는 게 나로서는 이해가 잘 안 된다는 거지."

"원래 정략결혼이라는 게 다 그런 거지."

"그야 그렇지만……."

리리가 말끝을 흐리자 턱을 괸 채 가만히 쳐다보던 아스더가 툭 내뱉었다.

"아쉬우면 그냥 황태자와 혼인하지 그래?"

"내가 미쳤어? 왜 자꾸 이상한 소리를 해대는 거야?"

라이 때문인가? 아스더가 이상했다. 자꾸 헛소리만 해대고 말이다. 리리가 정색하며 화내자 아스더는 웃음을 흘렸다. 욕먹고도 좋다는 표정에 리리는 황당해졌다.

"그래. 잘 생각했어."

"……무슨 뜻이야?"

"별 뜻 없어."

아스더는 어깨를 으쓱한 뒤 자신을 노려보는 라이에게 비웃음을 날려주었다. 그에 정말 이상한 남자라고 생각하며 리리는 지친 목소리로 물었다.

"그건 더 얘기해봐야 답이 나오는 문제도 아니니 됐고…… 내가 알아봐달라는 건 알아봤어?"

리리의 물음에 아스더의 시선이 다시금 라이에게 향했다. 다만 느낌이 조금 달랐는데, 지금까지는 비웃거나 놀리기 위함이었다면 이번에는 망설이는 듯한 눈치였다.

"너도 참 대단하군. 어린애를 데려와놓곤 그런 걸 묻다니."

막상 리리는 아무 생각이 없었는데 아스더가 그런 걸 신경 쓰다니 신기했다. 그러고 보면 열 살 무렵의 리리가 홍등가에 찾아왔을 때도 걱정이 되어서 쫓아냈다고 했다.

할 말 못 할 말 가릴 줄 모르는 안하무인이라고 생각했던 것이 큰 오해이기는 했구나 싶을 정도로 나름대로 상대방을 신경 쓰는 편처럼 보였다.

"상관없을 것 같은데. 라이가 모르는 단어들이기도 하고, 집에선 더한 대화도 나누거든."

말하면서도 민망해서 멋쩍은 얼굴을 감추느라 괜히 라이의 뒤통수에 코를 파묻었다. 그러고 보니 어린아이를 두고 참 별말을 다 했다. 협박 편지까지 읽게 하고, 그 단어들을 손수 가르치고.

아스터가 황당하다는 듯 바라보며 입을 열었다.

"정서 교육을 참 잘 시키는군."

리리는 라이의 손가락을 만지작거리며 딴청을 피웠다. 라이는 여전히 불편한 기색이 역력해 보였지만 그래도 리리가 아스터가 아닌 자신의 편만을 들기 때문인지 처음처럼 으르렁거리며 적대감을 드러내진 않았다.

"뭐, 내가 관여할 바는 아니지. 하여간…… 네 말대로 내 가게에서 일하던 여자가 맞더군. 어느 날 갑자기 잠적을 하자 어떻게된 건지 확인을 해보았던 모양이야. 기록이 남아 있었다."

그러면서 탁자 위에 놓여 있던 종이에 무어라무어라 써 내려가기 시작했다. 펜이 움직이자 라이는 관심이 생기는지 자꾸만 움찔거렸다. 잡고 싶은 모양이었다. 메모를 마친 아스터가 쪽지를 건네주자, 리리는 참견하려는 라이를 다독이며 내용을 확인했다.

쪽지 내용은 별것 없었다. 몇 날 몇 시 실종. 실종 당시 옷차림새와 험상궂은 남자들이 포대로 납치했다는 목격자의 증언, 그리고 그 남자들의 이동 경로와 마지막으로 목격된 장소…… 등이었다.

"……이 정도로 상세하게 알아냈으면서 그냥 둔 거야? 도와주지 않고?"

"이미 늦은 거겠지. 당시 그걸 기록했던 자를 찾아 얘기를 들어보니 무언가를 알아내려 한 듯 고문을 한 흔적이 있었다고 했다. 알아내려고 했던 건 아마도……."

"……아이의 행방."

"그렇겠지."

순간 티메와 엘의 해맑은 얼굴이 스쳐 지나가 괴로워졌다. 리리는 설마 하며 생각하던 게 사실로 드러나자 깊은 한숨을 내쉬었다. 결국 그들의 어미는 귀한 핏줄을 품은 대가로 목숨을 잃은 게 맞았다.

대화를 이해하지 못한 라이가 무슨 일이냐는 듯 그녀를 올려다보았고, 리리는 거의 습관적으로 라이의 보들보들한 뺨을 쓰다듬어주었다. 어린아이의 턱을 쓰다듬는 건 모양새가 이상하니 뺨이나 머리카락으로 위치를 바꾼 거였다.

"어떻게 그런 짓을 할 수가 있지……. 어린아이가 있는 어미인 것을……."

"뭐…… 종종 있는 일이야."

아스더 역시 지친 듯한 목소리로 말을 이었다.

"첩이라도 좋다 하면 우리로선 할 수 있는 게 없으니까. 아이를 갖고 낳는 것까지 우리가 통제하려 들 수는 없는 노릇이니 말이야. 그렇게 운이 좋아 아이를 양자로 입적시키고 본인은 한적한 곳에 집을 얻어 숨은 후처로 살아가는 경우도 있지만…… 이런 비극이 벌어지기도 하지."

턱을 괸 손가락으로 입술을 툭툭 치던 아스더가 경멸 어린 시선을 허공에 던지며 중얼거렸다.

"그렇지 않아도 끝으로 내몰린 사람들이니 썩은 줄이라도 붙잡아보겠다는 그 마음은 충분히 이해할 수 있다. 그런 희망마저도 짓밟는 잔인한 사람들이 있다는 게 문제고."

아스더의 목소리에서 미미하게 죄책감이 묻어 나오고 있었다. 한 여자를 지켜내지 못한 것에 대한 죄책감인지, 이런 일이 벌어질지 모르는데도 방관해야만 하는 것에 대한 죄책감인지는 알 수 없었다.

리리는 아스더가 미안해할 일은 아니라고 생각했다. 홍등가를 몰래 살폈을 때, 그녀가 생각했던 것과는 분위기가 많이 달랐다. 그중 특히 도드라지던 것은 홍등가 여인들의 아스더에 대한 신뢰와 의리였다.

그 덕분에 그나마 이렇게 산다, 그에게 적게나마 보답을 하고 싶다, 이런 느낌을 받았다.

그만큼 아스더가 여인들의 편의를 봐주고 그들의 삶을 일부분이나마 구제해주었기 때문 아닐까.

"……혹시 그자들을 찾을 방법이 있을까?"

"그런 위험한 명령을 이행한 이들을 가만히 뒀을까?"

"아니."

리리는 다시금 한숨을 내뱉었다. 결국 티메와 엘의 어머니를 죽인 범인은 잡지 못한다는 뜻이니 속이 답답해졌다.

"어차피 살아 있어도 못 써먹어. 순순히 인정할 리가 없으니."

"하긴…… 시간도 너무 오래 지났지."

"그래. 증거도, 증인도 남아 있지 않아. 이런 기록 따위는 우스워할 테니."

아스더는 탁자 위에 놓인 종이를 팔락팔락 흔들며 비웃었다. 그의 반응이 이해가 되었다. 상대가 상대이니 온갖 증인 증거 다 가져와도 유유히 빠져나갈 터였다.

"그녀도 참 대단하지. 어떻게 공작의 아이를 가질 생각을 했을까. 공작가의 도련님일 때야 이곳을 제집처럼 드나들었으니 인연을 맺는 건 어렵지 않았을 테지만…… 공작 부인이 두 눈 시퍼렇게 뜨고 있을 때조차 그 관계를 이어갔다니……. 그 용기만큼은 인정하지 않을 수가 없군."

엘의 아버지가 다른 이도 아닌 이네아 공작이었으니 말이다.

"이네아 공작은 이 사실을 알았을까?"

"그것까진 나도 모르겠는데. 일단 그 일을 꾸미고 벌인 자들을 고용한 건 이네아 공작 부인이 확실하다. 아마 그녀를 고문했던 곳으로 추정되는 장소에서 이네아 공작 부인을 목격한 이가 있으니까."

이네아 공작 부인의 분노도 어느 정도는 공감되었다. 그야 자신의 남편이 홍등가 여인과 놀아나다가 아이를 가지게 했고, 그 여인은 아이를 무기 삼아 공작가로 들어오려는 듯 보이니 어찌 화나지 않았을까.

그래도 여인을 고문해 아이의 위치를 알아내려 하고, 끝내 목숨을 끊어 시신조차 찾지 못하게 한 건 너무 잔인했다. 두 아이의 엄마였다. 그렇게 어미를 잃은 티메와 엘은 빈민가에서 굶주리며 병까지 얻었다.

그런 여자의 딸이 황태자비가 된다고? 장차 황후 될 거라고?

"그냥 이대로 둘 순 없어."

그저 빈민가를 두고 대치하는 정도로만 여겼는데, 자세히 들여다보니 더한 악연으로 엮여 있었다. 빈민가를 지키기 위해서도, 티메와 엘을 위해서도, 그리고 이 세계를 위해서도 공작가의 영애가 황태자비가 되는 꼴은 절대 볼 수 없었다.

'대체 어떻게 해야 아스더를 원래 자리로 돌려놓을 수 있을까.'

리리는 중앙 퀘스트를 해결해야 할 또 하나의 이유를 얻었고, 고민은 깊어만 갔다.

그 뒤로 예술의 전당에 협박 편지를 보내거나 소란을 피우는 이들에게 지시를 한 게 누구인지 등 대화를 주고받다 보니 시간은 금방 흘러갔다. 두 사람이 대화만 나누니 라이는 심심했는지 리리 허벅지에서 내려와 방을 기웃거렸다. 리리는 눈으로는 그런 라이를 좇고 있었으나 막상 생각은 이리저리 엉켜 심란하기 짝이 없는 상태였다.

그 모습을 바라보던 아스더가 은근슬쩍 물었다.

"전의 그 여자는 누구지?"

"……여자? 누구?"

리리가 멍하니 되묻자 아스더가 냉큼 대답해주었다.

"검은 머리카락과 붉은 눈동자를 지닌 여인."

"……미아?"

"미아?"

무심코 대답했던 리리가 순간적으로 정신을 차리곤 아스더를 바라보았다. 그는 뻔뻔하게도 리리를 빤히 쳐다보며 물었다.

"처음 보는 여자던데. 찾아보아도 정보랄 게 없고 말이야. 마치 너처럼."

"그쪽이 미아를 어떻게……. 설마 왔던 거야? 그날?"

리리가 말하는 그날이 뭔지 알면서도 아스더 어깨를 으쓱하곤 괜히 침대 근처에서 서성이는 라이 쪽을 쳐다보았다. 리리는 어이가 없어선 기가 찬 웃음을 흘렸다.

"와놓곤 몰래 지켜만 보다니……."

"몰래 보다니…… 정정해주지. 지나가다가 우연히 본 거라고."

"아닌 것 같은데? 솔직히 말해봐. 매번 그렇게 날 몰래 지켜보고 있는 건 아니지?"

"그럴 리가. 내가 뭐 하러? 어차피 가만히 있어도 정보는 다 내게 들어오는데."

어쨌든 누군가는 리리를 보고 정보를 요약해 아스더에게 가져다준다는 소리였다. 리리는 너무 황당해졌다. 로쉐와 젤리만 조심할 게 아니었다니 말이다.

"제법 친밀해 보이던데."

"궁금해해도 소용없어. 대답해주기 곤란하거든."

"이런. 이렇게 나오시겠다?"

아스더가 턱을 괸 채 리리 쪽으로 상체를 기울였다. 그의 눈이 샐쭉 휘었다.

"정보를 얻어 갔으면 정보로 되돌려줘야지."

"아 나……."

어쩐지. 순순히 해준다 했다. 별 관심도 없을 여자의 실종 사건에 대해 물었을 때 선선히 알아봐주겠다 해서 내심 감동했는데다 이유가 있었다. 역시 아스더는 속에 구렁이 백만 마리쯤은 들은 남자였다.

"그쪽 세계에서 온 사람이었어."

"어느 세계? 네가 살던 곳?"

"……뭐. 그런 셈이야. 근데 미아는 나와 달리 카슈토 여신이 다스리는 세계에 속해 있더라고. 곧 침략이 일어날 거라는 사실을 나한테 말해주기 위해 세계를 넘어온 거라고 했어."

대수롭지 않은 투로 말하는 리리와 달리 아스터의 눈에는 놀란 빛이 가득했다.

"세계를 넘어오다니. 그게 가능한 것이었나."

"나는 불가능해. 미아도 나름대로 여신의 특혜를 받은 몸이라 가능한 거지. 나 혼자만 이 세계에서 노력한다고 해서 끝날 일이 아니니까, 그쪽 세계에서 전쟁을 막을 만한 인물을 또 데려다 놓은 모양이야. 마치 나처럼."

심지어 그게 자신의 환생이었지만 그건 말하지 않기로 했다. 리리는 「이 정도면 됐지?」라는 얼굴로 몸을 일으켰다. 그러자 라이가 쪼르르 달려와 안아달라며 양팔을 벌리며 올려다보았다. 리리는 몸을 숙여 라이가 편히 목을 끌어안도록 해주었다.

"가려고? 나는 아직 궁금한 게 남아 있어……."

"나도 자세한 건 몰라. 그리고 그런 것까지 다 말해줄 이유는 없다고 생각해. 남의 비밀까지 털어놓았는데, 이걸로 부족하다고 하면 그쪽은 정말……."

양아치라고 대답해주고 싶은 걸 가까스로 억누른 리리가 순화한 단어를 내뱉었다.

"악덕 상인이야."

아스더도 반박할 수는 없는지 아쉽다는 표정으로 고개를 젖혔다. 리리는 그런 아스더에게 인사를 건넸다.

"그럼 난 또 볼일이 있어서 이만 가보지. 라이도 형아 안녕해."

"싫어."

"그럼 할 수 없지. 우리 라이가 싫다는데."

라이의 뺨에 뽀뽀를 쪼쪼쪽 퍼부은 리리가 어이없다는 눈으로 바라보는 아스더에게 손을 흔들어주었다. 라이는 그것조차 하기 싫다는 듯 리리의 가슴께에 얼굴을 파묻고는 아스더를 힐끔 쳐다보았다. 그와 눈이 마주치자 빙긋 입꼬리를 말며 리리의 목을 더욱 끌어안았다. 두 사람은 하얀빛에 휩싸여 곧 모습을 감추었다.

홀로 남은 아스더는 불쾌감 짙은 목소리로 중얼거렸다.

"……순진한 척하기는. 건방진 짐승 새끼 같으니."

물론 듣는 이 없는 욕설이었다.

두 사람이 이동해 온 곳은 어느 한적한 마을 입구에 지어진 숙박시설이었다. 제법 고급스러운 외관과 내부 인테리어로 일반적인 여행객이 머무는 여인숙과는 느낌이 다른 곳이었는데 어째서인지 손님도, 직원도 아무도 보이지 않아 썰렁했다.

리리는 익숙하게 계단을 올라 어느 방 앞에 섰다. 다른 곳과 달리 그곳에서만 여러 인기척이 느껴지고 두런두런 말소리가 새어 나오고 있었다. 그러나 리리가 문을 열자 한순간에 조용해졌다.

"……버, 버터님?"

처음 말문을 튼 것은 바로 치아츠였다. 뒤이어 어설픈 센테르어로 인사를 건네는 이들이 있었다. 치아츠가 냉큼 리리에게 달려와 앞에 섰다.

"버터님!"

"치아츠! 잘 지냈어?"

"버터님 덕분에요! 센테르 음식 정말정말 맛있고, 침대도 푹신해서 매일 아침 일어날 수가 없다니까요? 버터님, 정말 보고 싶었어요. 안 오시길래 저를 잊은 줄만 알았다고요."

"그럴 리가 없잖아."

"근데 버터님, 곁에 있는 건……."

"아. 인사해. 얘는 라이. 하르빌 사막에서 왔어. 라이, 여긴 마하엔스에서 온 치아츠. 라이보다 누나일 거야…… 아마도."

리리는 자신 있게 말할 수가 없었다.

그야 라이는 대체 언제부터 사막에 있었는지 알 수 없었으니까. 어쩌면 리리보다도 나이가 많을지 몰랐다. 리리가 열 살 무렵 사막에 갔다가 위험에 처한 걸 라이가 구해주었으니, 생각보다 오랜 시간을 홀로 보내왔을 수도 있었다. 리리가 자신을 누나라고 칭하는 것도 사실 라이 입장에선 어이없는 일일 터였다.

"안녕, 라이. 나는 치아츠라고 해."

치아츠는 제법 유창한 센테르어로 먼저 인사를 건넸다. 그에 라이도 고개를 끄덕였다.

"안녕."

"모자를 너무 깊게 눌러쓴 것 같은데. 내가 보일까요?"

"아, 이거? 이건……."

리리가 라이의 머리 위에 씌웠던 후드를 내리자 뿅 하고 하얀 귀가 솟아올랐다. 그에 치아츠는 물론이고 어느새 모여 있던 마하엔스인들의 눈이 휘둥그레졌다.

"이건 뭐지?"

"하얗고 보드라워. 앗, 만지니까 막 움직이네?"

라이는 치아츠의 손길이 딱히 싫진 않은지 가만히 귀를 내주고 있었다. 다만 치아츠가 툭툭 건드릴 때마다 귀 끝이 이리저리 움직였다.

"……귀야. 라이의 귀."

"이게 귀라고요?"

"라이는 수인족이거든. 우리와는 조금 다른 점이 있어."

"수인족?"

더듬거리지만 센테르어로 곧잘 대화하던 치아츠가 처음 듣는 단어에 고개를 기웃거렸다. 리리는 웃음으로 대답을 대신했다. 솔직히 라이 입장에선 까무잡잡한 피부의 마하엔스인이 신기해 보일 터였다. 그녀의 예상이 맞는지 라이는 호기심 가득한 눈으로 마하엔스인들을 훑어보고 있었다.

"히로크 남작은?"

"아, 저쪽 방에 계세요."

마하엔스인들이 머무는 방은 귀족을 위한 곳으로, 시종들이 머무를 공간도 여러 개 있었다. 치아츠는 그중 한 방을 가리켰다. 리리는 라이의 손을 잡곤 그곳으로 향했다.

냉큼 쫓아온 치아츠가 문을 막 열려는 리리를 불안한 눈으로 바라보며 말했다.

"근데, 저…… 버터님."

"왜 그래?"

"저기……."

머뭇거리며 쉽게 말을 잇지 못하는 치아츠가 이상해서 문을 열려던 손을 내리고 그녀 쪽으로 몸을 돌릴 때였다. 갑자기 문이 벌컥 열렸다. 리리는 물론이고 치아츠와 라이도 너무 놀라 크게 뜨인 눈으로 멍하니 문 쪽을 바라보았다.

그 와중에 라이의 꼬리는 마치 고양이처럼 털이 살짝 곤두선 상태였다.

"비안타!"

문 앞에는 전혀 예상치 못한 인물이 서 있었다. 비안타라고 부르는 유일한 인물, 바로 카아네스였다.

"……카아네스?"

"비안타! 보고 싶어 미칠 것만 같았는데 이렇게 내 앞에 나타나주다니, 내 간절함이 하늘에 닿은 걸까? 아니면 비안타도 나와 같은 마음이었을까?"

카아네스는 리리를 와락 껴안으며 기쁨의 웃음을 터트렸다. 그때까지도 멍하니 굳어 있던 리리가 더듬더듬 말을 내뱉었다.

"카아네스……가 왜 거기서 나와……?"

"아니, 성녀님! 여긴 어쩐 일로 오셨습니까! 하실 말씀이 있으셨다면 저를 부르시지요!"

히로크 남작도 헐레벌떡 뛰어와선 카아네스에게 안겨 있는 리리를 반겨주었다. 아직도 상황 파악이 제대로 되지 않아 이게 뭔일인가 싶어 멍해진 리리의 손을 잡아당기는 이가 있었다.

"라이? 왜?"

리리는 카아네스를 밀어내곤 자신의 손을 잡은 채 흔들거리는 라이에게 시선을 주었다. 어쩐지 라이는 불만스러운 표정을 짓고 있었다. 꼬리도 붕붕 양쪽으로 채찍처럼 휘두르며 불쾌하다는 걸

명백히 드러내고 있었고, 마하엔스인들은 그걸 신기하다는 눈으로 바라보았다.

"오? 이 아이는 참으로 독특한 외모를 지니고 있는걸? 귀와 꼬리라니, 센테르 어디에서도 이런 건 보지 못했는데."

"그러게 말입니다. 게다가 흰색 머리카락하며 붉은 눈동자하며……. 설마…… 성녀님, 이 아이는……?"

일전에 호랑이 모습이었던 라이를 본 적 있는 히로크 남작이 놀란 눈을 크게 떴다. 리리는 그가 예상한 게 맞는다는 뜻으로 고개를 끄덕여주었다.

"맞아요. 사막에서 데려온 호랑이, 라이예요."

"어, 어떻게 사람으로 변한 건지 여쭈어도 되겠습니까?"

"이게 원래 모습이고, 그땐 뭐가 잘못되어서 호랑이 모습으로 있었던 거예요."

그때까지도 가만히 라이를 내려다보던 카아네스가 신기하다는 듯 중얼거렸다.

"정말 특이하네. 묘하게 물 냄새가 난단 말이야?"

"물? 아닌데……."

라이는 사막의 주인으로, 금속성을 타고났는데 그게 무슨 소리인가 싶었다. 카아네스도 이해할 수 없다는 목소리로 말했다.

"응, 물 냄새. 분명 사막의 모래처럼 뜨거우면서 차갑고 메말라 있는 느낌인데…… 묘하게 기분 나쁜 물 냄새가 난단 말이야?

봐. 내 불이 이렇게 반응하잖아."

카아네스는 손바닥 위에 불덩이를 만들어냈다. 그걸 라이에게 가져가자 크게 흔들렸다. 라이는 황급히 리리의 등 뒤로 숨었다. 잔뜩 화가 난 듯 으르렁거리는데 귀와 꼬리는 겁먹은 것처럼 축 처져 있었다.

"라이가 놀라잖아."

"아, 미안."

카아네스는 곧장 불덩이를 없앴다. 그래도 기분 나쁜 게 쉬이 가라앉지 않는지 라이는 여전히 으르렁거렸다. 리리는 문득 라이의 속성이 쇠라는 걸 기억해냈다. 카아네스의 속성이 불이니 쇠는 뜨거워지거나 녹을 터. 카아네스에게 썩 좋은 감정을 지니긴 어려울지도 몰랐다.

'무슨 속성들이 다 이 모양이야? 이래서야 친해지기는커녕 서로 감정만 상할 것 같은데.'

리리는 카아네스가 있을 줄 알았다면 라이를 데리고 오지 말 걸, 뒤늦은 후회를 했으나 이미 늦었다. 그러게 카아네스는 대체 왜 여기 있단 말인가. 보아하니 다른 마하엔스인들은 카아네스의 방문이 아주 익숙한 모양인데, 대체 언제부터 있었던 건지.

리리는 쭈그리고 앉아 라이에게 속삭였다.

"라이. 저기 치아츠 누나랑 잠시 놀고 있을래? 치아츠 누나가 라이와 친해지고 싶어 하는 눈치인데."

리리의 말에 라이는 호기심 가득한 눈으로 자신을 바라보는 치아츠 쪽으로 고개를 돌렸다. 그녀는 이미 사랑스러운 라이에게 흠뻑 빠진 듯한 표정이었다. 그에 라이가 고개를 끄덕이며 치아츠에게 걸어갔다.

치아츠는 어쩔 줄을 모르면서도 함박웃음을 지었다. 그 주위로 다른 마하엔스인들도 몰려들었다. 순수한 그들이라면 라이도 마음 편히 놀 거라는 믿음이 있었기에 그냥 두었다.

그녀는 몸을 일으켜 도로 카아네스를 바라보았다.

"카아네스. 왜 마하엔스가 아니라 여기 있는지 설명해줬으면 하는데."

"아, 그게 말이야……."

"제게 센테르어를 배우고 있었습니다. 하루라도 빨리 센테르어를 배워 이곳과 교류를 하고 싶다면서요."

눈치를 살피던 히로크 남작이 대신 대답해주었다. 그에 카아네스는 맞는다는 듯이 고개를 주억거리며 어색하게 웃었다. 확실히 다른 마하엔스인들보다도 센테르어를 더욱 유창하게 구사하고 있었다. 꽤 오랜 시간 말을 배워온 것이 분명했다.

"다우지가 돌아가서 가르쳐줄 텐데 뭐가 그리 급해서……."

리리는 그리 중얼거리다가 다우지가 없다는 걸 깨닫곤 물었다.

"근데 다우지는?"

"간식 사러 갔어. 여기 음식 정말 맛있더라. 이 앞 시장에서 파는 거 전부 다 맛있어. 살찌게 생겼다니까?"

아무렇지 않게 대답하는 카아네스와 달리 히로크 남작은 안절부절못했다. 리리의 표정이 딱딱해진 탓이었다. 그 와중에 또 간식까지 챙겨 먹으며 참 잘 즐기고 있었다.

"다, 다우지님은 본래 센테르 출신이기도 하고, 말 배우는 속도도 무척 빨라서 누구도 의심하지 못할 정도가 되었습니다. 그래서 더 다양한 이들과 대화를 나눌 수 있도록 시장에 보내곤 한답니다."

그러곤 하하하 어색하게 웃는 것은 자신이 생각해도 너무 변명이기 때문일 터였다. 리리는 한숨을 짧게 내쉬곤 말했다. 그런 즐길 거리도 있어야 배울 의욕도 더 생길 거라는 생각이 들어서였다.

"카아네스. 그렇게 급히 말을 배울 필요는 없어. 지금 정세가 별로 좋지가 않아. 말을 배운다고 해도 천자를 바로 만나러 가는 건 불가능해."

"어째서? 비안타, 나는 하루빨리 마하엔스 사람들에게 센테르를 보여주고 싶어. 맛있는 음식과 푹신한 침대, 너무도 다양한 문화들을 알려주고 싶다고."

아무래도 카아네스는 센테르의 음식과 침대에 흠뻑 빠진 모양이었다. 어이가 없어 짧게 웃은 리리가 대답했다.

"아쉽지만 어쩔 수가 없어. 천자는 지금 중요한 일로 너무 정신이 없거든. 그 덕분에 내 아버지도 며칠째 집에 못 들어오고 있다고."

"아, 얘기 들었어. 비안타의 아버지께선 이 나라에서 아주 중요한 직책을 맡아 천자를 보필하고 있다며? 능력도 대단해서 어쩌면 이곳에서 가장 강할지도 모른다던데. 정말 존경스러워."

"누가 그런 소리를……. 남작?"

리리가 싱긋 웃으며 히로크 남작을 바라보자 그는 땀을 뻘뻘 흘리며 죄인처럼 고개를 숙였다. 그녀가 없는 사이 그녀에 대한 얘기를 함부로 했으니 죄인이 맞았다. 눈치가 없는 카아네스는 두 사람을 의아하게 바라보다가 문득 생각났다는 듯이 말을 이었다.

"아, 그리고 이곳에도 신을 모시는 이가 분명 있지만 신께 몸을 바친다는 의미로 혼인을 거부하거나 하는 경우는 없다던데? 비안타, 전에 내게 왜 그런 거짓말을 한 거야?"

"남자악?"

리리의 웃음이 더욱 짙어졌다. 활짝 웃으며 히로크 남작을 쳐다보자 그는 땀을 닦아낼 생각도 못 하고 두 손을 가지런히 모은 채 자신의 발끝만 내려다보았다.

리리는 그 표정 그대로 카아네스에게 말했다.

"물론 일반적으로는 그러지 않지만, 나는 일반적이지 않잖아?"

리리의 말에 잠시 생각에 잠겼던 카아네스가 순순히 고개를 끄덕였다.

"하긴. 비안타는 다른 센테르인들과 달리 신탁을 받을 정도니까. 독실한 신자가 아니고선 불가능한 일이기는 해."

"그래, 바로 그거야……."

카아네스의 대답이 흡족하다는 듯 웃으며 고개를 끄덕이던 리리는 문득 뭔가를 떠올리곤 멈추었다. 리리는 멍한 얼굴로 중얼거렸다.

"……신탁?"

"그래, 신탁. 비안타는 신의 목소리를 듣는 여인이니, 신을 더욱 존경하고 사랑하는……."

"그래! 바로 그거야!"

갑자기 소리를 지르는 리리 때문에 카아네스와 히로크는 물론이고, 라이와 그 주위를 둘러싸고 있던 마하엔스인들까지 깜짝 놀라 그녀를 바라보았다.

"……비안타?"

"고마워, 카아네스. 덕분에 좋은 생각이 났어."

리리는 카아네스의 양손을 잡고는 붕붕 휘두르다가 돌아가자며 라이를 불렀다. 라이는 냉큼 리리 곁으로 뛰어오고, 하얗고 귀여운 귀와 꼬리를 만지작거리던 치아츠가 시무룩한 얼굴로 그 모습을 보았다.

"아무래도 나 돌아가봐야 할 것 같아. 다들 잘 지내고 있는지 궁금해서 와봤던 거니 얼굴 본 거로 됐어."

"비안타, 나는 아직 비안타를 보내고 싶지 않은걸."

"조만간 또 보게 될 거야."

"······정말?"

카아네스가 기쁜 눈으로 물었다. 리리는 라이의 손을 잡고는 카아네스를 비롯한 이들에게 손을 흔들어주었다. 가기 전 카아네스에게 한마디 덧붙이는 것도 있지 않았다.

"센테르어 열심히 배워둬. 조만간 써먹을 일이 생길 테니까."

"조금 전에는 급할 거 없다더니······."

카아네스의 의문 가득한 목소리가 들렸지만 리리는 대답해주지 않았다. 두 사람 주변으로 하얀빛이 몰려들고, 곧 뿌연 빛 무리만 남긴 채 사라졌다.

집으로 돌아온 리리는 예상치 못한 반가운 사람이 자신을 맞이해주는 것에 깜짝 놀랐다.

"오랜만에 보는 것 같구나, 리리."

"······아빠!"

리리는 활짝 웃으며 로쉐에게 다가갔다. 의자에 앉아 있던 로쉐도 일어나 리리를 반겨주었다. 마중 나왔던 젤리는 라이를 데리고 자리를 비켜주었다. 잠시 부녀만의 오붓한 시간을 보내라는 배려 같았다.

"어쩐 일이세요, 이 시간에? 회의는 다 끝난 거예요?"

"일단은. 잠깐의 휴식 후 다시 가봐야지."

"또 가신다고요?"

로쉐의 눈 밑이 더욱 짙어져 있었다.

머리카락을 다듬을 시간도 없어서 어느새 눈을 가릴 정도로 길어져 있었기에 안 그래도 피로하고 어두운 인상을 돋보이게 하고 있었다.

리리의 걱정스러운 물음에 로쉐는 옅은 미소를 지어 보였다. 그러나 그것도 무척이나 지친 듯한 미소인지라 리리의 걱정이 덜어지기는커녕 더욱 커졌다.

"한 한 달은 푹 쉬셔야 할 것 같은데요. 휴가 좀 달라고 하면 안 되나요?"

"나도 그러고 싶단다, 리리."

누구보다도 간절하게 원하는 듯한 눈빛에 리리는 슬픈 얼굴로 입을 다물었다. 로쉐도 리리와 마찬가지로 지금 이 상황이 전부 정리되어야 그나마 한숨 돌릴 터였다. 어쩌면 로쉐는 그 이후로도 황궁주술사 노릇을 하느라 별반 다르지 않을지도 몰랐다.

"……정말 못 해먹을 일이네요."

"나도 그렇게 생각하지만 어쩔 수 없지 않느냐. 나의 능력이 없으면 천자의 몸이 버텨내지 못할 테니까 말이다."

"얼른 그 힘을 물려주면 아빠는 해방되는 걸까요?"

"……지금보다는 덜하겠지, 아마도."

로쉐가 천자의 곁에서 떨어지기 힘든 이유가 바로 천자 혼자만으론 신의 힘을 감당하기 버겁기 때문이니, 그 힘을 건네주고 자리에서 물러난다면 로쉐의 할 일이 대폭 줄어든다는 뜻이 되었다.

"결국 아빠를 위해서라도 얼른 그 남자를 천자 자리에 앉혀야 겠네요?"

리리의 말에 로쉐는 대답을 하지 않았다. 아무래도 로쉐는 아스더가 천자의 자리에 앉는 게 영 탐탁지 않은 눈치였다. 그 이유는 알 수 없었다.

로쉐는 리리의 팔을 슬며시 잡으며 자리로 이끌었다.

"우선 앉자꾸나."

둘은 편히 앉아 서로를 마주 보았다. 처음 봤을 때에 비해 밝아진 로쉐와 너무 벅찬 일들로 초췌해진 리리는 누가 봐도 부녀지간이라고 할 만큼 닮아 있었다.

"안 그래도 아빠를 뵈러 갈까 했는데, 집으로 오시다니 기뻐요."

"……왜, 또 무슨 일이 있는 거냐?"

불안한 듯 흔들리는 로쉐의 두 눈에 리리는 죄책감과 황당함이 뒤섞인 얼굴로 웃음을 터트렸다.

무슨 일이 생길 때마다 그를 찾아갔더니 이제는 딸의 방문이 마냥 반갑지만은 않은 모양이었다.

"아뇨, 오히려 반대예요."

"반대라니?"

"좋은 생각이 났거든요."

로쉐의 얼굴에 눈에 띄게 밝아졌다. 리리는 바로 말해줄까 하다가 우선 로쉐의 상황부터 들어보기로 했다.

"그전에 아빠 얘기부터 듣고요. 상황은 어때요? 지주를 깨웠다면서요? 어떻게 될 것 같아요?"

생각하니 도로 피곤이 몰려오는지, 지친 기색이 역력한 얼굴을 손바닥으로 쓸던 로쉐가 힘겹게 입을 떼었다.

"……글쎄다. 어떻게든 내 선에서 끝내고 싶었는데, 아무래도 내 손을 떠난 것 같구나."

"네? 그게 무슨 말씀이세요?"

로쉐는 자꾸만 눈을 찌르는 앞머리를 쓸어 올렸다. 리리는 대화가 끝나는 즉시 로쉐의 머리부터 다듬어줘야겠다고 다짐했다.

"천자의 명을 받고 지주가 직접 빈민가를 조사하러 갔다. 아마 지주의 능력이라면 우리가 놓친 것들을 발견할지도 모르지."

지력 외의 모든 주술력이 최상급이라는 지주. 가히 대주술사 천자와 맞먹을 정도의 능력을 지닌 지주는 어쩌면 다른 주술사들이 모르는 또 다른 무언가를 감추고 있을지 몰랐다.

그 정도 주술력과 속성이라면 남들과는 다른 눈으로 세상을 볼 테니 말이다.

"……어떡해."

리리는 입을 틀어막으며 탄식했다. 로쉐는 그런 리리의 어깨를 조용히 다독여주었다. 위로할 말이 차마 생각나지 않는지 입술만 달싹이다가 도로 다물었다.

"지주를 설득할 방법은 없는 거예요?"

또 다른 신성 주술사가 있다는 걸 알아채고 그 흔적을 좇아 리리를 찾아와도 곤란할 것이요, 그런 성지를 어떻게 그냥 두고만 보느냐고 주술사들의 수월한 연구를 위해 연구지로 보존하게 해 달라 해도 곤란했다.

어떻게 해서든 리리의 편으로 끌어들여 축복받은 성역으로 만들어야만 했다.

그러나 로쉐는 고개를 저었다.

"내가 통제를 할 수 없는 분이다."

"아……."

그랬다. 부하가 상사를 좌지우지할 수는 없는 노릇이었다. 특히 로쉐는 지주를 두려워하는 건지, 어려워하는 건지 지주 얘기가 나올 때마다 불편한 기색을 감추지 못했기에 더더욱.

"지주가 도와준다면, 우리의 편이 되어준다면 정말 좋을 텐데요……."

지금 상황으로는 그럴 일이 없어 보였다. 로쉐도 긴 회의 끝에 돌아온 걸 텐데 이리도 회의적이라니, 그곳의 전반적인 분위기와 지주의 생각이 어떠했는지 대강 눈치챌 수 있었다.

공작가와 황후만으로도 미치겠는데 또 방해자가 등장한 건가 싶어 리리의 얼굴이 어두워졌다. 그에 로쉐가 손바닥으로 얼굴을 가리며 말했다.

"미안하구나, 리리."

"아니에요, 아빠. 어쩔 수 없는 일이잖아요."

황후가 공작 영애를 궁으로 들이기 전까지만 해도 승산이 있었다.

선교가 된 귀족들 사이에서 알음알음 성역으로 지정되어야 한다는 여론이 일고 있었고, 천자도 침묵하고 있었기 때문이다. 딱히 열성적이진 않았지만 그래도 굳이 공작가의 영지로 영입할 것 같지는 않았는데…….

이제는 지주와 공작가의 싸움처럼 되어버렸다.

"그래, 리리. 이건 나도 어쩔 도리가 없었지. 나름대로 천자를 설득하려 애를 썼지만 그가 끝내 입을 다물었으니 말이다. 그러니 이젠 지주의 반응을 기다려보는 수밖에 없겠구나. 네가 말하려던 좋은 얘기란 건 무엇이냐?"

"아, 그건 말이죠……."

리리는 자신이 생각한 바를 로쉐에게 말해주었다. 가만히 듣던 로쉐의 표정이 점점 그럴듯하다는 듯이 바뀌더니 이윽고 찬사를 뱉었다.

"괜찮은 생각 같구나!"

"그렇죠?"

"해볼 만한 가치가 있겠어. 너라면 그들의 도움을 받는 것이 어렵지 않을 것 아니냐."

"아마도요."

"게다가 이게 잘만 성공한다면 자신이 했던 짓을 고스란히 돌려받는 거니 통쾌하겠군. 역시 내 딸이다."

"그래서 사실 아스더에게도 말하려고 잠깐 집에 들른 거였어요. 라이가 아스더를 영 불편해서 혼자 갔다 오려고요."

아스더라는 말에 로쉐의 눈썹이 꿈틀했다.

"……그렇지. 그자의 도움도 필요할 테지."

"네. 아빠의 반응을 보니 아스더도 별반 다를 것 같진 않네요. 아빠 머리만 다듬어주고 바로 다녀와야겠어요."

그리 말하며 아이템창에서 도구들을 꺼내려는데 로쉐가 손바닥을 세우며 몸을 일으켰다.

"아니다. 내가 가겠다."

"……네? 아빠, 모처럼 얻은 휴식인데 주무셔야죠. 어딜 가신다는 거예요."

"아니. 내가 할 거다."

로쉐의 목소리가 굳건했다. 리리는 왜 그런가 싶어 어리둥절해졌지만 뭔 이유가 있겠거니 고개를 끄덕였다.

"머리는 다녀와서 다듬도록 하지."

"알겠어요."

로쉐는 시간 끌 필요 없다는 듯이 곧장 이동 주술을 사용했다. 홀로 남은 리리는 멍하니 앉아 있다가 몸을 일으켰다. 주방에서 두런두런 대화를 나누는 소리가 들려 그리로 향하자, 식사 준비를 하는 젤리와 다리우스, 라이를 발견할 수 있었다.

리리는 거기 끼는 대신 입구에 서서 라이의 반죽을 도와주는 다리우스를 바라보았다.

'본모습이 따로 있다고 했는데.'

노베 바다의 노인에게 들은 바로는 커다란 검은색 드래곤과도 비슷한 모습을 하고 있다고 했다. 날개가 있고, 온몸이 거북이처럼 딱딱한 껍질로 되어 있다고 말이다.

'만약 바다의 주인이라며 멋지게 등장한다면 더 극적이지 않을까?'

머릿속으로 그림을 그려보던 리리는 문득 다리우스의 속성이 물이라는 걸 떠올리곤 넋을 잃었다.

"……아. 라이에게서 난다던 물 냄새가 혹시 다리우스 씨 건가?"

늘 저렇게 붙어 있으니 냄새가 밸 만도 했다. 라이의 사소한 행동 하나하나까지도 다리우스가 도와주니 말이다.

"아! 아가씨."

리리를 발견한 젤리가 다듬던 재료를 내려놓곤 손을 헹궜다. 리리가 다가가자 젤리는 앞치마에서 무언가를 꺼냈다.

"이게 뭐야?"

"아침에 말씀드린 그 편지입니다. 궁금해하셨던 것 같아 이번에는 제가 잘 챙겨두었습니다."

결국 라이가 어지럽힌 편지를 도로 정리한 모양이었다.

리리는 수고했다고 말해주며 편지를 받아 들었다.

"티메한테 들렀다가 왔어야 했는데 너무 정신이 없어서 그만 깜빡했……네……."

리리는 말을 끝까지 잇지 못하고 크게 뜨인 눈으로 굳었다. 앞에 있던 젤리가 왜 그러냐고 묻자 함께 반죽하던 다리우스와 라이도 리리를 바라보았다.

"……이건 한글이잖아?"

"한……글이요?"

이해할 수 없는 단어에 젤리가 고개를 갸웃거렸다. 리리는 설명해줄 정신 따위 없었다. 「성녀님 귀하」라고 적힌 봉투를 허겁지겁 열어 안에 있는 종이를 꺼내 들었다. 놀랍게도 그것은 한국 사진이 박힌 엽서였다.

리리는 온몸의 솜털이 비죽 솟는 듯한 기분이 들었다. 엽서를 들고 있는 손끝도 차갑게 식었다.

8년 만에 보는 한국은 너무 낯설어서 마치 다른 세계 같았다. 그녀도 학교 다닐 때 가본 적 있을 경복궁도, 붓글씨처럼 적힌 대한민국이라는 한글도 갑자기 생소하게 느껴졌다.

"와…… 이미 본 건데도 또 놀랍습니다. 마치 실제로 보는 듯 생생한 그림입니다."

"그렇군. 이렇게 수준급의 그림은 처음 본다."

"나도. 나도 볼래."

"이렇게 안아주면 잘 보이겠지?"

"응. 우와."

다들 리리가 든 엽서를 보며 감탄했다.

이 세계에는 사진이라는 게 없었기에 실제와도 같이 생생한 그림으로 인식하는 듯했다. 리리는 엽서를 빼앗을 것처럼 뻗는 라이의 손을 피해 뒤집어보았다. 흰 종이에는 역시 한글이 적혀 있었다.

"안녕, 성녀님. 많이 놀랐어? 성녀님을 위한 작은 선물이야……."

그렇게 시작한 문장은 약속 장소와 시간으로 마무리되어 있었다. 시간은 이미 한참이나 지나 있었으며 장소는 빈민가에 있는 꽃집 앞이었다. 리리는 황급히 엽서를 챙기며 나갈 채비를 했다.

"아가씨, 식사는……."

"다녀와서 먹을게."

리리는 곧장 빈민가로 이동해 왔다. 이미 가고 없을지도 모른다는 생각에 꽃집으로 향하는 그녀의 걸음이 다급했다.

'미아? 미아가 또 온 건가? 왜?'

급하게 할 말이 있다며 불러낼 한국인은 미아밖에 없었기에 그녀가 돌아가기 전에 만나야 한다는 생각이 머릿속을 가득 채웠다. 그렇게 꽃집 앞에 거의 다다랐을 때였다. 리리의 걸음이 우뚝 멈추었다.

"……가 ……늘에."

사람들의 대화 사이로 한국 노래가 섞여들었다. 리리도 익히 아는 노래였다.

"……따러 가면."

리리는 홀린 듯이 노랫소리가 들리는 곳으로 향했다. 길을 오가는 사람들 사이로 언뜻 검은색 머리카락이 모습을 드러냈다가 감추었다.

"……는 혼자 남아 집을 보다가."

이윽고 가까이 다가서자 누군가 곁에 있다는 사실을 알아차린 건지 새카맣고 긴 머리카락의 여인이 천천히 몸을 돌렸다.

"미아…… 어?"

완전히 몸을 돌리는 순간, 반갑게 미아의 이름을 부르던 리리는 입을 벌린 채 놀란 눈으로 굳었다. 붉은 달처럼 핏빛 눈동자였던 미아와 달리 그녀를 기다리던 흑발의 여인은 머리카락만큼이나 새카만 눈동자를 지녔기 때문이다. 그 외 외모도, 옷차림도 모든 것이 미아와 달랐다.

"아, 왔어?"

마치 오랜 친구를 만난 듯이 반겨주는 여인과 달리 리리는 멍한 얼굴로 힘겹게 목소리를 내었다.

"……누구?"

"왜 그런 표정으로 보는 거야, 리리. 나 조금 슬퍼진다고."

그렇게 말하며 울상을 짓던 여인이 얼어붙어 있는 리리에게 천천히 다가오며 말을 이었다.

"오랜만에 한국 노래를 들으니까 어때? 설마 잊어버린 건 아니겠지? 편지 읽고 찾아온 걸 보니까 아직 한글은 기억하고 있었던 모양인데 말이야. 그동안 꾸준히 써왔나 봐. 역시 리리답네."

그녀가 말하는 언어 또한 한국어였다. 리리는 주춤주춤 뒤로 물러나며 다시금 물었다.

"당신 누구야?"

여인은 자리에 멈추어서더니 우아하게 허리를 숙여 인사했다. 도로 고개를 들었을 때 여인은 빙긋 해사한 미소를 걸친 채였다.

"나의 이름은 루."

들어본 적 없는 이름에 리리의 표정이 더욱 괴상하게 일그러지는데, 여인은 활짝 웃으며 말을 덧붙였다.

"다들 날 지주라고 부르더군."

"……지주?"

리리와 지주의 강렬한 첫 만남이었다.

센테르에 이상한 소문이 돌기 시작했다. 그것이 살을 덧붙여가며 퍼지는 건 순식간이었다. 어디서부터 시작된 건지 알 수 없는 소문은 삽시간에 센테르 전역으로 퍼져 나갔고, 다들 모이기만 하면 입방아를 찧어댔다.

"간밤에 프만네 창고에 불이 났다며?"

"맞아맞아. 나도 얘기 듣고 가보니까 재밖에 안 남았던데, 대체 어떻게 된 거야?"

"그 근처에 모네 댁 살잖아. 간밤에 뭔가 낌새가 이상해서 나가봤더니 활활 타오르고 있더래. 그것도 창고 하나만."

"옆에 건물 또 있잖아? 그건 안 타고?"

"그렇다니까? 프만네 창고만 집어삼키곤 홀로 꺼졌대. 누가 물을 뿌린 것도 아닌데 말이야. 모네 댁이 너무 놀라서 물을 잔뜩 퍼 왔을 땐 이미 재밖에 안 남았더라는데."

"그게 가능한 거야?"

"어유, 무섭네. 건물 하나만 타고 꺼지는 불이라니, 뭔가 이상하잖아. 안 그래도 옆 마을에서도 비슷한 일이 벌어졌다는 얘기를 들은 터라 더더욱."

그 말을 한 여인이 자신의 몸을 끌어안으며 어깨를 움츠렸다. 다른 여인들도 별반 다를 건 없는지 다들 불안한 얼굴로 말을 이었다.

"요즘 분위기가 이상하지 않아? 남편이 얘기해준 건데 어느 마을은 하룻밤 새 강이 말라서 바닥을 드러냈다던데."

"에이, 말도 안 돼."

"진짜래."

"아, 나도 들었어. 어느 마을엔 우물이 싹 다 말라서 계곡 물을 퍼다가 마시고 있다고 말이야."

"아니, 우물이 마를 정도면 계곡 물도 바닥이 드러나야 맞는 거 아니야? 물길이 바뀐 게 아니라면 말이야."

"그러니까! 사람들이 다른 우물을 파려고 땅을 팠더니 물 한 방울 안 나오더래. 계곡 물은 여전히 퐁퐁 솟는데! 하룻밤 새 모든 물길이 다 말라버린 거지!"

"어머, 진짜 그 소문이 사실인가?"

"그러게. 헛소문이라기엔 자꾸 이상한 일이 벌어지는 것 같지?"

여인들은 주변에 뭔가 있다는 듯이 불안한 시선을 여기저기 던졌다. 여인들 외에도 삼삼오오 모여 심각한 얼굴로 대화를 나누고 있었다. 다들 비슷한 주제로 말을 주고받는 것이 분명해 보였다.

"아, 무서워. 우리 마을 우물도 갑자기 말라버리면 어떡해?"

"나도. 오늘 밤은 우리 집이 불탈까 봐 너무 두려워 미치겠어. 아무래도 오늘부터 기도라도 해야 할까 봐."

"나도나도."

몸을 부르르 떤 여인들은 허겁지겁 집으로 돌아가 문을 걸어 잠갔다. 마치 그러면 불길한 일이 자신의 집을 피해 갈 거라고 믿는 것처럼 말이다.

이미 문을 꼭 잠그고 커튼까지 모두 친 다음 눈만 빼꼼 내밀고 바깥의 동태를 살피는 이들도 있었으며, 문에 여신의 조각상을 걸거나 약초 가루를 뿌리는 이들도 있었다. 그러면 여신을 믿는 집이라는 표식이 되어 여신의 저주가 피해 간다는 미신도 같이 돌기 때문이었다.

한 남성이 집 문에 약초 가루를 뿌리는 여인을 보고 물었다.

"그렇게 하면 정말 효과가 있나?"

"혹시 모르니 해보는 거죠. 이럴 줄 알았으면 진작 신전에 다녀볼 걸 그랬다니까요."

"그러게 말이야. 바로 옆집에 사는 이트네도 이번에 화를 당해서 여간 불안한 게 아니야."

"네? 무슨 일 생겼어요?"

여인이 깜짝 놀라 묻자 남성은 허리춤에 손을 얹은 채로 고개를 저었다.

"다행히 집에 불이 나거나 그런 건 아니고, 왜 이트네가 과일나무 농사를 짓는다는 거 자네도 잘 알지 않나."

"그렇지요. 이 마을에서 손꼽히는 부자인데 그걸 모르는 사람이 있겠어요?"

"늘 열매도 탐스럽게 열리고 양도 많고 해서 아주 좋은 땅을 잘 샀다고 다들 부러워했지. 나도 남몰래 배 아파했고."

"근데요?"

"아 글쎄 하룻밤 새 탐스럽던 열매가 모조리 사라지고 말라비틀어지거나 작거나 썩은 것만 남았다지 뭔가. 이트네가 이번 해엔 뭐 먹고 사냐며 엉엉 우는 모습을 보고 오는 길이네."

"열매가 사라져요?"

여인이 큰 소리로 묻자 기웃거리던 사람들이 몰려들었다. 그들은 걱정하는 척 질문을 쏟아냈다.

"과일이 사라지다니 그게 무슨 소리여요?"

"이트네 뭔 일 생겼수?"

"말 그대로 상품 가치가 떨어지는 과일만 두고는 모조리, 하나도 남긴 없이 자취를 감췄다오."

"이트네라면 혹시라도 밤새 과일을 따갈까 번갈아 보초를 서는 집이잖아. 근데 그걸 피해서 과일을 훔쳐 가는 게 말이나 되나?"

"그러니 더 큰 일인 게 아니겠소? 정말로 무슨 일이 벌어지고 있기는 하다는 뜻이니."

"아, 그러고 보니 옆 마을 큰 농작지에는 하룻밤 새 잡초가 허리춤까지 자랐다지. 자르고 또 잘라도 잡초만 자꾸만 자라서 마을 사람들이 모두 몰려가 일손을 거들었는데도 소용이 없다고 말이야."

"정말 말세군, 말세야. 요즘 왜 이리 흉흉한 일이 여기저기서 벌어지는 건지."

"아무래도 정말 그 소문이 사실인 것 같아요."

소문이라는 말에 사람들은 입을 다물고 서로의 눈치를 살폈다. 쉽사리 입에 담을 수 없는 위험한 말이었기에 서로에게조차 조심하는 거였다.

"아휴, 이게 다 무슨 일이래."

"……그래도 천자께서 굳건히 자리를 지키고 계시지 않아. 조금 지켜보면 괜찮아지겠지."

"과연 그럴까요? 지금껏 이런 일이 벌어진 적은 없었잖아요. 게다가 다들 쉬쉬해도 이미 알고 있지 않나요? 갈수록 땅이 푸석푸석해지고 작물의 수가 줄어든다는 거요."

"아이고, 이 사람아. 입조심하게. 천자께서 들으시면 노하실 게야!"

"그러면 무슨 말씀이라도 하시겠죠. 저는 차라리 천자를 뵙고 싶네요. 나라고 언제까지 괜찮을 거라는 보장이 없잖아요. 내 밭도 어느 날 갑자기 텅 비어버리거나 잡초만 자라면 어떡해요? 나는 뭐 먹고 살죠?"

"그 마음 충분히 이해는 하지만, 일단 진정하게. 아직 확실한 건 없어."

"전 두려워요. 제 밭을 지키고 싶어요. 당장 지난밤 프만네 창고가 불탄 것처럼 우리 집에 불이 붙을 수도 있는 거라고요. 아무래도 여신께 기도를 올리러 가야겠어요."

"앗, 나도. 나도 같이 가."

두려움에 질린 사람들은 너나 할 것 없이 마을마다 하나씩은 있는 신전으로 향했다. 신전이라고 해봐야 몇몇 신도들만이 드나들던 작은 건물로, 이미 사람들로 가득 차 바깥에도 잔뜩 모여 있을 지경이었다.

그곳도 분위기는 별반 다를 게 없었다. 오히려 더욱 심각한 목소리로 수군거렸다. 그 마을뿐 아니라 다른 마을들도 마찬가지였다. 신전이 미어터질 정도로 사람이 몰리고, 다들 소문에 대해 떠들어댔다.

"정말 센테르가 멸망하는 건 아니겠지?"

"설마. 천자께서 계시는데 그러진 않을 거야."

"그럼 이게 다 무슨 일인데. 사람이 저지를 수 없는 일들이잖아."

"……어쩌면 천자께 앙심을 품은 주술사 짓일 수도 있어."

"주술사가 그렇게 많나? 그리고 아무리 주술사라도 강을 마르게 할 수가 있단 말이야?"

"아, 다들 조용히 해. 여신님 더 노하시겠다."

"……아무래도 그 공연이 현실로 나타날 거라는 소문이 맞는 것 같아. 여신께서 노하셔서 벌을 주시는 게 틀림없어."

"맞아맞아."

그들은 고개를 끄덕이며 자신의 차례가 되기만을 기다렸다. 때 아닌 신도들의 집단 방문에 신관들만 그들의 죄를 듣고 함께 기도해주느라 녹초가 되어가고 있었다.

그리고 그 시각, 황궁에선 긴급회의가 소집되었다. 황궁에서 각각 한 자리씩 맡은 고위급 귀족은 물론이고 천자까지 한자리에 모여 이 말도 안 되는 사태에 대해 입을 열었다.

"지금 대체 무슨 일이 벌어지고 있는 거지?"

천자의 목소리가 격양되어 있었다. 좀처럼 목소리를 크게 내는 법이 없는 천자가 고압적인 태도로 귀족들을 압박하자 그들은 모두 꿀 먹은 벙어리가 되어 서로의 눈치만을 살폈다. 그렇지 않아도 천자의 존재감만으로 벅찰진대 감정이 격해지며 거대한 지력이 그들을 억눌러 숨을 쉬는 것조차 벅찰 지경이었다.

"대체 이것들이 전부 무엇인가."

천자는 앞에 놓인 서류들을 집어 올려선 귀족들 앞으로 던졌다. 며칠 사이 올라온 보고서들이었는데, 나라 곳곳에서 벌어지는 기현상에 대한 내용들이 주를 이루고 있었다. 이해하기 어려우며 도저히 사람이 한 짓이라곤 보기가 힘든 광범위한 내용도 있었고 그 마을의 존위가 걸린 문제도 더러 섞여 있었다.

천자는 답답한지 한숨을 푹 내쉬며 양손으로 탁자를 짚었다.

"지금도 계속 올라오고 있소. 도저히 다 읽을 수가 없을 정도야. 다들 입이 있다면 말을 해보시오. 다들 영지 관리를 어떻게 하고 있기에 며칠 만에 이런 말도 안 되는 일들이 벌어진단 말이오?"

모두들 직접적은 아닐지라도 커다란 영지 하나씩은 도맡아 운영하는 이들이었기에 천자의 추궁에 더욱 할 말이 없었다.

센테르의 주인은 천자이고 그가 이 나라를 다스리고 있는 건 맞았지만, 실질적으로 영지 관리는 귀족들이 맡고 있었기에 이 사태를 제대로 파악하지 못하고 있는 것에 화를 내는 것은 당연한 일이었다.

"공작, 공작이 말해보시오. 이 일에 대해 어떻게 생각하시오? 뭐라도 알아낸 것이 있긴 하오?"

천자가 가장 가까운 곳에 앉아 있던 이네아 공작에게 화살을 돌리자 다들 자신에게도 화살이 돌아올까 두려운지 시선을 피하거나 고개를 숙였다. 이네아 공작도 입술을 질끈 깨물었다. 그의 얼굴은 다른 귀족들보다도 더욱 어둡고 피로해 보였는데, 지난밤 그의 저택 일부와 개인 별장이 완전히 불에 탔다는 소식을 접하자마자 회의장에 들어왔기 때문이다.

사실 그뿐만이 아니었다. 회의장에 모인 귀족들 대부분이 그와 비슷한 상황이었으니까. 저택이나 창고, 별장이 불타고 갑자기 우물이 메말랐으며 광산이 무너지거나 밭이 텅 비었다.

그들이야말로 알고 싶었다. 대체 누가 자신들의 저택과 별장에 불을 지른 건지. 비도 오지 않았고, 누가 물을 뿌린 것도 아닌데 순식간에 불타고는 스스로 꺼졌다던 불이 정말로 소문처럼 자신이 여신의 미움을 샀기 때문인지 말이다.

"……알아낸 게 없소? 진정 내게 할 말이 없단 말이오?"

천자의 물음에 공작은 고개를 더욱 숙였다. 들은 바가 있다고,

예상 가는 바가 있다 해도 어찌 말할 수 있단 말인가.

천자가 여신에게 버림을 받았고 그로 인해 센테르가 멸망할 것이라는 소문이 돌고 있으며, 정말로 곳곳에서 심상치 않은 일이 벌어지고 있다는 걸 입이 열 개라 해도 어떻게 말한단 말인가.

한편으로는 생각했다. 이 나라의 실질적인 주인이 아무것도 모른다는 것은 정말 그의 눈을 피할 수 있는, 그보다 더욱 대단한 힘을 지닌 이가 개입한 것이 맞는다는 뜻이 아닐는지에 대해서. 그 존재란 역시 여신일 터였다.

그렇게 회의장에는 천자가 내뿜는 지력만이 가득 찼다. 침묵에 침묵이 쌓이며 분위기는 수습할 수 없을 지경으로 치달았다. 늘 그림자처럼 천자의 곁을 붙어 다니던 로쉐가 처음으로 입을 열었다.

"……이상한 소문이 돌고 있습니다."

설마! 다들 그런 눈으로 로쉐를 바라보았다. 일부는 절대 말하면 안 된다고 간절한 의사를 담고 있었으며 또 일부는 과연 천자가 어떤 반응을 보일까 조금쯤 기대하는 눈치였다.

로쉐가 말문을 떼자 천자의 시선이 그리로 향했다. 어쩐지 그의 기세가 약간은 누그러진 느낌이 들었다.

"소문이라? 말해보라."

쉽게 말할 수가 없는지 로쉐가 그답지 않게 머뭇거렸다. 천자가 다시금 명했다.

"말하라."

분위기가 도로 싸하게 가라앉았다. 로쉐는 자신에게 향한 수많은 시선에 부담감을 느끼며 가까스로 목소리를 내었다.

"센테르가 여신의 미움을 사서 곧 멸망할 거라는 소문입니다."

"……여신의 미움이라? 센테르는 곧 천자니 즉 이 몸이 여신의 미움을 샀다는 얘기겠군."

천자의 목소리에는 황당함과 불쾌함이 뒤섞여 있었다. 그의 눈썹이 삐딱하게 올라가며 더욱이 위압적인 기세를 뿜어댔으나 로쉐는 덤덤하게 고개를 끄덕였다.

"네."

천자가 기가 막힌다는 듯 웃음을 터트렸다.

너무 어이가 없어서 웃음밖에는 나오질 않는다는 얼굴이었다. 그가 다시 물었다.

"그래. 이 몸이 대체 무얼 잘못했다더냐? 설마 세상 모든 이를 사랑한다던 자애로운 여신께서 고작 한 인간만을 이유 없이 미워하지는 않을 터. 그 이유가 무엇인지, 그대는 아는가?"

한번 말문을 떼자 이후론 어렵지 않다는 듯 마치 생판 모르는 남의 얘기를 하듯 대답했다.

"죄 없는 여인을 고통 속에 눈감게 하였고, 여신의 축복을 받은 아이를 버렸다는 이유였습니다."

순식간에 주변의 공기가 얼어붙는 듯한 착각이 일었다. 귀족들은 물론이고 천자마저 입을 꾹 다문 채 숨을 죽였다.

고위 귀족이라면 이미 다들 알고 있는 사실이지만 감히 입 밖에 내는 용감 무식한 자는 없던 것을, 로쉐가 아무렇지 않게 툭 내뱉진 것이었다.

천자의 지력은 도리어 거두어져 숨통을 틀어막고 있던 무형의 힘이 사라졌음에도 귀족들은 더더욱 죽을 맛이었다. 천자의 눈치를 살피며 로쉐를 욕하는 것이 뻔한 시선을 주고받았다.

한껏 경직된 얼굴로 로쉐를 노려보다시피 바라보던 천자가 꽉 문 이 탓에 턱을 움찔거렸다. 이내 쾅 하고 적막을 깨부수는 커다란 소음이 울려 퍼졌다. 천자가 탁자를 양손으로 내리쳤기 때문이다. 그는 화가 나는 건지, 충격이 큰 건지 구별이 되질 않는 얼굴을 탁자 위로 떨구었다. 센테르를 짊어진 천자의 어깨가 무척 힘겹게 버티고 있다는 느낌을 주었다.

"……그런 소문이 돈단 말이지."

"그렇습니다."

"안 그래도 그 얘기는 들었다네. 이번 예술의 전당에서 선보인 공연이 십여 년 전에 벌어졌던 일을 각색한 거라던."

몇몇 귀족들의 얼굴이 하얗게 질렸다. 지주와의 회의로 내내 집무실에 틀어박혀 있던 천자가 대체 언제, 어떤 경로로 그 소문을 들은 건지 알 수가 없었다.

최대한 주변 이들의 입단속을 시키던 고생이 한순간에 물거품이 되었다.

게다가 지금껏 침묵을 지키고 있던 천자가 아닌가. 그가 저런 말을 하는 의중을 알 수 없었다. 굳게 입을 다물고 있던 귀족들이 다급하게 목소리를 내었다.

"마, 말도 안 됩니다!"

"폐하. 그런 헛소문에 신경 쓰실 필요는 없습니다."

"죄 없는 여인이라니요. 그 여자는 죄인이었습니다. 그것도 감히 천자를 시해하려 한 반역자였습니다."

"천자께서도 그 많은 증거와 증인들을 보아 이미 아시지 않습니까?"

공작도 말을 거들었다.

"그저 하르빌 사막에서 전해 내려오는 전설과 같은 것이라고, 지배인이 직접 말한 바 있는 공연입니다."

그러곤 로쉐를 바라보며 일갈했다.

"그런 말도 안 되는 헛소문을 천자께 전하는 연유가 무엇이오? 대체 무슨 목적으로 천자께 그런 짓을 한단 말이오?"

"그런 거 없습니다."

"폐하. 입 놀리기 좋아하는 이들이 만들어낸 헛소문 따위에 감히 여신의 사랑을 운운하는 황궁주술사의 의중이 의심됩니다."

로쉐의 말에도 공작은 그를 의심하는 표정을 감추지 못했다. 그러자 가만히 탁자만을 노려보던 천자가 허리를 세웠다. 이미 평소의 페이스를 되찾은 후였다.

표정도 느긋했으며 무슨 일 있었느냐는 듯 고민 한 점 엿보이지 않았다.

그의 변화에 당황스러운 건 귀족들이었다. 천자는 고개를 기울이며 장내를 훑어보았다.

"왜들 그렇게 소란스러운가. 헛소문이라는 걸 나라고 모를 것 같아서 그리 호들갑을 떠는 게요, 공작?"

"……아."

공작의 표정이 기묘해졌다. 별것도 아닌 일에 호들갑을 떤 모습이 된 것으로 치부되었기 때문이다. 갑작스러운 천자의 표정 변화와 차분함도 무어라 표현할 수 없을 만큼 위화감이 들었다.

"그냥 우스갯소리로 치부할 수 있는 걸 뭐 하러 의중까지 따진단 말이오. 그러니 다들 뭔가 찔리는 사람 같소. 허허허."

천자는 유쾌하게 웃었으나 귀족들은 그러지 못했다. 억지웃음을 흘리며 천자의 눈치를 살피느라 여념이 없었다. 그야말로 제 발 저린 도둑 꼴이었다.

귀족들의 당황스러움도 이해가 안 되는 바는 아니었다. 지금껏 그날 일을 입에 담은 적이 없던 천자가 하필 지금 그런 소문이 도는 때에, 그날 일을 각색한 게 분명하다는 얘기가 귀족들 사이로 알음알음 도는 상황에서 굳이 말을 꺼낸 게 이상하긴 했기 때문이다.

마치 소문을 믿는 것처럼 말이다.

몸을 완전히 일으킨 천자가 턱을 괸 채로 천천히 장내를 거닐 었다.

"그래도 참 이상하지."

천자가 등 뒤로 올 때마다 귀족들은 움찔거리며 겁에 질린 표정을 지었다. 그들도 이미 느끼고 있기 때문일 터였다. 오늘 천자는 무척 이상하며 무언가를 알고 있는 눈치라는 것을.

"그런 내용의 공연과 아울러 나라 곳곳에서 일어나는 기현상이라니."

본래 자리로 돌아오기 전 천자는 공작이 앉아 있는 의자를 살짝 짚었다가 금방 손을 떼어냈다. 그는 자신의 자리에서 장내를 둘러보며 말을 이었다.

"……우연이라기엔 너무 이상한 일이야."

천자의 고개가 로쉐에게 향했다. 언제나 그랬듯 꼿꼿이 선 채로 조용히 자리를 지키고 있던 로쉐가 천자와 눈이 마주치며 고개를 살짝 숙였다.

"그렇지 않은가, 황궁주술사."

"……저는 잘 모르겠습니다."

"뭐, 들은 소문이 더 있다면 말해보시게. 그래서 어떻게 해야 한다던가? 어찌해야 신의 사랑을 되찾을 수 있는지에 대한 소문은 없던가?"

은근한 천자의 물음에 로쉐가 막 입을 떼던 참이었다.

갑자기 문이 열리고, 모든 이의 시선이 그리로 향했다.

"감히 누가 내 허락도 없이……."

불쾌한 천자의 목소리는 끝까지 이어지지 못했다. 천천히 모습을 드러낸 이가 예상 밖의 인물이었기 때문이다. 또한 이 제국 내에서 유일하게 천자의 허락이 필요치 않은 인물이기도 했다.

"송구합니다, 폐하. 급하게 드릴 말씀이 있는지라……."

나긋나긋하면서도 묘하게 힘이 있는 목소리가 장내에 울려 퍼졌다. 어조는 무미건조하지만 타고난 목소리가 아름다워 마치 노랫소리 같으며 함부로 거역하기가 어려운 기이한 권위가 깃들어 있었다.

"……지주였군. 그래, 그대라면 이 회의에 참석할 자격이 차고도 넘치지."

걸음을 멈추자 검은색 비단 같은 머리카락이 차분하게 가라앉았다. 긴 옷자락을 끌면서도 소리 하나 나지 않는 것에 위화감을 느끼던 이들이 유리로 세공된 인형처럼 투명한 아름다움을 지녔으면서도 체온이 없을 것만 같은 신비로운 여인을 넋 놓고 바라보았다.

"다들 오랜만에 보겠군."

십여 년 만이었으나 그때와 전혀 달라지지 않은 외모와 분위기였다. 사람이 과연 저럴 수가 있는 걸까. 다들 보면서도 믿기지 않았다.

이미 천자가 지주를 불러들였으며 며칠 동안 회의를 했다는 사실을 익히 들은 바 있음에도, 지주가 눈앞에 나타나자 꿈을 꾸는 기분이 들었다.

"무언가 알아낸 게 있어 나를 찾은 거겠지?"

"그러합니다, 폐하."

"말해보라."

지주의 시선이 슬쩍 천자의 뒤로 향했다. 정확히는 그곳에 서 있는 로쉐였다. 눈이 마주치는 순간 로쉐는 심장이 철렁 주저앉는 기분을 맛보았다. 지주가 등장함과 동시에 가장 긴장하는 것은 단연 로쉐였다.

과연 그녀가 무얼 알아 왔을지. 지금 이 자리에서 무슨 말을 내뱉을지 상상조차 되질 않아 두려웠다. 당장에라도 리리를 잡아들여야 한다는 말이 나올까 봐 지주의 숨소리조차 놓치지 않겠다는 듯 한껏 집중했다. 그와 잠시 눈을 마주쳤던 지주가 다소곳이 고개를 숙이며 입을 열었다.

"폐하. 이 모든 것은 신의 뜻이 맞았나이다."

지주의 한마디에 조용하던 장내가 술렁였다. 귀족들은 물론이고 로쉐마저도 자신이 뭘 들은 건가 의심이 되는 표정으로 그녀를 바라보았다. 당연히 빈민가를 주술사의 연구지로 보존해야 한다는 말이 나올 줄 알았기에, 이네아 공작마저 놀란 눈으로 그녀를 올려다보았다.

지주는 그런 분위기가 부담되지도 않는지 차분하게 말을 이었다.

"지금은 안식처라 불리는 그곳에 여신께서 강림하신 적이 있다는 사실을 알아내었습니다. 그곳은 실로 놀라운 곳입니다. 지금껏 여신께서 직접 현신하시어 축복을 내린 일은 없었으니 그것이 뜻하는 바를 감히 무시해서는 안 될 것입니다."

결국 성역으로 지정해야 한다는 지주의 말에 공작이 반박하고 나섰다.

"그게 무슨 소리입니까? 여신께서 친히 강림하시었다니, 그런 말도 안 되는 말을 우리더러 믿으라는 겁니까?"

"그러면."

지주가 공작을 똑바로 바라보며 말을 덧붙였다.

"내가 거짓을 고하고 있다, 이 말입니까?"

그리 말하는 지주의 권위적인 분위기에 반발하던 공작과 다른 귀족들의 기세가 주춤 물러섰다.

십여 년 전에 보고 그 이후로 살아 있는지조차 알 수 없었기에 잠시 잊고 있었으나 그녀는 이 하늘 아래 천자와 맞먹는 유일한 존재였음을 상기해냈다.

현존하는 반신이라는 말이 있을 정도로, 그녀의 기세는 천자에게 뒤지지 않았으며 한편으로는 그보다 더욱 두려움을 느끼게 하는 무언가도 있었다.

"거, 거짓이라기보다는 너무 믿기지 않는 말이다, 이거지요.

저희로선 당혹스러울 만하지 않겠습니까. 왜 여신께서 빈민가에 강림하시어 축복을 내리셨단 말입니까. 왜 하필 그곳에, 그들에게만이요?"

"그건 공작의 말이 맞소."

그때까지 입을 다물고 있던 천자가 공작의 말을 거들자 이네아 공작의 얼굴이 비로소 펴졌다. 그는 다시금 당당해져선 고개를 끄덕이며 지주를 노려보다시피 했다. 어딜 감히 자신에게 그런 망발을 내뱉느냐는 표정이었다.

"어째서 여신께서 이 황궁도 아니고, 수도인 세이너트도 아닌 보잘것없던 빈민가에 축복을 내리셨다는지 이해가 되지 않으니 말이오. 지주, 그대의 말을 믿지 못하는 건 아니지만 너무 갑작스럽고 의아하군."

천자의 의심에도 지주는 싱긋 미소를 지어 보일 뿐이었다. 분명 입꼬리는 말려 올라갔으나 전혀 웃는 것 같지 않은, 그림과도 같은 얼굴이었다.

"감히 제가 여신의 혜안을 모두 헤아릴 수는 없는 노릇이지만, 추측하건대 경고와 보호를 위함일 테지요."

"무엇에 대한 경고와 보호?"

"여신의 미움을 산 이 세계가 곧 멸망할 것이라는 경고. 그리고……."

지주는 고개를 돌려 자신에게 집중하고 있는 귀족들을 하나하나

둘러보며 말을 덧붙였다.

"여신께서 친히 축복을 내렸으나 추악한 인간들의 탐욕과 질투로 내쳐지고만 비운의 황태자. 즉 다음 세대 천자를 보호하기 위함입니다."

귀족들의 얼굴이 경악으로 물들었다. 반면 천자는 허탈한 웃음을 흘리며 물었다.

"지주, 지주도 내게 그 소문에 대해 말하는 것이오?"

"아니요."

딱 잘라 아니라고 말하는 지주 탓에 천자의 눈이 의아함으로 물들었다. 그녀는 천자에게 시선을 던지며 말했다.

"신탁에 대해 말씀드리고 있는 것입니다."

"……신탁이라니?"

지주는 몸을 완전히 돌려 천자를 마주 보았다. 양손을 가지런히 모으고 단정하게 서 있었으나 그녀의 작은 체구에서는 알 수 없는 기운이 몰아치고 있었다.

"여신의 아들이자 대지의 주인이 신의 보호 아래 살아 있으나 탐욕에 눈이 먼 자들이 외면하니, 여신께서 친히 내린 마지막 기회의 날이 다가온다. 결국 그릇이 모두 깨어지는 날, 센테르는 멸망을 맞이하게 될 것이다."

비슷한 내용의 소문이 센테르 전역에서 들끓고 있었다. 그것을 지주의 입으로 직접 신탁이라 칭하고 있었다.

천자는 눈을 크게 뜬 채 굳어 있고, 충격을 받은 듯 얼어붙어 있던 귀족들은 다시금 반발을 일으켰다.

로쉐 역시 명한 얼굴로 지주를 바라보았다. 문득 그녀와 눈이 마주친 것도 같았다. 눈이 마주치자 지주는 싱긋, 서늘한 미소를 지어 보였다.

"안식처에서 들은 여신의 목소리를 바로 알려드리기 위해 이곳으로 돌아오게 되었습니다. 또한 여신의 대리인을 직접 만났다는 이를 찾아내었습니다."

가까스로 넋을 되찾은 천자가 귀족들을 조용히 시키곤 입을 열었다.

"······불러들이라."

"폐하, 여신의 대리인이라니 그런 망발을······."

"지금 내 명령에 토를 다는 것인가?"

싸늘한 천자의 시선이 닿자 귀족들은 분하다는 얼굴로 움츠러들었다. 지주는 선뜻 대답했다.

"이미 궁에 데리고 왔습니다."

"좋아. 그자를 만나봐야겠다."

그리 말한 천자가 다른 이들을 그대로 둔 채 몸을 돌렸다. 문밖으로 나가 점점 멀어지는 천자를 보고 나서야 화들짝 정신을 차린 로쉐가 뒤늦게 따라나섰다. 지주는 차가운 눈으로 귀족들을 둘러본 후 로쉐의 뒤를 이었다.

한바탕 폭풍이 몰아닥친 듯한 장내에는 서늘한 기운만이 가득 남았다. 뭔가 심상치 않은 일이 벌어지고 있었다. 하나둘씩 입을 열어 지금 사태에 대해 떠들어댔다. 애초에 그 공연 자체가 이상했다는 말도 나오고 있었다.

"그걸 아는 이가 또 있을 리 없잖습니까."

"이상한 소문이 도는 것도 그렇고, 자꾸만 이상한 일이 벌어지는 것도 그렇고…… 정말로 여신께서 분노하신 걸까요?"

"지주가 정말 여신의 목소리를 들었단 말입니까?"

일면 두려움마저 엿보이는 목소리로 대화를 나누는 귀족들 사이, 조용히 앉아 있는 이가 있었다. 바로 이네아 공작이었다. 그는 예상과 다르게 흘러가는 지금 상황이 불쾌한지, 입술을 지그시 깨문 채 천자와 지주, 황궁주술사가 나간 문을 노려보았다.

그리고 그곳과 멀리 떨어지지 않은 복도 어딘가에서 로쉐가 천자의 뒤를 따라가는 지주를 막아섰다. 지주는 왜 그러냐는 듯 로쉐를 올려다보았다. 그 건조하고 무의미한 시선에 로쉐는 잠시 말문이 막혔으나 가까스로 입을 열 수 있었다.

"이게 무슨 짓입니까?"

"나야말로 묻고 싶은데. 갑자기 길을 막더니 앞뒤 잘라먹은 질문만 툭 던지는 이건 무슨 짓이지?"

"말 안 해도 이미 알잖습니까. 어째서 당신이 그런 거짓말을 한 겁니까."

천자는 이미 모습을 감춘 채였고, 그 사실을 확인한 로쉐는 대놓고 물어보는 걸 택했다. 그러자 차분히 서 있던 지주가 픽 웃음을 흘렸다. 뜬금없는 웃음이었다.

"왜 웃⋯⋯."

"딸 하나는 참 잘 뒀어."

"⋯⋯예?"

갑작스러운 딸 운운에 로쉐가 놀란 얼굴로 굳자 지주는 삐딱하게 섰다. 남들이 아는 지주의 모습과는 완전히 달랐으며 품위조차 없었지만 로쉐는 퍽 익숙하게 그걸 바라보고 있었다.

"귀엽고 사랑스럽고 똑똑하지. 내가 안 도와줄 수가 없던데."

"제⋯⋯ 제 딸을 만나셨습니까? 언제요?"

로쉐는 전혀 들은 바가 없었다. 그가 놓친 사이 지주와 리리가 만났다니.

대체 왜? 그리고 두 사람 사이에 무슨 일이 있었던 거지?

한껏 당황하고 온갖 생각으로 뒤범벅되어 어리둥절한 로쉐의 얼굴이 웃긴지 다시금 킥킥 웃음을 흘린 지주가 그런 그의 어깨를 위로하듯 툭툭 쳤다.

"괜찮아, 괜찮아. 리리는 멀쩡하니까."

"그건 다행입니다만⋯⋯."

"리리가 너처럼 소심하고 찌질한 성격인 줄 아니? 그 앤 아주 시원시원하다고."

난데없는 독설에 로쉐의 눈동자가 크게 흔들렸다. 그걸 본 지주가 한심하다는 듯이 혀를 찼다.

"여전하네. 조금이나마 달라졌을 줄 알았는데."

"……당신도 여전하십니다."

"칭찬으로 들을게."

전혀 칭찬이 아니었지만 지주는 기쁘다는 듯이 후후 웃었다. 로쉐의 얼굴만 어두워졌다. 그는 그녀를 상대할 그릇이 절대 못 되었다.

"이런 아빠 밑에서 그렇게 크다니. 정말이지…… 누구 딸인지 참 자랑스럽다니까."

그러면서 뿌듯한 표정을 지은 지주가 멍청히 굳은 로쉐를 두고 홀연히 가버렸다. 그 뒷모습을 바라보는 로쉐의 얼굴엔 물음표만이 가득 떠올라 있었다. 하여간 이상하고 예상할 수 없는 인물이라는 건 이미 알고 있었지만, 이건 그 범주를 지나치게 벗어나는 일이 아닐 수 없었다.

황궁 내 심상치 않은 기운이 감도는 그 시각, 귀엽고 사랑스럽고 똑똑한 로쉐의 딸 리리는 로쉐 못지않게 멍한 얼굴로 앉아 있었다.

그녀 주위론 범상치 않은 외모의 남자들이 개성 넘치는 모습으로 한 자리씩 차지하고 있었는데, 유독 한 명만이 시끄럽게 떠들고 있었다.

"……그렇게 내가 딱 불을 피웠더니 갑자기 경비병들이 막 몰려들더라고! 그중엔 히로크보다 더 화려한 옷을 입은 남자도 있었는데 아마 집주인이었겠지? 비안타가 말한 나쁜 놈이 그 남자 맞는 걸 거야. 그 얼굴을 비안타도 봤어야 하는데! 마음 같아선 커다란 집을 모조리 불태우고 싶었지만 비안타의 말이 생각나서 그냥 봐줬어. 나 잘했지?"

신이 난 목소리로 쫑알거리던 카아네스가 어서 칭찬해달라는 눈빛으로 리리를 바라보았다. 리리가 영혼 없이 고개를 끄덕이자 그걸로는 부족한지 직접 리리의 팔을 끌어다가 자신의 머리를 쓰다듬었다.

"이제 또 뭐 하면 될까? 비안타, 뭐든 맡겨줘. 나는 비안타를 위해서라면 무엇이든 할 수 있으니까."

"……글쎄."

리리는 오류가 난 인형처럼 건조한 목소리로 대강 대꾸해주는 것이 분명해 보였다. 그에 카아네스가 왜 그러냐고 물어왔지만 대답해줄 정신도 없었다.

의욕이 넘치는 카아네스와 달리 다리우스는 불만이 가득한 얼굴로 앉아 있었다. 그는 팔짱을 끼곤 안 그래도 널찍한 가슴팍을 더욱 펴 의자에 기댄 채 중얼거렸다.

"내가 왜 이런 짓까지 해야 하는지 모르겠군."

"나도 마찬가지다."

그 말에 순순히 동조하는 인물도 있었다.

"전쟁이 벌어진다는 신탁만 아니었으면 내 섬에서 벗어날 이유가 없었을 텐데."

늘 새디아섬에서만 볼 수 있었던 신비로운 분위기의 남자, 아벨이었다. 그는 다리우스의 곁에 나무처럼 서선 무표정한 얼굴을 하고 있었는데, 이따금 다리우스 옆 바닥에 앉아 있는 라이와 눈이 마주칠 때마다 더욱 서늘한 눈초리가 되곤 했다.

"얼른 끝내고 돌아가고 싶다. 새디아섬을 오래 비워둘 순 없어."

"딱히 내가 없어도 잘만 돌아가던데."

"그건 그냥 방치하는 거라는 생각이 든다."

"뭐, 틀린 말은 아니지."

"그래도 부럽군. 굳이 자리를 지키지 않아도 문제가 생기지 않는 평온한 곳이라니."

"바다란 원래 그런 거지. 그러는 그쪽 섬도 본래는 무척 아름다운 곳이 아니던가."

"그렇기야 하다. 근데 그걸 어떻게 알았나. 먼 곳에 있는 섬인데."

"나는 북쪽 바다의 수호자지만 본래 바다라는 것이 고여 있는 물이 아니지. 물이 흐르는 곳이라면 다 보고 듣는다."

"굉장한 능력이군."

"그럼, 당연하지."

두 사람은 의외로 죽이 잘 맞아선 단답형으로도 용케 대화를 이어가고 있었다. 그 중간중간 라이가 끼어들어 방해하지만 않았 더라면 두 사람은 그렇게 밤새 주거니 받거니 할지도 몰랐다.

"심심해."

"심심한가? 여긴 놀아줄 것이 없으니 얼른 돌아가는 게 좋겠군."

"으응, 으응. 나 여기 있을래."

"그러면 어쩐다……."

"나도 하고 싶어."

"뭐를?"

라이의 말에 다리우스가 의아한 눈으로 물었다. 두 사람의 다 정한 모습을 어깨너머로 바라보는 아벨은 영 탐탁지 않아 하고 있었다. 분명 무표정이었으나 감정이 고스란히 드러나는 것이 신 기할 따름이었다.

라이는 눈이 마주치자 짧게 으르렁거리고, 아벨은 상대해줄 가 치도 없다는 양 가볍게 고개를 돌려 무시했다. 다리우스가 둘 사 이를 자신의 커다란 덩치로 막으며 물었다.

"흰돌이는 뭐가 하고 싶다는 거지?"

"나도…… 나도 그런 거 하고 싶어. 다리우스가 하는 거. 막 물 을 막 이렇게 하고, 불을 이렇게 하고……."

이제는 짧은 문장을 제법 자유자재로 구사하는 라이었으나, 다 양한 표현을 덧붙이는 건 어려운지 몸짓 손짓으로 설명하곤 했다.

그걸 용케 알아들은 다리우스가 고개를 끄덕였다.

"이해했다. 하지만 너의 능력으로는 아직 부족하다."

다리우스의 완곡한 말에 라이는 금세 시무룩해졌다. 다리우스
가 황급히 그런 라이를 달랬다.

"그러니 내가 흰돌이 몫까지 해주지. 그럼 되지 않겠나."

"몫이 뭐야?"

그걸 설명하는 것은 꽤나 골치가 아픈지 잠시 다리우스가 말을
잃었다. 이내 대충 얼버무리려는 것이 뻔한 대답을 내뱉었다.

"네가 하고 싶은 걸 내가 대신 해주겠다는 거지. 뭘 하고 싶지?"

"와, 정말? 그러면……."

라이는 냉큼 자신이 원하는 걸 짤막한 문장으로 말했다.

"나는…… 음. 막 차갑고 딱딱하게 만들래. 매끄럽고 반짝반짝
하게."

"……그렇군. 흰돌이가 원하는 걸 그대로 해줄 수는 없겠지만
비슷하게는 만들 수 있다."

"와아!"

라이는 신이 났는지 즐거운 얼굴로 리리에게 달려왔다.

"나도! 나도 누나 도울 거야!"

"정말?"

"응! 다리우스가 흰돌이 몫까지 해준댔어."

"어머나, 잘됐네. 근데 다리우스 씨는 수속성이잖아? 어떻게?"

"꼭 금속만이 차갑고 딱딱하고 매끄럽고 반짝반짝한 건 아니지."

금세 이해하기 어려워 안 그래도 멍하던 그녀가 더욱 멍하게 앉아 있으려니 다리우스가 그것도 모르느냐는 듯 인상을 찌푸렸다.

"얼리겠다는 뜻이다."

"오……"

입을 동그랗게 만들고 눈도 동그랗게 떴던 리리가 그럴듯하겠다는 양 고개를 끄덕였다.

"……그것도 괜찮겠네요. 물길을 돌려 땅을 마르게 하는 것도 충격적이지만 센테르에서 보기 드문 얼음도 못지않겠어요. 아니, 어쩌면 더하겠는데요?"

그러면 그 놀랍고도 끔찍한 일이 또 한 번 센테르 전역으로 빠르게 퍼져 나갈 터였다.

사계절 내내 따뜻한 센테르에 커다란 얼음 강이라니 시각적인 효과가 얼마나 클까.

죽을 때까지 눈이란 걸 보지 못하는 사람이 태반일 텐데 차가운 얼음이 반짝거리기까지 하니…….

"다시금 센테르가 들썩이겠네요."

"당연하지."

"다리우스 씨 능력은 겪을 때마다 대단해요. 이 날씨에 물을 얼릴 생각을 하시다니……. 근데 갑자기 낮아진 수온 탓에 생태계에 문제가 생기면 어쩌죠?"

"미리 다른 곳으로 몰아둬야지. 물이 얼어 있는 동안 그 안은 텅 비게 될 것이다."

"와우. 그런 것도 된단 말이에요?"

리리가 엄지를 추켜올리자 다리우스는 의기양양한 표정으로 팔짱을 꼈다. 곁에서 얘기를 듣고 있던 카아네스가 얼른 끼어들었다.

"비안타, 나는 물을 전부 수증기로 바꿀 수 있어! 안개에 뒤덮인 마을 어때? 음, 아니면 산 하나를 홀랑 태울까? 나도 동물 다 쫓아낼 수 있다고!"

카아네스는 지금 이 상황을 즐길 뿐 아니라 경쟁이라도 하는 듯 과열되어 있었다. 카아네스의 말에 다리우스와 아벨 둘 다 울컥한 표정을 지었다.

"왜 멀쩡한 강을 없애버리겠다는 거지?"

"산을 불태우다니, 제정신이 아니군."

"아니, 난 그저…… 리리한테 도움이 되고 싶어서……."

두 사람의 서슬 퍼런 말에 카아네스는 없는 꼬리를 내리며 눈치를 살폈다. 이런 상황이 한두 번 벌어지는 게 아니었기에 처음처럼 들떠서 「왜? 뭐가 문젠데?」라는 눈치 없는 말을 내뱉는 일은 없었다.

그때까지도 조용히 침대에 걸터앉아 다른 대륙의 주인들을 훑어보던 아스더가 한심하다는 목소리로 거들었다.

"최대한 피해가 작으면서 논란이 될 만한 상황을 만들 생각을
해라. 저렇게 막무가내인 자가 주인이라니, 마하엔스도 참 고생
이 많겠군."

"……왜 다들 나한테만 뭐라 해."

카아네스는 크게 시무룩해졌다. 리리는 그런 카아네스가 안쓰
러웠지만 가끔은 그녀도 그의 눈치 없음이나 늘 들떠 있는 감정
때문에 골치가 아프곤 했기 때문에 굳이 말리거나 편을 들어주진
않았다.

자리에서 일어난 아스더가 리리에게 다가오더니 그 앞으로 의
자를 끌고 와 앉았다. 덕분에 거기 서 있던 카아네스가 밀려나다
시피 자리를 옮기게 되었다.

희한하게도 모든 대륙의 주인들이 카아네스를 별로 안 좋아했
는데, 아마 그의 속성이 불이기 때문일 거라는 추측을 했다. 그래
도 지력을 지닌 아스더는 그에게 악감정을 느낄 정도는 아닐 것
같건만…… 왜인지 아스더 역시 카아네스에게 날을 세우곤 했다.
첫인상 때문일지도 몰랐다.

반쯤 넋이 나간 듯한 리리를 힐끗 살피던 아스더가 입을 열
었다.

"소문은 퍼질 만큼 퍼져 사람들이 두려움에 질려 있다. 다들
소문을 믿는 눈치야. 신전이 미어터질 지경이더군."

"그래? 잘됐네."

소문이란 건 정말 신기하고도 놀라운 거였다. 소문 때문에 손해를 보는 사람이 있는 반면 이득을 보는 이들도 생기기 때문이었다. 잘만 이용하면 얼마든지 원하는 대로 상황을 조작할 수 있기 때문에 리리는 이미 한참 전부터 소문을 애용하는 편이었다.

그리고 이번 역시 마찬가지였다. 소문 때문에 아이기와 아스더가 그렇게 쫓겨났으니 역시 소문으로 아스더를 원래 자리로 되돌리려는 것이다. 황후가 그런 식으로 자기 입지를 다졌는데, 리리라고 못 할 건 없었다.

당시 천자를 잃을지 모른다는 두려움으로 사람들이 아이기에 대한 강렬한 분노를 품었던 것처럼, 이번 역시 불안함과 두려움을 이용하기로 했다. 이미 공연을 본 사람들로 인해 사막 왕국이 왜 망했는지에 대해 알음알음 퍼지는 상황이었기에 더욱 쉬웠다.

「사실 센테르도 사막 왕국과 다를 바 없다. 천자의 본부인, 즉 전 황후는 누명을 쓴 거였고 죄 없는 여인이 죽고 황태자가 쫓겨났다. 그로 인해 센테르는 여신의 미움을 샀다. 곧 센테르는 사막 왕국처럼 멸망할 것이다.」

그런 소문이 발 빠르게 퍼져 나갔다. 설마 하던 사람들에게 증명이라도 하듯 거의 동시에 나라 곳곳에서 이상한 일들이 벌어지기 시작했다. 진실은 리리에게 곧 닥칠 전쟁 얘기를 들은 다른 주인들이 도움을 준 거였지만 그걸 사람들이 알 리 없었고, 주술사조차도 불가능한 광범위한 기현상들이 단 하룻밤 만에 곳곳에서 벌어지는 것에 다들 겁을 집어먹었다. 소문이 사실일지 모른다는 의심을 하게 되었다.

한편으로 「죽은 줄만 알았던 제1황자가 여신의 보호 아래 살아 있으며 천자의 그릇인 그가 돌아오면 나라는 안정을 되찾을 것이다.」라는 소문도 돌았다. 그 역시 리리의 생각이었다. 아이기가 아주 악독한 여자라는 소문과 아델라이나의 간호로 천자의 기력이 회복되고 있다는 소문이 동시에 돌았던 것처럼 말이다.

상황은 리리의 예상대로 잘 흘러가고 있었다.

공연을 본 사람들로 인해 전 황후에게 누명을 씌운 건 현 황후가 분명하다는 소문도 알아서 퍼지고 있었기에, 황후는 꼼짝없이 몸이 묶여버렸다.

'설마 아벨까지 나서줄 줄은 나도 예상 못 했지만.'

새디아섬에 묶여 있는 몸일 거라고 생각했으니까. 그러나 리리의 계획을 듣곤 아이기가 아벨에게 부탁했다. 자신은 그럴 상황이 못 되니 제발 아벨이 대신 도와달라는 부탁이었다.

덕분에 더 다양한 상황을 끌어낼 수 있었지만 덩달아 제약도 커졌다. 절대 나무나 작물을 함부로 불태우거나 짓밟아서는 안 된다는 아벨의 말 때문이었다. 그들은 결국 물길을 바꾸거나 기껏해야 작물을 훔치고, 잡초를 자라게 하고, 아스더의 조사를 토대로 죄를 짓거나 문제가 많은, 특히 사건에 연루된 귀족들의 창고와 집을 불태우는 식으로 일을 꾸몄다.

덕분에 죄지은 게 있는 사람은 더욱 두려움에 떨고 있으니 차라리 잘된 일일지도 몰랐다.

"성녀님, 앞으로의 계획을 알고 싶은데."

"이제 귀족을 벌벌 떨게 만들어야지."

"어떻게?"

"신탁을 이용해서."

리리의 의미심장한 말에 다들 의아한 시선으로 그녀를 바라보았다. 다만 아스더만이 턱을 괸 채 재밌다는 표정을 지었다.

"신탁이라."

"소문이 자리 잡았으니 본격적으로 주인들이 나설 차례야."

"우리?"

카아네스가 자신을 가리키며 물었다. 리리는 고개를 끄덕였다.

"심상치 않다는 걸 제대로 강조해야 하니까. 우선 지주가 대강이나마 분위기를 조성해둘 거야."

"……지주?"

아스더는 놀란 듯 눈을 크게 떴다. 그도 지주가 깨어났으며 빈민가를 조사 중이라는 사실을 이미 알고 있었겠지만, 설마 지주가 직접 리리를 도와주리라곤 예상하지 못한 모양이었다. 리리와 지주의 만남까지 아스더의 귀에 들어가지는 않은 것 같아 조금 안심이 되었다.

"주술사들의 우두머리 정도면 신탁을 받았다 해도 그럴듯할 거 아니야? 아마 지금쯤이면 천자에게 전했을 텐데…….”

천자의 반응은 어땠으려나. 리리는 기대감과 불안함이 뒤섞인 눈으로 창문 쪽을 바라보았다. 황궁과 멀지 않은 곳에 자리 잡은 산 중턱이어서 그림 같은 전경이 훤히 보였다.

“……지주가 우리를 돕는다고? 지주를 설득할 정도라니, 언제부터 지주와 그리 친밀한 사이였던 건가?”

기가 막히는지 어이없는 목소리로 묻는 아스더의 말에 리리의 표정이 묘하게 일그러졌다. 그녀는 생각하니까 또 머리가 아픈지 이마를 짚으며 한숨 섞인 목소리로 중얼거렸다.

“……아니야. 나는 설득한 게 없어.”

“그러면 무슨 거래라도 한 모양이군. 네 주특기이니.”

“말은 똑바로 해야지. 거래는 그쪽 주특기잖아. 그리고 애초에 거래니 설득이니 할 필요 자체가 없었어.”

“어째서지?”

“그야…… 그야 그녀는…….”

리리는 차마 말을 잇지 못하곤 한숨을 푹 내쉬었다. 이런 말도 안 되는 비밀을 함부로 발설해선 안 될 것 같다는 생각과 어차피 말해봐야 믿어주기는 하겠나 하는 생각이 동시에 들었다. 리리도 너무 큰 충격을 받아 머릿속이 하얘지지 않았던가. 이 세계는 늘 놀라웠지만 그래도 이해 범주 안에는 들었는데, 그걸 모조리 깨부수는 경험이었다.

결국 그녀는 손을 휘두르며 혀를 내둘렀다.

"됐어. 이건 말할 수가 없다. 그냥 지주와 내가 오랜 인연이 있었다고만 알아둬."

"……오랜 인연이라."

틀린 말은 아니었다. 리리는 그간 막연히 주술사들의 우두머리, 천자 못지않은, 어쩌면 천자보다도 뛰어난 주술사…… 그 정도로만 생각했고 궁금해했으나, 사실 이미 8년 전에 목소리만이지만 만난 적이 있었다는 것을 알게 되었기 때문이다.

어쩌면 8년 전이 아니라 18년 전에 만났을지도 모를 일이었다.

'그야 그녀는 내 소관의 신이니까.'

바로 카슈토 여신 말이다.

리리는 그녀를 만났던 그 기막히고도 황당한 상황을 떠올리며 다시금 멍해졌다.

"아, 왔어?"

리리에게 한국 풍경이 담긴 엽서에 한글로 안부를 적어 보낸 여인은 예상과 달리 미아가 아니었다. 미아처럼 새카만 장발이었고 비슷한 분위기의 여인이기는 했으나 눈동자 색도 검은색이었으며 옷차림도, 목소리도 전혀 달랐다.

"……누구?"

"왜 그런 표정으로 보는 거야, 리리. 나 조금 슬퍼진다고."

리리를 아주 잘 아는 듯한 목소리와 말투에 그녀는 당황할 수밖에 없었다. 아무리 머릿속을 뒤져보아도 눈앞의 여인이 누군지 전혀 알 수 없었기 때문이다. 굳이 비슷한 인물을 뽑자면 아마 이전에 살던 세계에서 보았던 무협지 속의 여자 주인공이랄까.

바닥을 덮는 긴 동양풍 복장 하며 흑단 같은 머리카락, 우수에 젖은 눈, 초승달 같은 눈썹, 앵두 같은 입술, 섬섬옥수 등 무협지 속 표현과 아주 어울리는 여인이 아닐 수 없었다.

"오랜만에 한국 노래를 들으니까 어때? 설마 잊어버린 건 아니겠지? 편지 읽고 찾아온 걸 보니까 아직 한글은 기억하고 있었던 모양인데 말이야. 그동안 꾸준히 써왔나 봐. 역시 리리답네."

한국어를 유창하게 쓸 뿐 아니라 친숙한 한국 노래까지 부르고 있었다. 설마 그녀는 한국에서 알던 사람일까? 아니면 미아처럼 자신의 환생이 또 존재하는 것일까? 만약 그렇다면 리리는 물론이고 미아조차도 실패한 미래가 있다는 뜻일 터.

'설마!'

리리는 끔찍함에 몸서리치며 불안한 목소리로 물었다.

"당신 누구야?"

여인은 자리에 멈추어서더니 우아하게 허리를 숙여 인사했다. 손을 가지런히 모은 채 고개를 숙이는 인사 역시 이곳보단 한국의 문화에 가까웠다.

그러나 여인의 대답은 전혀 엉뚱한 것이었다.

"나의 이름은 루. 다들 날 지주라고 부르더라."

"……지주?"

순간적으로 「지주가 뭐지?」라는 생각이 들 정도로 정신이 없었다. 이내 그게 무언지 깨닫는 순간 리리의 머릿속에는 물음표가 가득 들어찼고 말이다.

"지주? 주술사들의 우두머리? 다련각에 있다던…… 내가 아는 그거?"

"잘 아네. 하긴, 이곳에 지주를 모르는 이가 있을 리 없긴 해. 한 번도 본 적 없는 거면 몰라도."

그리 말하며 싱긋 웃는데, 리리는 더더욱 알 수가 없어졌다. 지주라면 이 세계 인물인데, 어째서 한국 엽서에 한국말을 적어 보내며 한국어를 이리 유창하게 한단 말인가? 게다가 자신은 또 어떻게 알고?

리리의 얼굴 위로도 물음표가 한가득 떠올랐는지 자신을 루라고 소개한 지주가 웃음을 터트렸다.

"표정 봐! 완전 웃긴다!"

뭐가 그리 재밌는지 배를 잡고 깔깔 웃는 통에 리리는 멍한 정신을 수습할 수가 없을 지경이었다. 리리가 무어라 말도 하지 못하고 넋을 잃은 채 자신을 바라보자 루는 아예 손을 뻗어 그녀의 뺨을 살짝 꼬집어 늘렸다.

"……귀여워라. 하여간 넌 정말 사랑스럽고 엉뚱한 아이라니까. 늘 그랬지. 보고 있으면 즐겁고 또 어떤 일을 저질러선 나를 놀라게 할까 기대되곤 했다고."

그리 말하는 루의 눈이 퍽 다정했다. 로쉐만큼이나. 아니, 어쩌면 로쉐보다도 더.

이상한 그리움 같은 것이 느껴졌다. 분명 처음 만난 여인이건만 언젠가 만난 적이 있는 것 같다는 기분이 들 때였다.

"너는 내가 가장 아끼는 아이야. 사실 그러면 안 되지만 어쩔 수 없는 걸 어떡하니. 마음이 가는걸. 안쓰럽고, 어여쁘고, 또 애틋하고 대견스럽고……. 태어났을 때부터 그랬어. 처음으로 여제가 탄생하는 순간이었는데, 그만 운명이 기구하게 바뀌고 말았지. 내가 얼마나 섭섭했는지 아니?"

뺨이 늘려며 헤 입을 벌리고 있던 리리의 눈이 점차 크게 뜨였다. 루의 손은 어느새 리리의 정수리로 옮겨져 작은 머리통을 쓰다듬고 있었다.

아주 다정한 손길로, 조심스럽게.

"막상 네가 잘 지내는 것 같아 다행이지만 말이야. 그래도 나의 세계에서 여제로서 당당히 섰을 네 모습이 궁금해지는 건 어쩔 수가 없네."

루의 말 한마디, 한마디에 오싹오싹 소름이 끼치고 있었다. 어느새 몸은 가늘게 떨리고 이마에는 식은땀이 맺혔다. 크게 뜨인 눈에는 경악만이 가득 들어찼다.

리리는 도저히 믿기지 않아, 더듬더듬 가까스로 입을 열어 물었다.

"설마…… 설마 당신……."

"나의 아이야. 이제야 엄마를 알아보겠니?"

"……카슈토 여신?"

생긋, 눈을 접으며 웃은 루가 리리를 끌어안을 듯이 양팔을 벌렸다. 그러자 놀라운 일이 벌어졌다. 주변 풍경이 완전히 일그러지기 시작한 것이다. 마치 시간을 빠르게 돌린 것처럼 오가던 사람들의 움직임이 빨라져 잔상만이 보이더니 이윽고 하나둘 사라져 아무것도 남지 않게 되었다.

순식간에 벌어진 일이었다. 리리가 주변을 둘러보았을 땐 이미 텅 비어 있었으니까.

건물도, 분수대도 그대로인데 사람만이 없었다. 물조차 흐르지 않고 그대로 멈추어 있었다. 조용하다 못해 침묵만이 가득한 세상이 불쾌할 정도로 섬뜩했다.

"아무래도 이게 낫지? 누가 우리 대화를 엿들으면 골치 아플 거 아니야. 예를 들면 아스더라든가 아스더, 뭐 아스더 같은 사람 말이야."

루는 자신뿐 아니라 아스더도 이미 알고 있었다. 아니, 그녀가 자신이 짐작하는 대로 여신이 맞는다면 세상에 모르는 것이 있을 리가 없을 터.

리리는 말도 안 되는 이 상황을 만들어낸 눈앞의 여인이 여신이 아니라면 더 놀라울 것만 같았다. 어떤 주술도 이건 불가능했다. 이건 마치…….

"아이템창 속에 들어온 기분이야……."

그랬다. 시간의 흐름이 멈추어 있는 유일한 장소. 늘 리리와 함께 다니지만 독립적인 시공간인 아이템창에 들어온다면 이런 느낌이지 싶었다.

그녀가 서 있는 곳을 눈 깜짝할 새 이런 동떨어진 시공간으로 만들 수 있는 존재라면 신밖에 없을 터였다.

"정말 당신이 여신이라고요?"

"하여간, 성격도 급해. 성격 급한 건 딱 나를 닮았다니까. 어디, 엄마라고 불러보렴."

"아, 장난하지 말고요!"

"너무해라. 하지만 그런 점이 매력적이야."

루는 지금 이 상황이 무척 즐겁다는 듯 연신 후후 웃음을 흘렸다.

리리는 기가 막힌 나머지 이마를 짚으며 그대로 하, 짧게 숨을 토해냈다.

"이젠 하다하다 신을 다 만나보네……. 진짜…… 내가 너무 어이가 없어서……."

자조 섞인 목소리로 중얼거리자니 루가 뭐가 문제냐는 듯 물었다.

"왜? 안 그래도 나하고 계속 대화 나누고 싶어 했잖아. 그래서 직접 찾아와줬는데 기뻐 보이기는커녕 불만스러운 얼굴이다? 그리고 8년 전에도 우린 목소리뿐이지만 만난 적이 있다고. 인제 와서 뭐가 새삼스러운데?"

그건 그랬지만, 그래도 직접 신께서 강림할 줄 누가 알았는가. 8년 전 신전에서 목소리를 들은 것만으로도 뒤로 넘어갈 일이요, 믿기지 않을 일인데 말이다.

그러고 보면 이 세계에 와서 인연을 맺은 이들은 하나같이 평범함에서 한참 벗어난 이들뿐이었다.

가장 처음 만났던 집사는 페가수스요, 그다음으로 만난 아버지라는 존재는 현재 황궁주술사이자 과거 암흑계의 수장쯤 되는 인물이요, 아스더는 아버지가 천자에 어머니가 샘 요괴인 데다 본인조차 상단과 정보단을 아우르는 우두머리고, 차례로 각각 대륙의 주인들조차도 남들은 평생 가도 보지 못할 말도 안 되는 존재였으니 말이다.

거기에 최근엔 자신의 환생까지 마주했다.

이제 더는 놀랄 일이 없을 거라 여겼는데…… 이젠 하다하다 여신이라니. 그야말로 최종 보스를 만난 격이 아니던가. 말이 안 나올 지경이었다.

리리는 이마를 짚었다가, 허리춤에 양손을 얹었다가, 하늘을 보았다가, 땅을 보았다가, 웃음을 터트렸다가, 한숨을 내쉬었다가, 혀를 찼다가 하여간 복잡한 머릿속을 정리하기 위해 할 수 있는 모든 행위는 다 해보았다.

겨우 이성을 조금이나마 되찾은 그녀가 싱글벙글한 얼굴로 자신을 바라보고 있는 루에게 물었다.

"정말 카슈토 여신이에요?"

"알면서 뭘 물어. 안 그래도 내 목소리를 잊은 것만으로도 섭섭하다, 얘? 어떻게 엄마 목소리를 잊을 수가 있다니? 이제 그만 현실을 받아들이렴. 네가 아주 잘하는 짓이잖아, 그거."

"아, 엄마엄마…… 그놈의 엄마 소리 하지도 마요."

"왜? 넌 내 자식인데 내가 왜 엄마 소리도 못 들어?"

"싫다면 싫은 줄 알아요, 좀."

"너무하네……. 하지만 그 건방진 점도 아주 마음에 들어. 역시 내 딸다워."

기분 나빠하거나 시무룩해하거나 놀라는 법이 없는 여인이었다. 과연 신이라 이건까. 자신이 만든 세계에서 온갖 유형의 사람들이 온갖 짓을 하는 걸 지켜보는 게 일상일 텐데, 웬만한 일에는

다 면역이 있을 만도 했다.

"좋아요. 나에 대해서 잘 알고 있는 것도, 지금 이런 말도 안 되는 공간 속에 가두어둔 것도…… 당신이 신이 맞는다는 사실을 믿겠어요. 근데 왜 내 앞에 나타난 거죠? 그것도 그런 몸으로? 지주라면서요. 어떻게 지주가 여신일 수가 있어요? 게다가 여긴 멜비스 월드잖아. 왜 멜비스 월드에 카슈토 여신이 있지? 심지어 한국어로 말하고 있잖아요, 지금!"

머리를 쓸어 넘기며 천천히 말을 시작했으나 끝은 가히 속사포 랩에 가까워졌다. 루는 그저 고개를 끄덕끄덕하며 리리의 말을 얌전히 들어주었다.

"다 끝났어?"

"……네. 일단은요."

리리가 숨을 몰아쉬며 말하자 루는 리리의 말에 하나하나 대답해주기 시작했다.

"우선 네 앞에 나타난 이유. 그건 네가 나를 찾았기 때문이지. 그리고 상황이 무척 재밌게 흘러가서 끼고 싶어졌어. 뭐, 그게 아니더라도 천자가 나를 깨웠을 테니 나는 이왕 여기 온 김에 너를 만나러 왔을 테지만."

"그게 뭐야……."

리리가 진정 황당하다는 듯 입을 벌리고 괴기하게 얼굴을 찌푸리는데도 루는 아랑곳하지 않고 말을 이어갔다.

"그리고 다음. 이런 몸으로 오게 된 이유. 그야 이 세계가 만들어졌을 당시부터 있던 몸이니까? 굳이 다른 몸을 또 만들어서 올 필요는 없지."

리리가 이해할 수 없다는 얼굴로 바라보고 있자니 루는 리리를 따라 팔짱을 끼며 삐딱하게 섰다.

"이걸 뭐라고 설명하면 좋을까. 아, 그래. 네 기준으로 설명하자면 이건 내 부캐릭터인 셈이야. 내 본캐릭터는 여신인 거고, 이렇게 능력치 낮고 허접한 부캐릭터를 만들어 인간들 눈을 피해 자유자재로 움직이고 있는 거지. 오, 그럴듯해. 나 설명 잘했다."

자신이 말해놓고도 만족스러운지 루는 히히덕거렸다. 정작 듣는 리리는 어이가 가출해 카슈토 월드쯤에 가 있는 것 같았는데 말이다.

"……저는 이해가 안 되는데요."

"아, 이렇게 쉬운 걸 왜 이해를 못 해!"

도리어 루가 답답하다는 양 목소리를 키웠다. 지금 누가 답답한 상황인데. 리리의 눈썹이 삐뚜름하게 치켜 올라갔다.

"내가 여기 본모습으로 오면 어떻게 되겠어? 난리 날 거 아니야? 막 다들 신이 강림했네, 어쩌네 몰려들 거 아니야? 그러니 당연히 모습을 감춰야겠지? 근데 너무 허접하면 재미도 없고, 무슨 신씩이나 되어가지곤 농사지어서 입에 풀칠할 수도 없는 노릇 아니야! 당연히 웬만큼 직위도 있고 돈도 있어야 편하게 놀러 다니지!"

「어때?」라는 의기양양한 표정으로 루가 양팔을 벌렸다. 리리는 입이 떡 벌어졌다. 결국 편하게 놀고먹으려고 지주가 되었다는 뜻이 아닌가.

"뭐 적당히 최상급 주술 정도 섞어서 쓰고, 지력은 황족의 고유 속성이니까 피하고, 그러다 보니 주술사들이 따르고, 어쩌다 보니 지주가 되었네? 뭐 이것도 나쁘진 않지. 하지만 귀찮으니까 천자의 명령은 적당히 들을 거야. 주술각과 황궁을 나누자. 이런 거야. 이해되지?"

문득 지주는 평범한 인간이 아니며 반신에 가깝다는 말을 들었던 것을 기억해냈다. 주술사들의 우두머리이면서 그를 직접 본 이는 손으로 꼽는다고 말이다. 보통은 다련각에 틀어박혀 천자의 명령이 있거나 센테르에 무슨 일이 생기기 전에는 나오지 않는다고 했다.

지주가 한 사람인지, 대를 이어져 오는 건지, 어떤 식으로 지주의 자리를 물려주는 건지 알려진 건 하나도 없었다. 그야말로 베일에 둘러싸인 인물이었다. 심지어 아스더조차도 지주에 대해선 거의 아는 게 없으니 말 다 한 셈이었다.

이제야 그게 얼추 이해가 되는 느낌이었다. 그냥 신이었으니 가능한 일이었다. 태초부터 이 세계에 존재했으며 가끔 이런 식으로 내킬 때나 움직이니 알려지려야 알려질 수가 없을 수밖에. 게다가 그녀의 말로는 지주가 부캐릭터라고 하지 않던가.

본캐가 있고 가끔 재미 삼아 부캐를 움직이는 거면, 더욱 부캐릭터의 놀라운 능력과 재력을 이해하기란 어려운 일 터였다. 설마 누가 지주를 부캐릭터라고 생각이나 하겠느냐 말이다.

"……왜, 왜 그렇게까지 이 세계에 놀러 오는 건데요? 설마 심심해서?"

"잘 아네."

뻔뻔한 루의 대답에 리리는 한숨을 내쉬며 하늘을 올려다보았다. 아이고, 여신님어머니. 내게 왜 이런 시련을 주시나이까. 그런 생각이 절로 들었다.

"……그럼 카슈토 월드에서 노시면 되잖아요. 왜 멜비스 월드 일에 참견하시는데요."

"그거야 내 마음이지!"

"이것도 그냥이에요? 그냥 재밌어 보여서?"

리리가 한심하다는 듯이 묻자 루가 갑자기 생각났다는 듯 목소리를 높였다.

"아, 맞아! 이 세계 전쟁 난다며? 내 새끼들이 여기 침략한다고 말하는 걸 들었거든?"

"네, 그렇대요……. 그래서 말인데요, 여기서 이러고 놀지 말고 여신님 새끼들부터 잘 챙기면 안 되나요?"

"거긴 재미없어. 내 새끼들은 죄 피에 미친 미치광이들뿐이라 말을 들어 처먹지도 않아. 지들이 세상에서 제일 잘난 줄만 알고,

이 어미는 찾아서 돌보지도 않고…… 내가 정말 쓸쓸해서 살 수가 없어."

그러며 고개를 절레절레 젓는 모습에 리리는 할 말을 잃었다. 정확히는 이런 신에게 대체 무슨 말을 하겠느냐 하는 회의감이 짙게 떠올랐다.

그러나 루가 의외의 말을 덧붙였다.

"그리고 원래 자기 세계에는 참견 못 해. 뭐, 하래도 귀찮아서 안 하겠다는 신이 더 많을 테지만. 예를 들면 멜비스라든가…… 멜비스, 멜비스 같은……."

그리 말한 루가 생각하니 짜증 난다는 듯 멜비스 욕을 본격적으로 하기 시작했다.

"정말 이상한 애야. 안 그러니? 아니, 아무리 참견을 못 한다지만 그렇다고 내 세계 새끼를 육체 따로, 정신 따로 조각조각 내는 건 대체 무슨 짓이라니? 그것도 내 허락도 없이! 내가! 어? 우리 세계에 처음으로 여제가 탄생할 거라고 자랑하는 걸 다 들어놓고! 이렇게 될 줄 알았으면 미리 말을 해야 할 거 아니야! 나도 마음의 준비 좀 하게! 진짜 가만 보면 진중한 척하면서 완전 제멋대로라니까?"

"하……하하……."

리리는 여신이 여신을 욕하는 꼴을 보며 그저 웃었다. 8년 전에도 뭐 다른 신은 바람을 피우네 어쩌네 욕을 했던 것도 같았다.

하여간 정신세계가 무척이나 특이하고 권위라곤 찾아볼 수도 없는 신이 틀림없었다.

"……그때도 들었지만, 나를 이 꼴로 불러들여 이런 짓을 시키는 건 멜비스 여신이 맞는 거죠? 전쟁을 대비시키려고? 그걸 여신님은 몰랐던 거네요?"

"몰랐지. 알았으면 나도 가만히 있지는 않았겠지. 그러니까 지금이라도 이렇게 온 거 아니야. 어쨌든 내 세계 새끼들이 여길 침략해서 쑥대밭으로 만든다는데 지켜볼 수만은 없는 노릇이니까, 좀 도와주려고."

듣던 중 반가운 소리였다. 리리는 눈을 크게 뜨며 되물었다.

"도와주겠다고요?"

"그래. 말로는 재밌어 보여서 끼는 거라고 했지만…… 나도 속으론 생각이 아주 깊은 신이라고. 네가 그런 막중한 임무를 맡았으니 나라도 도와야지 어쩌겠니. 보아하니 멜비스조차도 네 환생은 예상하지 못한 것 같더라. 신이라고 모든 미래를 다 알 수는 없는 노릇이라서 말이야. 실패해서 또 너를 환생시켜야만 할 줄은 멜비스도 몰랐겠지."

"그런가요……."

결국 환생은 멜비스의 뜻이 아니라는 말이었다. 미아도 그러긴 했다. 자신의 실수를 뒤늦게 깨달은 미래의 그녀가 자처한 거라고 말이다.

"뭐 하여간 잘됐네요!"

리리가 처음으로 큰 소리를 내자 루는 깜짝 놀란 듯 어깨를 움찔했다. 이내 초롱초롱한 그녀의 눈을 보며 불안하다는 표정을 지었다.

"너 설마…… 아무리 그래도 여신인 나를 막 부려먹을 생각은 아니겠지?"

왜 아닐까. 리리는 씨익 웃었다. 불길한 미소에 루의 표정이 더욱 심각해졌다.

"하여간…… 넌 정말 대단한 애야."

"때마침 잘 나타나주셨어요. 지주라니. 아주 적당한 부캐릭터를 키우고 계셨네요. 이왕이면 최소 천자 정도로 능력치가 빵빵했으면 더 좋았을 테지만, 그 정도면 완전히 허접하지도 않고, 아주 쓸 만할 것 같아요."

"얘. 듣는 부캐릭터 기분 나쁘단다."

루가 눈썹을 찌푸렸다.

리리는 그런 루를 어떻게 이용해야 여신을 아주 잘 이용해먹었다고 소문이 날까 골똘히 고민하다가 문득 듣지 못한 대답을 깨닫곤 물었다.

"근데 한국어는 어떻게 알았어요?"

"아, 그거? 8년 전에 네가 그랬잖아. 너는 다른 세계에서 왔다고. 그래서 궁금해서 찾아봤거든. 뭐, 내 새끼가 나도 모르는 사이 다른 곳에서 컸다고 하니까, 어떤 곳일까 어떻게 컸을까 궁금했달까⋯⋯."

"그래서 설마⋯⋯ 거기에다가 새 부캐릭터를 만들었다거나 그런 건 아니죠?"

"이래서 내가 널 좋아해. 내 세계 새끼들은 하나같이 머리가 나빠서 답답한데, 너는 유독 눈치도 빠르고 머리 회전도 빠르거든."

루가 엄지를 척 추켜올렸다.

리리는 기가 막혀서 웃음을 터트리고야 말았다. 누가 상상이나 할까. 평범하게 생활하는 주변 사람이 실은 다른 세계 신이라는 사실을. 자신조차도 지주가 여신의 부캐릭터일 거라곤 상상도 못했는데.

"혹시나 네가 그곳을 그리워할까 봐 선물도 사 왔단다. 엄마는 내 새끼들한테 아주 다정해요."

그러면서 주섬주섬 뭔가를 꺼내 들었다. 8년 만에 보는 한국 물건들이었는데 개중엔 익숙한 것도 있었고 처음 보는 것도 있었다. 리리는 어디 민속촌에서나 팔 것 같은 짚신 열쇠고리나 한복 입은 인형 마그네틱들을 보며 감상에 젖기는커녕 황당한 표정을 지었다.

"표정이 왜 그래?"

"요즘 누가 이런 걸 기념품이라고 사 와요?"

"왜? 외국인들 많이 사 가던데. 막 이만큼씩 쌓아놓고 사 가던데?"

"아니……."

리리는 더 말해봐야 뭐 하냐는 얼굴로 고개를 저었다. 그에 루가 시무룩한 목소리로 말했다.

"많이 별로야? 당연히 좋아할 줄 알았는데."

"좋긴 좋아요. 이런 거 진짜 오랜만에 보네요. 8년이 아니라…… 최소 18년쯤?"

그 정도로 어릴 때나 봤던 물건 같았다. 그에 루의 표정이 조금이나마 밝아졌다.

"다행이네. 찌질이랑 흰둥이도 좋아할까? 두 사람 것도 사 왔거든."

그러면서 리리 거와 비슷하지만 색만 다른 기념품들을 꺼내놨다. 리리는 무슨 신이 여행 다니면서 기념품까지 챙겨 오나 싶어서 결국 웃음을 터트렸다.

"좋아하겠죠. 내가 살던 세계에서 가져온 물건이라는데."

"하긴."

"근데 두 사람은 알아요? 지주가 여신의 부캐릭터라는 거?"

"미쳤니? 그걸 알면 가만히 있게? 아마 그 찌질이는 뒤로 넘어갈걸. 자기가 좋……."

말을 하다 말고 뚝 잘라먹은 루가 의미심장한 미소를 지으며 말했다.

"얘. 너 혹시 그거 알아? 네가 어쩌다가 이 세계로 불려 왔는지?"

"네? 그거야 전쟁을 대비해서……."

"아니, 정신 말고. 육체 말이야. 왜 내 세계에서 태어난 네가 멜비스 월드로 떨어졌는지 알아?"

"아뇨. 저도 궁금했는데……."

"음, 그게 말이야……."

생각하니 또 웃긴지 깔깔거리며 시원하게 웃던 루가 갑자기 생각이 바뀌었는지 손을 저었다.

"아니, 아니다. 이렇게 재밌는 건 아껴둬야지."

"아, 뭐예요. 궁금하게 해놓고."

"다음에 말해줄게. 너도 들으면 내 마음 이해될걸?"

그러면서 다시금 웃음을 터트린 루가 말을 돌렸다.

"어디 내가 뭘 해줘야 하는지나 말해보렴. 내가 할 수 있는 건 해볼 테니."

그렇게 지주는 황궁으로 돌아가게 된 거였다. 조작한 신탁을 가지고 말이다.

신이 손수 신탁을 들고 간 셈이 되지만 그 사실은 영원히 밝혀지지 않을 터였다.

하여간 리리가 지주를 설득하거나 거래를 한 건 전혀 없었다. 본인이 도와주러 친히 강림하신 거니까.

'하…… 정말…… 누가 생각이나 하겠느냐고. 곁에 신이 있었다니.'

심지어 지주를 모시는 로쉐조차도 그걸 모른다고 하니 더 말해 봐야 입만 아픈 일이었다. 이 세계는 대체 어떻게 돌아가는 건지. 어쩌면 세계를 만든 신들이 너무 개성적이라 신을 닮은 존재인 인간들이 이렇게나 제멋대로인 걸지도 몰랐다.

"뭐…… 어쨌든 잘된 거니까…… 이대로 가면 아스더가 천자 자리에 앉는 건 시간문제겠어."

리리는 무심코 중얼거렸다. 그러자 앞에서 낮은 톤의 남자 목소리가 들려왔다,

"근데…… 내가 생각을 해봤는데 말이야."

깜짝 놀란 리리는 눈을 동그랗게 떴다. 상념에 빠져 있느라 미처 몰랐는데 앞에는 여전히 아스더가 앉아 있었으며 턱을 괸 채 리리를 바라보고 있었다. 주위를 두리번거리자 다른 주인들은 자리에 없었다.

"다들 어디 갔어?"

"……다시 볼일들 보러 나갔지. 대체 무슨 생각을 그리 열심히 하느라 오가는 것도 몰라?"

"아……."

지주가 카슈토 여신이라는 사실이 너무 충격적이라 근래 늘 이런 상태였다. 자꾸만 떠올라 어이없는 웃음만 피식피식 새어 나왔고, 또 모르고 있는 게 뭐가 있을지 파헤쳐보는 식이었다. 리리는 민망해져선 괜히 그를 타박했다.

"그쪽도 가만히 있지만 말고 좀 도와주지 그래?"

"도와줬다. 누가 어떤 잘못을 저질러서 이런 피해자가 나왔었으니 그 집을 불태우라든가, 어디 물길을 이렇게 옮기면 큰 문제가 생기진 않을 거라든가, 어느 밭을 건드리면 더욱 소문이 많이 퍼질 거라든가."

"아……."

아스더의 말에 리리는 할 말을 잃었다. 정보상단주답게 온갖 정보를 주인들에게 전해주는 중요한 일을 맡고 있었으니 말이다. 오히려 지금 가장 한가한 것은 리리였다.

"그래, 그럼. 근데 라이는?"

"다리우스를 따라갔다. 다리우스가 라이의 몫까지 해주기로 했다는 말을 잊었나 보군."

"그랬지, 참."

이렇게도 정신이 없을 수가. 아스더는 정말 이상하다는 눈초리로 리리를 바라보다가 입을 열었다.

"그보다 나도 할 말이 있는데."

"뭔데, 말해."

"……내가 언제 거기 앉겠다고 한 적이 있던가?"

"뭔 소리야?"

리리가 의아한 목소리로 묻자 아스더가 턱을 괸 손으로 입술을 꾹 누르며 답했다.

"천자가 되겠다고 한 적이 없는 것 같은데."

리리의 입이 떡 벌어졌다.

그녀는 황당한 얼굴로 아스더를 쳐다보았다. 그는 진심인 듯 태연하기 짝이 없었다.

결국 그녀가 자리에서 벌떡 일어나며 소리쳤다.

"뭔 헛소리야, 인제 와서!"

지금 다른 대륙 주인들이 한자리에 모여 애쓰는 게 누구 때문인데? 게다가 분명 리리는 상세하게 설명해주었다. 아스더가 그 자리에 앉지 않는다면 이 센테르가 어떻게 되는지를!

씩씩거리며 거칠게 숨을 내쉬는 리리를 아무렇지 않은 얼굴로 올려다보며 말했다.

"일단 흥분은 가라앉히고, 앉지."

"내가 어떻게 흥분을 안 해! 지금 나를 놀리는 거야?"

"아니. 그럴 의도는 전혀 없는데."

아스더의 눈이 퍽 진지했다. 리리는 울컥했던 감정을 가까스로 다스린 뒤 도로 자리에 앉았다.

"그럼 무슨 의도로 그런 말을 하는 건데? 그것도 인제 와서."

그러자 아스더가 느긋한 목소리로 말했다.

"생각을 해봤는데, 대가 없이 그 자리에 앉는 건 좀 아닌 것 같아서."

"대가라니? 이게 뭐…… 날 위해서 하는 짓인 줄 아는 거야?"

"그건 아니지만, 그래도 네가 원하는 대로 움직여주는 건 내 성격에 안 맞는달까."

그리 말하며 눈을 가늘게 휘는 아스더 덕에 리리는 열불이 터져 미칠 지경이었다. 만약 리리의 속성이 불이었다면 아마 코와 입에서 불이 뿜어져 나왔을지도 몰랐다.

"그래서 말이야, 거래를 해볼까 해. 일단 들어보고 결정하든가."

미치고 팔딱 뛰는 리리와 달리 평온하기 짝이 없는 아스더가 거래 내용을 늘어놓았다. 리리는 점점 입이 벌어지며 황당한 표정을 금치 못했다.

정말이지, 이 세계엔 멀쩡한 사람이라곤 한 명도 없는 게 분명하다는 생각이 들었다.

아스더에게 아연한 거래 내용을 들은 리리가 도망치듯 집으로 돌아온 뒤로 며칠이 흘렀다.

마음 같아선 그런 말도 안 되는 걸 제안이라고 하는 거냐고,

때려치우라고 화라도 내고 싶었으나 걸린 게 중앙 퀘스트요, 더 큰 문제는 세계의 멸망이니 리리는 생각해보겠다는 말로 애써 상황을 마무리하는 수밖엔 없었다.

물론 생각을 하고 말고도 없이 그건 절대 안 된다고 질색하고 있었지만 말이다.

'근데 내가 안 하겠다고 하면 아스터도 천자가 안 되겠다는 뜻이잖아? 진짜 뭐 그런 놈이 다 있어?'

세계 존위가 걸려 있다는데, 세계가 망하면 자기도 죽게 되는 건데 그런 중요한 문제를 두고 거래를 하자며 조건을 내거는 아스터의 정신머리를 도저히 이해할 수가 없었다. 상인은 죽을 때까지 상인인 모양이었다.

받아들일 수도, 그렇다고 거절할 수도 없는 난감한 상황에 놓인 리리가 한숨을 푹 내쉴 때였다.

"아가씨, 히로크 남작이 궁을 나섰다고 합니다."

"그래?"

듣던 중 반가운 소리가 아닐 수 없었다. 천자는 지주와의 회의 때도 그랬듯이, 아무도 출입할 수 없는, 심지어 천자의 눈조차도 불허한 장소에서 신의 대리인을 만났다. 지주에 의해 황궁으로 불려간 신의 대리인인 히로크 남작과 은밀하게 대화를 나누었기에 무슨 얘기가 오갔는지, 천자의 반응은 어떠한지 전혀 알 수가 없었다.

그나마 지주와의 대화는 그 자리에 로쉐가 있었기에 대강 듣고 분위기도 얼추 짐작할 수가 있었다지만 히로크 남작과는 따로 독대했기에 더더욱.

과연 상인으로 시작해 남작이라는 귀족을 산, 황궁에는 발을 들일 일이 죽을 때까지 전혀 없을 거라 여겼던 히로크가 그 위압적인 천자의 앞에서 제대로 말을 꾸며내었을지 궁금하고 또 불안하던 참이었다.

리리는 곧장 히로크 남작이 탄 마차로 이동했다. 남작 혼자만이 탔다는 걸 확인했기에 벌인 짓이었지만, 이제야 겨우 한숨 돌리던 그가 너무 놀라 기절초풍을 할 거라곤 예상치 못했다.

"서, 서, 서, 성녀님!"

"마음이 급해서 그만……."

히로크 남작은 천자를 만나느라 이미 다 소진한 기력이 리리 때문에 또 깎인 모양인지 흐물흐물해져선 가까스로 의자에 앉아 있는 모양새로 한숨을 푹 내쉬었다. 심장이 얼마나 뛰는지 확인하는 듯 손바닥을 가슴께에 얹은 채였다.

"그렇지 않아도 성녀님께 보내드릴 편지를 적고 있던 참이었습니다. 그럴 필요가 없었네요."

그의 말을 증명이라도 하듯 바닥에 펜이 데굴데굴 굴러다니고 있었다. 리리 때문에 너무 놀라 다 집어 던지는 것을 언뜻 본 것도 같았다.

히로크 남작이 옆에 놓인 종이를 집어 드는 동안 리리도 바닥을 굴러다니는 펜을 주워 건네주었다.

"딱히 특별할 것도 없었습니다. 성녀님께서 지시해준 대로 했을 뿐이니까요."

대부분의 진실에 약간의 거짓을 섞는 것. 히로크 남작은 손수건을 꺼내 식은땀이 흐른 이마를 닦아내며 말을 이었다.

"성녀님께서 예상하신 대로 천자께선 이미 많은 사실을 알고 계시더군요. 제 과거까지도요. 이미 알고 계시니 굳이 거짓말을 할 필요도 없었습니다. 신의 대리인께서 나타나 벌을 내려주시고, 직접 죗값을 치를 기회 또한 주셨다. 그렇게 힘든 사람들을 위해 살게 되었고, 가장 힘들었으며 지금은 여신의 축복을 받아 많은 것이 달라진 빈민가에도 힘을 써왔다. 그런 얘기들을 했습니다."

"그랬더니? 천자가 뭐라던가요?"

"그 또한 성녀님께서 말씀하신 대로였습니다. 신의 대리인의 외형과 능력 등을 물으시고, 어째서 제게만 특별히 모습을 드러내신 건지와 빈민가를 위해 일하는 동안 신의 대리인을 만난 적이 있는지 혹은 명령을 따라 움직인 적이 있는지 여쭈셨습니다."

"그것들도 다 제대로 대답한 거죠?"

"물론입니다. 그저 운이 좋았을 뿐이다. 그 후로 만난 적 없다. 빈민가의 변화는 신의 뜻이리라 믿어 의심치 않았기에, 그들을 보호하기 위해 다 내가 자처한 일들이다. 그런 식으로 대답했습니다."

"······잘했어요."

리리는 한시름 덜었다. 천자의 기세에 겁을 집어먹은 히로크 남작이 미주알고주알 다 일러바칠까 봐 조금 두려웠는데, 그보다는 신성력의 지배가 더욱 영향력이 큰 모양이었다.

그 이후로도 천자의 반응이라든가 아주 사소한 손짓까지도 캐묻던 리리가 문득 마차의 방향이 이상하다는 걸 깨닫곤 물었다.

"저택으로 돌아가는 길 아니었어요?"

"이런 큰일을 겪었는데 여신의 품에서 안정을 되찾아야 하지 않겠습니까. 신전에 들러 기도를 올릴 생각입니다."

"······그거 진심이에요, 아니면 천자의 눈을 의식한 거예요?"

리리의 물음에 히로크 남작이 허허로이 웃었다.

"물론······ 둘 다입니다."

하여간 상인들은 함부로 믿을 사람들이 못 된다니까. 리리는 말도 안 되는 거래를 제안한 아스더와 황궁을 나선 이후로도 완벽을 위해 연기하려 하는 히로크 남작 두 사람을 겪으며 고개가 절로 저어졌다.

"내가 괜히 불안해했네요. 이렇게 대단한 배우라는 걸 모르고 그만······."

"그런 말 마십시오. 혹시나 성녀님께 피해가 갈까 봐 나름대로 더 노력하는 겁니다."

"그건 정말 고맙네요."

그래도 아스더와 가장 큰 차이점을 고르라면 역시 이것일 터였다. 한결같이 리리의 편에 서서 리리를 도우려고 애를 쓴다는 것. 물론 신성 주술의 영향이겠지만 그래도 마음이 한결 놓였다.

"그럼 저는 이만 가봐야겠어요. 수고 많으셨어요."

분명 히로크 남작 혼자 탄 마차에서 리리가 내렸다가 천자의 눈에 띄기라도 하면 큰일이었다. 그래서 목적지에 도착하기 전에 집으로 돌아가려는데, 왜인지 머뭇거리던 히로크 남작이 생각이 많은 듯한 목소리로 리리를 붙잡았다.

"아닙니다. 아, 근데…… 성녀님. 드릴 말씀이 있습니다."

아직 빈민가에 도착하려면 한참 더 달려야만 했기에 그렇게 급하게 돌아갈 필요는 없었다. 리리는 도로 의자에 앉으며 말하라는 듯 손짓했다.

"편하게 말씀하세요."

"아, 네. 이게…… 계속 생각해왔던 건데 우선 성녀님께 말씀 드려야 할 것 같아……."

다시금 손수건으로 흠뻑 젖어가는 이마를 닦아낸 히로크 남작이 모아 쥔 손가락으로 손수건을 만지작거리며 말을 이었다.

"티메를 양자로 들이고 싶습니다. 가능하면 엘도 같이 말입니다."

리리의 눈이 당황스러움과 놀라움으로 크게 뜨였다. 생각도 못 해본 일이었는데, 언제부터 두 사람의 관계가 그렇게 된 건지…….

'물론 나쁘진 않을 것 같은데…….'

히로크 남작은 부인도, 자식도 없으니 티메를 입적시키게 된다면 그가 히로크 가문의 차기 가주가 되는 셈이었다.

히로크 가문은 지금 센테르 내에서 아센 상단과 유일하게 견주는 대형 상단을 꾸리고 있으니, 어쩌면 그것을 티메에게 물려줄 수도 있는 것이다.

시장에서 곧잘 손님들을 끌어모으던 재주꾼 티메이니 상단 일도 금방 배워서 잘 꾸려갈 것 같았다. 그냥 빈민가에서 썩은 폭풍단의 잡일이나 하는 것보다는 훨씬 나았고 말이다.

"……티메하고 얘기는 된 거예요?"

"예전부터 생각해왔던 거니 아마 눈치챘을 겁니다. 물론 티메의사가 가장 중요하니, 그 아이가 싫다면 강요하지 않을 생각이고요."

"그렇군요……."

리리만 몰랐던 얘기라는 뜻이었다. 어떻게 그걸 눈치 못 챘을수가. 생각해보면 후계자가 없는 히로크 남작의 눈에 티메가 진작 띄었을 만도 한데 말이다. 모르는 양자를 들이는 것보다야 능력도 있고 의욕도 넘치고 성품마저 완벽한 티메가 제격이었다.

"이제 슬슬 말을 꺼내볼까 해서, 성녀님께 우선 보고를 드리게되었습니다."

"그건 두 사람이 알아서 할 일이니까, 저는 신경 안 쓰셔도 돼요.

근데 아직은 이른 감이 있지 않나요? 빈민가가 조금 더 자리 잡고, 천자 일도 정리되면 그때 생각하셔도 될 것 같은데요."

갑자기 살이 쭉 빠지고 인상이 달라져서 늙어 보이는 것뿐 정정한 나이였다. 물론 티메가 성인이 되었다고 하니 양자로 들이기엔 늦은 감도 없지 않았으나 그런 걸 신경 썼다면 적어도 5년 전쯤엔 들였어야 했다.

"저도 그러고 싶었습니다만, 이번에 티메를 쫓아다니는 소녀가 아무래도 그 아이를 데릴사위로 맞이하려는 듯해서요. 기다리다가 다른 상단에 빼앗기게 생겼으니 마음이 조급해졌습니다."

"데릴사위요?"

"네. 베르나 가문인데, 그곳도 상단을 하나 운용하고 있거든요. 아무래도 티메가 여러모로 재주도 많고, 사람을 자신의 편으로 만드는 능력이 특출하다 보니 빈민가 출신이라는 걸 참작하고서라도 데려가려는 모양입니다. 또 그 집 부모가 하나뿐인 외동딸에게 껌뻑 죽는 사람들이니, 딸이 좋다는데 어쩌겠나 싶은 것도 있을 겁니다."

리리는 남 일이었다면 무척이나 흥미진진했을 이야기에 헤 입을 벌렸다. 티메가 자기 입으로 인기 많다고 하긴 했으나 사실 확 와닿지는 않았는데, 정말로 사실이긴 했나 보다. 딸이 홀딱 반해 쫓아다니는 것에 두 손 두 발 들고 빈민가 출신 사위를 들이려는 상단이 있었다니 말이다.

그러고 보니 술집에서 만났던 썩은 폭풍단장이라는 남자가 비슷한 말을 했던 것도 같았다. 늘 붙어 다니던 여자라고 했나? 쫓아다니던 여자라고 했나. 정확한 표현은 기억이 나질 않았다.

"거기는 어떤데요? 잘나가나요?"

"나쁘지는 않습니다. 그래도 히로크 상단에는 견줄 수가 없지요."

"그거야 물론 그렇죠."

히로크 상단 뒤에는 자신이 서 있는데 어느 상단이 감히 따라올쏘냐.

"베르나 가문의 금지옥엽 외동딸이 티메에게 반해서 죽자 사자 쫓아다닌다 이거죠……."

리리는 고개를 한쪽으로 기울였다. 자꾸 말하다 보니 입에 착 붙는 것이, 어쩌 베르나라는 이름을 어디선가 들은 것도 같았다. 근데 자신이 그런 상단과 마주할 일이 뭐가 있단 말인가. 게다가 귀족 영애라니, 리리는 필요하지 않은 한 개인적으로 만나는 일이 없었다.

"일단 알겠어요."

리리는 히로크 남작에게 대답해준 뒤 주섬주섬 옷을 갈아입었다. 얼굴에 면사까지 쓴 뒤에 이동 주술을 사용했다. 다만 집으로 돌아가는 것이 아니라 빈민가로 향한 게 특이점이었다. 티메를 쫓아다닌다던 귀족 가문의 외동딸에게 호기심이 생겼기 때문이다.

빈민가가 아무리 발전하고 많은 사람이 유입된다 해도 애초에 그리 넓지 않은 장소였고, 티메를 찾는 건 어렵지 않았다.

　"안녕, 티메!"

　엘의 가게 근처에서 티메를 발견한 리리가 손을 붕붕 흔들었다. 뭐가 그리 급한지 어디론가 빠른 걸음으로 향하던 티메가 그녀를 발견하곤 당황스러움과 기쁨이 범벅된 표정을 지었다.

　"누나! 누나가 갑자기 무슨 일이야?"

　"그냥…… 내가 재밌는 얘기를 듣게 되었지 뭐니. 그래서 직접 확인이나 해볼까 하고 와봤어."

　"재밌는 얘기?"

　"응, 무슨 얘기냐면……."

　「너 좋다고 쫓아다니는 웬 귀족 영애가 있다는 얘기지!」라고 말하려던 리리는 티메가 어딘가를 보며 갑자기 소스라치게 놀라는 모습에 덩달아 놀라 입을 다물었다. 티메는 허둥지둥 뒤로 물러나며 말했다.

　"어, 누나…… 내가 지금은 바빠서 말이야, 다음에 얘기하자, 다음에……."

　"티메! 티메에, 여기 있었구나아! 내가 얼마나 찾은 줄 아니?"

　도망가려는 티메의 발목을 딱 붙잡는 앙칼지면서도 기운 넘치는 목소리가 있었다. 리리는 가히 겁에 질린 얼굴로 어딘가를 바라보는 티메를 따라 고개를 돌렸다. 그곳엔 휘황찬란한 드레스와 장신구를 주렁주렁 매단 채 사뿐사뿐 뛰어오는 한 여인이 있었다.

저 답답한 옷과 높은 구두를 신고 달려오다니? 리리는 티메와 다른 의미로 경악했다. 아무리 체력과 기력 따위가 무한대인 그녀라도 저건 절대 불가능했기 때문이다. 게다가 목이며 귀며 머리까지, 아기 주먹만 한 보석이 달랑달랑 흔들리는 것에 놀라움을 금치 못했다. 목이 부러지지 않는 게 신기했다.

"어머, 뭐야. 티메 너 다른 여자하고 바람피우고 있었던 거니?"

"무, 무슨 소리야, 바람이라니!"

"흠, 그래, 뭐. 나랑 결혼한 것도 아니니 이 정도는 눈감아줄게. 한참 혈기왕성한 남자가 그럴 수도 있지. 보아하니 이 베르나 가문과 감히 견줄 수도 없는 하찮은 평민 같고, 나보다 예쁜 것 같지도…… 않고……?"

불만 가득한 얼굴로도 괜찮다며 용서를 운운하던 소녀가 리리와 눈이 마주치는 순간 말을 잃었다. 자신보다 안 예쁠 줄 알았는데 예뻐서 놀랐는가 보다, 대수롭지 않게 여기던 리리는 문득 앞에 서 있는 소녀가 낯익다는 걸 깨닫곤 눈썹을 찌푸렸다.

붉은 끼가 도는 갈색 머리카락을 공들여 잘 단장한 소녀는 하얗게 질린 얼굴로 주춤주춤 뒤로 물러났다. 당장에라도 티메를 납치할 것 같던 기백의 소녀는 온데간데없이 사라진 후였다.

"뭐야, 둘이 아는 사이야?"

"……그런 것 같은데?"

베르나…… 베르나……. 입속으로 계속 곱씹던 리리가 뭔가 떠올랐다는 듯 눈을 크게 떴다. 그사이 소녀는 겁을 한껏 집어먹어선 금방에라도 주저앉을 것처럼 안쓰럽게 떨고 있었다.

"설마 너, 아이린 베르나?"

"어, 어떻게 당신이 여기에……."

아이린 베르나. 8년 전 무용학원인지 어디인지에서 만나 성을 붙이지 않고 소개하는 리리에게 평민 운운하며 깔아뭉개려다가 젤리에게 혼쭐이 났던 건방진 소녀가 퍼뜩 떠올랐다. 리리가 8년이라는 시간 동안 성인이 된 것처럼, 그 어리고 건방지던 꼬마 역시 어느새 자라 사랑에 눈을 뜬 모양이었다. 그것도 티메에게!

"어째서 당신이 티메하고 같이 있는 거죠?"

분명 면사를 쓰고 있었음에도 흔치 않은 검푸른색 머리카락과 눈동자만으로 이미 그녀의 정체를 알아차린 건지 아이린은 벌벌 떨고 있었다. 그럼에도 티메와 함께 있던 여자의 의중을 파악해야겠다는 듯 물어오는 아이린 덕분에 리리는 기가 차서 웃음을 내뱉었다.

그저 웃었을 뿐인데 아이린은 더욱 어깨를 움츠렸다. 당시 페레로가의 하나뿐인 영애라는 사실을 젤리가 밝혔으니, 시간이 흐른 지금도 리리가 무섭기는 한 모양이었다.

"너 설마, 아직도 그 버릇 못 버렸니? 네가 가진 성 따위로 사람 우습게 보고 제멋대로 휘두르려는 거?"

"아니에요!"

"아니면. 싫다는데 애를 왜 쫓아다녀, 싫다는 애를."

리리의 말에 아이린의 커다란 눈망울이 금세 눈물로 그득해졌다. 예전에는 그래도 표독스럽게 몰아붙이는 강단이 있었던 것 같은데 싶어 리리는 당황했다. "왜 울고 그래."라는 말을 중얼거릴 때였다.

"좋아하니까 그러죠, 좋아하니까! 내가 내세울 게 그것밖에 없으니까! 알지도 못하면서!"

그렇게 소리친 아이린이 엉엉 울면서 뛰어갔다. 눈물을 흩뿌리며 달려가는 소녀를 바라보는 리리와 티메의 얼굴은 황당함, 그 자체였다.

리리는 여전히 고집스럽고 다른 이들을 무시하는 아이린을 보며 역시 사람은 쉽게 변하는 게 아니라는 사실을 새로이 깨닫고 있었다. 어쩜 그날 된통 당해놓고도 8년 동안 변한 게 없다.

"……너도 참 고생이 많겠다. 하필 저런 애한테 걸려서."

"말을 함부로 해서 그렇지, 그렇게 나쁜 애는 아니야."

"뭐야, 너. 싫다면서 실은 관심 있는 거 아니니?"

리리가 어이없다는 얼굴로 묻자 티메는 황급히 손을 저었다.

"말도 안 되는 소리 마. 난 아직 그런 거 관심도 없고, 저렇게 귀하게 자란 외동딸은 더더욱 싫어."

"……그러니."

리리는 티메가 연애에 관심이 전혀 없는 이유를 알 것 같았다.

사실 8년 전에도 아주 예쁘장한 소녀였던 아이린 베르나는 이제 지나다니는 뭇 사내의 마음에 불을 지필 만한 미녀가 되어 있었다.

그러나 티메에게는 더한 미녀가 곁에 있었으니. 바로 엘이었다. 그 어떤 미녀를 데리고 와도 아마 늘 엘을 보고 자란 티메에게는 딱히 감흥을 주지 않으리라. 여자 보기를 돌같이 보는 것도 충분히 이해가 되었다.

"그래, 뭐. 알아서들 해라……."

리리는 맥이 빠진 목소리로 중얼거렸다. 여기까지 온 이유가 무엇이던가. 너 좋다고 쫓아다니는 여자 있다며? 근데 귀족 영애라며? 너 이제 큰일 났네, 곧 장가가겠어! 얼레리꼴레리! 뭐 이런 거 하려고 왔는데 직접 마주치질 않나, 그게 아는 사람이질 않나, 얼떨결에 상황을 모호하게 만들지를 않나…….

"어찌 되었건 네 연애사업을 망친 건 미안하고, 아이린 또 만나거든 나와는 아무 사이도 아니라고, 그냥 길 물어보길래 대답해주고 있었다고 하렴."

리리의 말에 왜인지 조금 시무룩한 얼굴로 애꿎은 바닥만 발끝으로 툭툭 치던 티메가 의아한 그녀의 시선이 닿자 웃으며 말했다.

"……알았어."

리리는 이왕 티메를 만난 김에 히로크 남작의 양자로 입적되는 건 어떠냐고 물으려다가 이것 또한 너무 주제넘은 것 같아 입을 다물었다. 대신 오랜만에 사춘기에 들어선 것 같다던 엘을 만나 의외로 능숙하게 연애사업을 꾸려가는 그녀의 이야기를 들어주었다.

이런 면에선 숙맥 같은 오빠보다 엘이 훨씬 나은 것 같았다.

22. 빛이 있으라

나라 곳곳에서 벌어지던 말도 안 되는 일들은 시간이 흐를수록 사그라지기는커녕 더욱 기상천외하게 사람들을 놀라게 하고 불안하게 했다. 두려움에 질린 국민들이 천자에게 직접 호소문을 올리기까지에 이르렀다.

이제 슬슬 주인들이 나설 때가 된 것 같다고 여긴 리리가 그들에게 각각 임무를 맡기곤, 자신은 느긋하게 방에 틀어박혀 황궁 내에 있을 빛을 이용해 지켜보기로 했다.

황궁에선 연일 회의가 열리고 있었다. 회의를 해봐야 답이 나올 리 없는 문제였으나 그거라도 안 하면 아마 미치고 팔딱 뛸 것 같기에 자꾸만 모이는 것 같다는 생각이 들었다.

게다가 리리는 이미 아스더에게 들어서 알고 있었다. 저 중 몇 몇 귀족은 신전에도 다녀왔다는 사실을.

그들도 사람이기에 죄를 지은 사람에게 벌을 내릴 거라는 소문은 무서운 모양이었다.

리리는 장내를 밝힌 주술등 빛에 의지해 귀족들이 무슨 대화를 나누는지 엿들었다.

천자는 그들을 데리고 회의를 해봐야 소용없다는 걸 깨달았기 때문인지, 아니면 계속되는 회의에 몸이 견디지를 못하는 건지 참석하지 않은 채였다.

귀족들은 신탁을 받았다는 지주에 대한 의심을 중점으로 대화를 나누고 있었다.

"지금껏 지주가 신탁을 받았다는 얘기를 들어본 적이 없습니다."

"맞습니다. 말이 되질 않아요. 신탁이라니, 신의 아들인 천자께서도 듣지 못한 여신의 목소리를 들었다는 걸 믿을 수 없다고요."

"그럼요. 신탁이 내려왔다면 천자께 내려왔어야지, 어째서 지주에게 이 중요한 이야기를 전한답니까."

그들은 주술사가 아니었고, 온몸으로 지력을 내뿜는 대주술사인 천자와 달리 속으로 모조리 갈무리해 아무것도 느껴지지 않는 지주를 상대적으로 저평가하는 눈치였다. 「감히 천자도 받지 못한 신탁을 지주가 받았다니? 거짓이다!」 이런 느낌이었다.

그때까지도 말이 없던 타이란 후작이 조용히 입을 떼었다.

"그렇지만, 지주의 말이 일리가 없다고는 생각하지 않소. 상황을 보시오. 이건 정말 여신이 아니고선 불가능하지 않소."

"그건 그렇지만……."

귀족들은 불편한 얼굴로 헛기침을 했다. 그에 타이란 후작이 말을 이었다.

"이대로 가다간 정말 신탁대로 세계가 멸망해도 이상하지 않을 것 같소."

"그래서, 후작이 하고 싶은 얘기가 뭐요?"

이네아 공작이 제법 사나운 목소리로 물었다. 잠시 목을 가다듬은 타이란 후작이 답했다.

"그냥 두고만 볼 겁니까. 뭐라도 해야 하지 않겠습니까."

"설마……."

장내가 술렁거렸다. 타이란 후작은 혼란스러운 얼굴로 자신을 바라보는 귀족들을 훑으며 단호하게 말했다.

"신탁이 사실이라면, 여신의 축복을 받았다던 제1황자를 궁으로 불러들여야 맞소."

"후작!"

이네아 공작이 탁자를 양 손바닥으로 쾅 치며 자리에서 일어났다. 다른 귀족들은 공작과 후작의 눈치를 살폈다. 반 이상이 타이란 후작을 보며 불편한 기색을 감추지 못했다. 다들 「저놈이 왜 저래, 미쳤나?」 하는 얼굴이었다.

그럴 만도 했다. 황태자를 도로 궁으로 불러들인다는 것은, 그가 만약 그릇될 시 그를 천자로 맞이하여 모시겠다는 뜻이었으니까.

그리고 그렇게 되면 아이기에게 누명을 씌워 살해하고, 황태자인 그마저 궁에서 쫓아낸 일과 연관이 되어 있는 귀족들은 무사하지 못할 가능성이 컸다. 자신을 쫓아낸 귀족들을 가만히 둘 리가 없으니 말이다. 어쩌면 그 일과 관련 없는 귀족들마저 문제가 생길지도 모를 일이었다.

그걸 알면서도 타이란 후작이 이런 얘기를 꺼내는 것은, 다름 아닌 리리의 뒷공작 때문이었다.

리리는 신탁이라며 소문을 퍼트리고, 다른 대륙의 주인들을 이용해 온갖 문제를 일으키며 소란을 피울 때 타이란 후작을 몰래 찾아간 적이 있었다.

타이란 후작 부인이 부탁한 대로 직접 선교활동을 펼칠 겸, 협박할 겸.

"타이란 후작 부인은 당신이 바깥에서 만든 자식이 있다는 사실을 모르는 것 같던데…… 그렇지 않아도 둘 사이에 아이가 없어 마음고생이 심한 부인이 그 사실을 알게 된다면 버티기가 힘들 거예요, 그렇죠?"

그랬다. 티메의 아버지는 바로 타이란 후작으로, 그의 저택에 방문하여 초상화를 보는 순간 직감할 수 있었다. 두 사람의 외모가 아주 닮았기 때문이다.

타이란 후작도 자신과 깊은 관계를 맺었던 홍등가 여인이 아이를 가졌다는 사실을 알지 못했는지 큰 충격을 받은 듯했다. 그래서 리리는 친히 타이란 후작이 남긴 정표를 눈앞에 보여주었다. 타이란 후작은 감히 그걸 손에 쥐고 자신을 협박하려 드는 리리에게 화를 내었다.

　"고작 그따위 것으로 나를 협박할 수 있을 것 같으냐! 누구 앞이라고 감히 거짓을 고하느냐!"

　"그따위 것…… 협박…… 당신 자식이 그것밖에 안 되나 보네요. 그리고 거짓이라…… 아마 직접 보면 생각이 달라질걸요? 당신하고 아주 똑같이 생겼거든요. 누가 봐도 알 거예요. 타이란 후작 부인조차도."

　후작 부인을 언급하자 후작의 기세가 주춤했다. 그러나 그는 쉽게 물러서지 않았다.

　"무슨 의도로 나를 찾아왔는지는 모르겠지만, 지금 바로 사라져준다면 너그러이 모른 척해주겠다."

　"저도 딱히 일을 크게 만들고 싶은 생각은 없어요. 타이란 후작 부인이 상처받는 모습은 보고 싶지 않거든요. 이제야 겨우 남편의 사랑을 받으며 행복해하는 여인인데, 과거 홍등가 여인과 외도를 저질렀을 뿐 아니라 아이까지 낳았다니…… 얼마나 배신감이 크겠어요?"

　메이다니의 도움으로 타이란 후작 부인은 타이란 후작의 마음을 돌리는 데 성공했고, 지금은 소문이 자자한 부인바보가 되어 있었다. 그런 그였으니 과거의 일이라지만 부인을 상처 입히고 싶지 않은 게 당연했다.

"……뭘 원하는 거지?"

"부인 말을 잘 들어야죠. 그래야 저도 가만히 있죠. 부인께선 사랑하는 자신의 남편이 여신의 품을 떠나 죄를 짓는 것이 너무 슬퍼 견딜 수 없는 모양이던데요."

그제야 리리가 왜 찾아왔는지 알아차린 후작이 손바닥으로 이마를 짚었다. 그렇지 않아도 곤란한 상황에서, 있는지도 몰랐던 자식을 빌미로 협박까지 당하니 자존심도 상하고 미칠 지경인 듯 보였다.

리리는 다정하게 속삭여주었다.

"괜찮아요. 어차피 모든 건 신의 뜻대로 될 테니. 여신께선 이미 분노하셨고, 죄를 지은 자들은 물론이고 이 세계 자체를 벌하려 하시던데요. 곧 모두들 겁에 질릴 테고 두려움에 떨겠지요. 여신의 사랑이 얼마나 자애로웠는지를, 그때가 얼마나 행복했었는지를 그리워하게 될 거예요."

"……무슨 소리를 하는 거냐. 여신께서 벌을 주신다니?"

"곧 알게 될 겁니다. 그때 당신은 솔직하게 속내를 밝히기만 하면 돼요. 모든 걸 되돌리고 회개한다면 다정한 여신께서는 죄인들을 품어주실 테니까요."

선교 스킬이 발동되고, 리리의 꼬드김에 후작은 흔들렸다. 리리는 그 이후 앞으로 벌어질 일들을 대강 말해주며 적당한 타이밍에 적당히 귀족들의 마음을 뒤흔들라는 말을 했다.

이미 웬만큼 넘어왔다고 느낄 때쯤, 나타났을 때처럼 조용하고도 신속하게 사라지려는데 타이란 후작이 물었다.

"……그 아이는 잘 있나?"

"물론이죠. 아드님께선 늠름하게 성장하셨답니다."

아들이라는 말에 후작의 눈이 크게 떨렸다. 그렇지 않아도 오랜 시간 후작 부부 사이에 아이가 없었고, 후작은 그게 자신의 문제라고 생각했기 때문이다. 그럴 만도 한 게 부인과의 사이를 회복하기 전에 어디 한 명하고만 바람을 피웠겠느냔 말이다. 문제 된 적이 한 번도 없었으니 아이가 있으리라곤 꿈에도 생각을 못 했지.

"아들이었나!"

그런 상황에서 갑자기 나타난 장성한 아들이라니, 후작은 조금쯤 기대감에 찬 목소리로 되물었다. 리리는 어이없다는 목소리로 물었다.

"인제 와서 없는 줄 알고 살던 아들이 생겨서 기쁜가요? 막상 그 아이는 아버지가 필요 없다던데요."

그녀의 말에 후작의 고개가 힘없이 떨구어졌다. 어차피 후작 부인 때문에라도 티메를 입적시킬 수 없는 노릇이건만 대체 후계자가 뭐길래…….

하여간 리리는 그냥 성력을 사용하면 될 것을 군이 귀찮게 협박까지 하며 타이란 후작을 자신의 편으로 끌어들였다. 외롭고 힘겹게 자란 티메가 마음에 걸려 조금이나마 복수를 해주고 싶었던 게 컸다. 언제고 후작 부인이 알게 될지도 모른다는 불안함과 간절히 원했으나 인제 와서는 되찾을 수 없는 아들에 대한 그리움을 죽을 때까지 품고 살라는 의미였다.

그래도 그 협박이 제대로 먹혔는지 가장 탁월한 타이밍에 제대로 귀족들을 흔들고 있었다.

"이건 여신께서 마지막으로 주시는 기회입니다. 죄인들에게 회개할 기회를 주시는 거라고요. 모든 것을 제자리로 되돌리면, 어쩌면 여신께선 우리를 용서해주실지도 모르잖습니까."

여전히 탐탁지 않은 눈으로 바라보고는 있었으나 리리는 분명히 느낄 수 있었다. 귀족들은 서로의 눈치를 살피느라 표정 관리를 할 뿐, 흔들리고 있었다. 내적 갈등으로 인한 불안한 손짓, 정말로 벌을 받게 될지도 모른다는 두려움으로 인한 식은땀 등이 그 증거였다.

지금이 딱 적기였다. 리리는 서둘러 몸을 일으켰다. 열린 창문 너머로 팔을 내민 뒤 검지를 세우곤 성력을 쏘아 올렸다. 가볍게 날아 올라간 성력은 새파란 하늘에서 빙글빙글 돌며 잔상을 만들어냈고, 그 잔상은 곧 글자가 되었다. 「지금!」이라는 마하엔스어였다.

글자는 점차 흐려져 구름인 양 흩어졌고, 리리는 창가에 기댄 채로 눈을 감았다. 잠깐 한눈판 사이 황궁 내에는 큰 소란이 벌어져 있었다.

"침입자다!"

"모든 경비병들은 폐하를 보호하라!"

황궁에 침입자가 있었다. 그것도 한 명이 아닌 여러 명으로, 한순간에 황궁 안으로 침입해 태연스럽기 짝이 없는 얼굴로 복도를 거닐었다. 경비병들은 갑자기 나타난 무리를 에워싸곤 무기를 들이밀었다.

막상 침입자들은 신기하다는 얼굴로 주변을 두리번거리고 있을 뿐이었다.

"와, 여기가 황궁입니까? 정말 말도 안 되게 큽니다."

"그러게. 너무 크니까 가늠이 안 되네. 그러니까, 이쪽? 아니면 저쪽?"

"제 생각엔 이쪽인 것 같습니다."

"다우지는 황궁에 한 번도 와본 적이 없어?"

"송구하게도…… 없습니다."

"그래? 하는 수 없지. 그럼 이쪽으로 가볼까?"

침입자들은 바로 카아네스와 다우지 등의 마하엔스인들이었다. 까무잡잡한 피부에 낯선 복장을 한 그들이 삿대질할 때마다 무기를 든 경비병들은 움찔움찔 뒷걸음질을 쳤다.

"버터님이 길을 가르쳐주시지 않았습니까? 카아네스님, 정확히 이동하신 거 맞지요?"

"너무하네. 나를 그렇게 못 믿어?"

"그건 아니지만 생각했던 것과 너무 다르니까 이상해서요."

"그건 나도 그래."

마하엔스어로 말을 하니 경비병들은 그들이 얼마나 헛소리를 하는지 알지 못했고, 그저 모든 것이 낯선 침입자를 어떻게 상대해야 할지 곤란해하는 눈치였다. 이내 한쪽으로 우르르 이동하려 하자 경비병들이 당장 멈추라며 무기를 목까지 들이밀었다.

"워어. 너무한걸. 이러다가 다치겠어."

"조심하십시오. 센테르인들은 성급하고 거친 성정이 많습니다."

"그런 것 같아."

카아네스는 허공에 불길을 만들어냈다. 무리 주변으로 불이 에워싸자 당황한 경비병들은 우왕좌왕했다.

"주, 주술사다!"

"우리도 당장 주술사를 불러!"

소란을 들은 귀족들이 회의장을 벗어나 복도로 나왔다. 그들은 복도에 불이 붙은 것을 보고는 기겁했다.

"부, 불이야!"

"어서 물을 가져오너라!"

그중 몇몇은 여신이 단죄하러 오신 게 틀림없다며, 이대로 황궁까지 불태울 작정이라고 겁에 질린 목소리로 중얼거렸다.

"이게 다 무슨 일이지?"

황궁 내에서 말도 안 되는 일이 벌어지고 있다는 얘기를 전해 들은 천자도 모습을 드러냈다. 그의 앞과 뒤로 경비병들이 철저히 막아서고 있었으나 오히려 시야가 가려져 불편한지 천자가 비키라고 손짓했다.

"안 됩니다!"

"너무 위험합니다."

"이 센테르 내에서 나를 위협할 게 있단 말이냐."

순간적으로 천자의 몸에서 광범위하며 거대한 기운이 뿜어져 나왔다. 모두들 그 위압적인 지력에 저절로 몸이 숙여졌다. 그것은 다우지를 포함한 여러 마하엔스인들도 마찬가지였고, 오로지 카아네스만이 주변을 모조리 집어삼킬 듯 입을 쩍 벌리던 불을 단숨에 제압하며 서 있을 뿐이었다.

천자는 모두들 몸을 숙인 와중에 똑바로 서서 자신을 마주 보는 카아네스에 눈썹을 치켜세웠다. 두 사람의 기운이 맞붙자 지진이라도 난 듯 황궁 전체가 흔들리며 복도를 장식했던 장식품들이 하나씩 떨어져 내렸다.

한참 대치하던 두 사람 중 먼저 입을 연 건 카아네스였다.

"그대가 센테르의 주인이 맞나 보군."

"……내 궁에서 소란을 피우는 그쪽은 누군지?"

"아, 미안. 그럴 생각은 없었는데. 그냥 그대를 만나러 왔을 뿐인데, 내가 그만 길을 잃었지 뭐야."

그러면서 생글생글 웃는 카아네스 덕에 주변 분위기는 더욱 싸늘하게 얼어붙었다. 감히 누가 천자에게 반말로, 그것도 이렇게 건방지게 쳐다보면서 말을 한단 말인가.

카아네스가 먼저 기운을 거두자, 천자도 지력을 거두었다. 그제야 숨을 몰아쉬며 숙였던 몸을 천천히 일으키던 사람들이 이어진 카아네스의 말에 도로 헛숨을 삼켰다.

"만나서 반가워. 나는 카아네스. 마하엔스의 주인인 셈이지."

"……마하엔스?"

"마하엔스라면……."

"설마 사라졌다던 전설의 섬?"

"말도 안 돼!"

마찬가지로 놀란 듯 눈을 크게 떴던 천자가 이내 허탈한 웃음을 흘렸다. 그걸 무슨 뜻으로 알아들은 건지 카아네스는 뒤에 서 있는 마하엔스인들을 가리키며 소개해주었다.

"보면 알겠지만 여긴 내 나라 사람들. 우선 몇 명만 데리고 와봤어."

"마하엔스라니, 너무 갑작스러운데. 있는 줄도 몰랐던 나라에서 주인이라며 찾아오니 내가 눈을 뜬 채로 꿈을 꾸는 게 아닌가 싶군."

"뭐, 이해해. 나도 그래서 천천히 왕래하고 싶었는데, 너무 급해져서 어쩔 수가 없었어."

"그 급한 일이 대체 뭔가."

천자의 말에 카아네스는 도리어 이해가 안 된다는 얼굴로 물었다.

"뭐야. 센테르의 주인은 여신의 목소리를 못 들은 거야?"

그 말에 곁에 서 있던 귀족들은 물론이고 천자조차도 놀란 얼굴로 굳었다.

카아네스는 "정말?"이라고 되물으며 쐐기를 박았다.

"이 세계가 멸망할 거라는 신탁을 듣지 못했어?"

그의 말에 도저히 들어줄 수가 없다는 듯 이네아 공작이 나섰다.

"여기가 어디라고 그런 말도 안 되는 거짓을 고하느냐! 감히 천자를 농락하려는 것이냐!"

그를 시작으로 다른 귀족들도 눈치를 살피다가 한 마디씩 거들었다. 대부분 저 침입자가 거짓을 말하고 있다, 마하엔스에서 왔다니 말이 안 된다, 정말로 존재하는 섬이라면 지금껏 몰랐을 리가 없다, 마하엔스인이 어떻게 센테르의 말을 이렇게 유창하게 하느냐, 그럴듯한 거짓말로 감히 천자를 농락하려 드는 것이다, 여기저기서 떠들어댔다.

"……와. 진짜인가 보네. 센테르의 주인은 왜 신탁을 못 받았지?"

카아네스는 어리둥절한 얼굴로 귀족들을 둘러보았다.

그 모습을 지켜보던 천자가 흠 하고 짧은 침음을 흘리며 자신의 턱을 쓰다듬었다. 어느새 그의 곁에 서 있던 로쉐가 천자에게 물었다.

"……어찌할까요?"

고심하던 천자가 막 입을 열었을 때였다.

"폐, 폐하!"

경비병 하나가 귀족들 사이로 달려오더니 천자 앞에 한쪽 무릎을 꿇고 앉았다. 그는 숨이 턱까지 차오른 듯 크게 헐떡거리며 간신히 입을 열었다.

"커, 커다란…… 하늘에 커다란 괴생물체가…… 이리로 오고 있다고 합니다!"

"뭐라?"

"저, 저게 뭐야?"

그제야 창문 쪽을 보게 된 사람들은 하늘을 덮다시피 한 커다란 괴물이 날갯짓하며 날아오는 것을 보곤 비명을 내질렀다.

"꺄아아! 괴, 괴물이야!"

"정말 여신께서 노하신 게 틀림없어! 그래서 저런 괴물을 우리에게 내려보내신 거야! 우린 다 끝이라고!"

귀족, 시녀 할 것 없이 모두들 난리를 피웠다. 사실 황궁에 국한된 소란이 아니었다. 이미 수도 세이너트 전체가 발칵 뒤집힌 지 오래였으니까.

하늘을 빙빙 돌며 사람들의 이목을 집중시킨 괴생물체가 천천히 황궁으로 날아온 탓이었다.

"모두들 무엇을 하느냐! 당장 공격하라!"

가까스로 정신을 차린 천자가 외치고, 경비병들은 허둥지둥 무기를 꺼냈다. 창과 활이 하늘을 향해 마구 쏘아졌으나 너무 높이 날고 있어 닿지 않았다. 황궁 내에서 연구하던 몇몇 주술사들이 주술을 사용해보았으나 괴생물체에게 닿는 순간 얼음으로 변해 땅으로 도로 떨어졌다. 주술사들은 황급히 대피하느라 정신이 없었다.

"저게 대체 뭐지!"

"주술인가? 주술력이 전혀 느껴지질 않아!"

결국 천자가 중앙 창문을 벌컥 열며 발코니로 나왔다. 경비병들의 만류에도 소용이 없었다. 그가 모습을 드러내자 괴생물체에서 작은 무언가가 떨어져 나오더니 천자의 앞으로 착지했다. 경비병들의 무기가 모조리 자신에게 향한 것에도 아랑곳하지 않고 몸을 일으키며 손바닥을 탁탁 터는 이는 성인의 허리춤에 닿을까 말까 한 작은 소년이었다.

"……아이?"

다만 흰 머리카락과 새빨간 눈동자, 복슬복슬한 털 귀와 꼬리가 달렸다는 것이 특이점이었지만.

"꼬, 꼬리가 움직인다!"

"누구냐! 정체를 밝혀라!"

귀를 쫑긋쫑긋 움직인 소년이 천진난만하게 웃으며 말했다.

"나는 라이. 사막의 주인이야."

다들 어이없는 얼굴로 라이를 내려다보는데, 괴생물체가 황궁만 한 날개를 천천히 접더니 아래로 내려왔다. 모두들 자신의 머리 위로 내려오는 덩치에 황급히 대피하려 했으나 천자만은 가만히 서서 그를 올려다볼 뿐이었다.

이내 황궁을 부술 거라 예상했던 덩치는 점점 작아지더니 인간으로 변해 라이 곁에 사뿐히 섰다. 세상에서 가장 어두운 물건도 이보다는 새카맣지 않을 거라는 생각이 들 정도로 오로지 흑색인 머리카락과 눈동자를 지닌 사내였다.

"나는 노베 바다의 주인, 다리우스다."

천자에게 그리 말한 다리우스가 아주 불쾌하고 몹시 귀찮다는 듯이 팔짱을 낀 채 고개를 기울이며 말했다.

"신탁이 내려왔다. 세계가 멸망한다던데, 시작이 센테르라고 하더군. 센테르 때문에 애꿎은 노베가 피해를 보는 건 용납할 수가 없어 친히 찾아왔다. 이런 애들 장난 같은 일에 끼어든 것을 고마워해야 할 것이다."

마치 미리 준비된 대사를 내뱉는 것처럼 막힘없이 술술 말한 다리우스가 마지막엔 굳이 본심을 덧붙여주었다.

빛을 통해 그 모습을 지켜보던 리리의 입에서 짧은 욕설이 튀어나왔다.

이거야 원, 「사실 다 짜고 치는 거고 나는 하기 싫지만 하는 수 없이 맡았다.」라고 말하는 꼴이 아닌가.

게다가 뒤늦게 생각난 건지, 다리우스가 말을 덧붙였다.

"인간, 이곳의 주인인가?"

본체에서 인간화로 변할 때 임팩트 있게 오만한 목소리로 말했 어야 하는 대사를 뒤늦게 뱉는 꼴에 결국 리리의 입에서 한숨이 튀어나오고 말았다. 그래, 저 오만방자한 다리우스가 해주는 게 어딘가 싶었다.

표정 변화도 없이, 차분하게 두 사람을 번갈아가며 쳐다보던 천자가 입을 열었다.

"음. 이제야 좀 알겠군."

알쏭달쏭한 말에 다리우스가 인상을 찌푸리는데 천자가 말을 덧붙였다.

"이제 새디아의 주인이 나타날 차례인가?"

그러자 다리우스가 혀를 차며 말했다.

"그딴 잘못을 저질러놓고 잘도 그런 말을 하는군. 만약 새디아 의 주인인 아벨이 여기 왔다면 세계가 멸망하기 전에 먼저 이 황 궁이 부서져 흔적도 남지 않았을 거다."

다리우스의 거친 말에도 천자는 순순히 고개를 끄덕였다.

"하긴."

그리 대답한 천자가 당황한 얼굴로 복도에 서서 자신을 바라보는 귀족들을 향해 말했다.

"아무래도 소문대로 신이 나를 버린 게 맞나 보군."

"헉."

"폐, 폐하. 무슨 그런 말씀을……."

"그게 아니라면 왜 내게만 목소리를 들려주지 않는 거겠나. 이 버림받은 센테르의 주인을 위해 각 대륙의 주인들이 친히 찾아와 줄 정도니 말일세."

귀족들은 더 말하지 못하고 입을 다물었다. 그들이 생각하기에도 지금 황궁에 모인 이들은 절대 평범한 인간이 아니었다. 천자의 지력에도 주눅이 들기는커녕 오히려 대항하는 마하엔스의 주인이나 귀여운 외모지만 살벌한 발톱하며 이리저리 움직이는 꼬리와 귀하며 조금도 평범하지 않은 외모의 하르빌 주인이나 이미 본모습 자체가 인간이 아닌 노베 바다의 주인까지.

"아무래도 나는 천자의 자격을 잃은 모양이야."

천자의 자조 섞인 말에 귀족들은 불안한 표정을 감추지 못했다. 그들의 머릿속에는 아마 타이란 후작의 말이 계속 맴돌 터였다. 이것이 마지막 기회일지도 모른다는.

새디아섬의 주인을 제하고 모든 대륙의 주인이 한자리에 모였다. 그들의 공통된 신탁을 전해 들은 천자가 잠시 혼자만의 시간을 가진 끝에 명령을 내렸다.

"아센 상단의 주인, 아스더 센테르를 궁에 불러들이라. 과연 그자가 신의 보호 아래 성장한 천자의 그릇이 맞는지 직접 확인해 보아야겠다."

천자의 명령에 귀족들은 혼란스러워했다. 이것이 마지막 기회이며 모든 걸 되돌리면 여신이 죄를 용서해줄 거라는 말에 흔들리면서도 아스더가 돌아오면 자신들이 가진 모든 걸 내려놓아야 할 수도 있다는 사실이 목을 죄어왔다.

특히 이네아 공작은 마지막까지도 「죽였다고 공표했던 반역자의 아들을 불러들이면 큰 혼란을 불러올 것입니다!」라는 말로 천자를 막아서 보았으나 소용없었다. 그를 태우기 위한 마차와 혹시 모를 일에 대비하기 위한 병사들이 줄지어 황궁을 나갔다.

창 앞에 서서 그 모습을 지켜보던 황후가 분을 삭이지 못하고 앞에 보이는 물건이란 물건은 죄 쓰러트리고 집어 던지며 사나운 모습을 보였다.

"말도 안 돼! 어떻게 그따위 헛소문만을 듣고 반역자의 아들을 불러들인다는 거냐! 어떻게! 어떻게 반역자의 아들을!"

시녀들은 겁에 질려 깨지고 부서지는 물건을 차마 주울 생각도 하지 못하고 한쪽에 서서 바들바들 떨었다. 문이 벌컥 열리고 황급히 뛰어온 듯 숨이 거칠어진 라스피 황태자가 그런 황후의 팔을 붙들며 말렸다.

"어머니, 진정하시지요!"

"라스피! 내 아들, 라스피 황태자가 아닙니까!"

잔뜩 흐트러진 얼굴로 초췌한 미소를 짓던 황후가 라스피의 양 뺨을 뭉개듯이 붙잡으며 말했다.

"그 얘기 들으셨습니까? 천자께서 이미 오래전에 내쫓으신 반역자의 아들을 궁으로 불러들이신다 하셨답니다. 출신도 불분명한 천하디천한 첩의 자식을 말입니다! 정통 후계자를 두고, 그게 가당키나 하단 말입니까?"

"어머니…… 그건 이 나라를 위한 어쩔 수 없는 선택이지 않습니까……."

"나라를 위해서! 나라를 위해서라면 당연히 자격이 있는 이가 천자의 뒤를 이어야 하지요! 모두들 고귀한 혈통의 천자를 바라고 있습니다! 그런 천하고 반역까지 저질렀던 여자의 아들이 아니라요!"

황후가 힘이 빠지는지 황태자의 팔에 기대다시피 하며 한 맺힌 목소리를 내질렀다.

"천자께선…… 천자께선 대체 어디까지 이 내 마음을 짓밟으시려는 걸까요. 이 자리에 서기 위해, 올바른 안주인이 되기 위해 더한 노력도 마다치 않은 내가 대체 어디가 마음에 안 드시기에……. 조금만 더 기다려주시면 천자의 그릇을 안겨드릴 텐데…… 아니, 나는 얼마든지 준비가 되어 있는데……."

뒤로 갈수록 흐느낌이 뒤섞이더니 황후는 결국 몸을 가누지 못하고 그대로 바닥에 주저앉았다. 라스피는 그런 그녀를 안쓰러운 눈으로 바라보았다. 천자의 마음을 얻기 위해, 후계자를 더 낳기 위해 애를 썼던 그녀를 모를 리가 없었다. 그것으로도 부족해 손자라도 우선 안겨드리기 위해 자신을 이용했던 것도 이미 알고 있었다.

"시간만 더 있었더라도, 아니, 애정이 조금만 있었더라도 반역자의 아들을 불러들이는 일은 막을 수 있었을 텐데……."

그리 중얼거리며 우는 자신의 어머니가 못내 가슴 아팠다.

그는 어느새 멀어져 있는 마차와 병사들을 지친 시선으로 바라보았다. 이미 정해진 운명과도 같은 것이었다. 어린 시절, 자신이 천자의 그릇이 아니라는 걸 깨달은 순간부터 언젠가 이런 날이 오리란 걸 직감했다.

차라리 욕심을 버리면, 마음을 놓아버리면 되는 것을 그게 어디 쉬운 일이던가. 자신조차도 자신의 것은 하나도 주지 않은 신이 원망스럽기만 한 것을. 다른 이의 것을 잠시 빌려 쓰다가 결국 다 빼앗길 거라면, 처음부터 아예 가지지 않은 평범한 삶을 살게 해주었으면 나았을 텐데.

현실을 받아들이고는 있으나 못내 가슴 아픈 건 어찌할 수가 없었다. 라스피는 아직도 희망의 끈을 놓지 못하고 썩은 줄이라도 붙잡은 채 고통스러워하는 자신의 어미를 하염없이 다독였다.

그 시각. 리리도 황후 못지않게 분통이 터진다는 듯 씩씩거리고 있었다.

상황은 리리가 원하는 대로 잘 흘러가고 있었고, 아스더를 불러들이라는 천자의 명령도 떨어졌으니 이제 왕관만 물려주면 중앙 퀘스트는 완료임에도 그녀가 이렇게 화를 내는 이유는…….

"아직도 반대한다고요? 미친 거 아니에요, 진짜?"

바로 반역자의 아들을 천자로 모실 수는 없다며 반대하고 나선 귀족들이었다. 타이란 후작을 비롯한 몇몇 귀족은 마음을 돌린 듯 얌전히 상황을 받아들였으나 이네아 공작을 비롯한 몇몇 귀족은 차라리 죽여달라며 아예 드러누운 모양이었다.

리리도 빛을 통해 들여다보았으니 반대하는 귀족들의 상황을 알기는 했으나, 천자의 명이 떨어졌는데도 불응하려 들 줄은 몰랐다.

"이리 죽나 저리 죽나 마찬가지라 이건가? 차라리 세계 멸망을 받아들이겠다, 이거야?"

전쟁이 일어나면 가장 먼저 도망갈 것들이 가진 것들을 못 놓겠다며 징징거리는 꼴은 못 봐줄 지경이었다.

"천자는 뭐 하는데요? 그냥 이참에 싹 쓸어버리지 않고."

"나도 모르겠구나. 그 머릿속을 들여다보고 싶을 지경이야."

천자라면 그냥 다 밀어버리고 새 귀족들을 꽂아놓을 능력이 충분하고도 넘치는데, 대체 뭘 기다리는지 알 수 없었다.

"이런. 이러다가 들키겠군. 나는 바로 들어가봐야겠다."

"네, 아빠. 감사해요."

"쉬엄쉬엄하거라."

로쉐는 리리가 놓치거나 정확히 알 수 없는 황궁 내의 사정을 이런 식으로 종종 들러 보고해주었고, 젤리는 다른 주인들을 돕느라 페레로가 내에는 리리 혼자뿐이었다.

로쉐의 말을 들어보니 이대로는 아스더가 궁에 들어서는 것도 힘겨울 뿐 아니라, 궁에 들어서도 가장 먼저 마주하게 될 것이 자신을 결사반대하는 귀족들일 터였다. 한참을 고심하던 리리는 끝내 결심을 세우고야 말았다.

"그래, 어차피 이대로는 아스더도 천자 자리에 안 앉겠다며 버틸 거고……."

리리가 그의 제안을 받아들이지 않는 한 모든 귀족이 쌍수를 들고 환영해도 그가 싫다며 거절할 게 뻔했다. 죽기보다 싫은 일이라고 생각했는데, 막상 진짜 죽을지도 모른다고 생각하니 그게 뭐 대수인가 싶기도 하고……

"아, 진짜……"

리리는 신경질적으로 자신의 머리카락을 마구잡이로 흐트러뜨렸다.

이 세계에 떨어진 지 얼마 안 되었을 때부터 절대 튀지 않으리라, 얽매이지 않으리라, 무조건 자유롭게 내 마음대로 살리라 다짐했는데, 그 다짐이 현실 앞에서 무너지고 있었다.

좋게 생각하자며 숨을 고른 리리가 혼잣말을 중얼거렸다.

"그래. 어쩌면 이게 내 운명일지도 몰라. 이게 내가 해야 할 일인 거야."

따지고 보면 자신의 능력치나 조건들이 각 대륙의 주인에 비해 뒤떨어지지도 않는데 자신만 맡은 역할이 없다는 게 이상하기는 했다. 어디 작은 대륙이라도 하나 안겨주든 해야 했다고 말이다.

이곳에 온 지 8년이라는 시간이 흘렀는데도 허공에 붕 떠서 어디 정착하지 못하던 자신이었으니, 이보다 제격인 역할은 없지 싶었다. 어차피 주인들을 모으고, 세계를 지키기 위해 사람들을 모두 자신의 손바닥 위에 두고 움직이려면 정면에 나서는 수밖에 없었다.

언제까지고 뒤에 숨어서 소문으로만 남을 수는 없었다.

"어차피 아스더가 나를 그냥 놔둘 리가 없어. 그때 가서 온갖 협박에 끌려다니느니 아예 처음부터 못 박아두고 시작하는 게 낫지."

이미 자유롭게 숨어 사는 건 글러먹었다.

리리의 정체를 아는 사람도 많고, 개중엔 아스더가 있으니 말이다. 그럴 바에야 리리가 먼저 나서서 제대로 자리를 잡아두는 편이 나았다.

그렇게 마음을 단단히 먹은 리리는 옷부터 갈아입었다. 절대 평범하게 보여선 안 되었기에 이왕 이목을 집중시키는 김에 작정하고 꾸미기로 했다.

노베 바다에서 얻은 얇으면서도 몸에 착 달라붙는 가죽 재질의 특수한 방어구를 착용하고, 마하엔스에서 선물로 받은 드레스를 입고는 히로크 남작에게 선물받은 새디아산 호박을 세공한 목걸이, 귀걸이 세트를 걸었다. 거기에 하르빌에서만 나온다는 희귀한 금속으로 만든 무기 중에서도 가장 크고 화려한 것들만 골라 양손에 들었다. 마지막으로 웨딩 베일처럼 얼굴과 몸을 가리는 면사를 착용하자 언밸런스하면서도 묘하게 그럴듯한 옷차림새가 되었다.

각 대륙의 특색을 살려 화려하면서도 독특했고, 드레스와 장신구, 방어구와 무기의 조합으로 우아하면서도 강인해 보였다. 이 정도는 되어야 여신의 대리인 소리를 듣지 싶었다.

거울을 보며 제법 그럴듯한 자신의 모습을 이리저리 살피던 리리가 곧장 이동 주술을 사용했다. 그녀가 모습을 드러낸 곳은 과거 빈민가였다는 것이 상상도 되지 않을 만큼 번화한 마을의 한가운데였다.

길을 오가던 사람들은 갑자기 나타난 리리 때문에 놀라 뒤로 물러났다.

덕분에 리리의 주변으론 공간이 생겼다. 특이한 옷차림새에 사람들의 이목이 쏠렸으나 그걸로는 부족했고, 리리는 곧장 성력을 이용하여 자신의 몸 주변에 하얀빛이 아른거리게 하였다.

'일명 후광 효과지.'

그랬다. 실제 빛을 이용하여 사람들 눈을 부시게 만드는 것이 리리의 작전이었고, 효과는 바로 나타났다. 따스하면서도 신비로운 빛 너머로 여인의 형상만이 아른거리는 것에 놀란 사람들이 넙죽넙죽 바닥에 엎드렸다.

"서, 성녀님이다!"

"여신께서 강림하셨다!"

리리의 빛을 느껴본 적이 있는 이들은 자연스레 성녀인 걸 알아차렸으나, 타지에서 온 이들은 리리를 여신으로 착각하기에 이르렀다. 효과를 확인한 리리가 천천히 걸음을 옮겼다. 빛에 휩싸인 여인은 빈민가를 지나 수도로 들어섰고, 그녀의 힘에 매료되어 이끌려오는 사람의 수도 단숨에 늘어났다.

리리는 마치 피리를 부는 사나이처럼 센테르인들을 뒤에 길게 달고선 광장으로 향했다. 처음에는 평민들이 몰려오는 것에 놀랐던 귀족이나 부민들은 자신들을 어루만지듯 감싸오는 새하얀 빛에 넋을 잃었다. 감수성이 풍부한 이들은 눈물을 흘리기도 했다.

"아아…… 여신께서 사랑으로 나를 감싸 안아주고 계셔."

"여신께서 오셨다. 우리를 위해 강림하신 거야."

귀족 평민 할 것 없이 모두들 소문에 두려움을 집어먹고 있었으니, 마치 모든 것을 용서하겠다는 양 자애롭게 뿜어 나오는 성력에 잠시 모든 것을 내려놓고 기쁨을 만끽하고 있었다. 리리는 어느 세계의 신처럼 양손을 교차해 무기를 든 채로 우아하게 걸음을 옮겨 황궁으로 향했다.

그녀의 뒤를 따르는 사람의 수는 기하급수적으로 늘어나 가히 장관이었다. 리리가 걸을 때마다 그녀의 뒤로 성력이 잔상처럼 흩뿌려졌으며, 모두들 리리의 빛을 더 오래 느끼고 싶어 홀린 듯한 얼굴로 걸었다.

리리는 얼마나 자신을 따르는지 정확히 알 수 없었기에 최대한 많은 사람이 몰리기를 바라며 더욱 성력을 널리 퍼트려댔다. 그녀의 뒤로 끝도 보이지 않는 행렬이 이어져 있다는 사실을 알았더라면 조금 자제했을지도 모를 일이었다.

그 인원을 데리고 황궁으로 향하자 처음으로 발견한 병사가 식겁한 목소리로 외쳤다.

"저기! 저기 사람들이 몰려온다!"

지금껏 한 번도 겪어본 적 없는 일에 병사들은 질겁해선 주술이 걸려 있는 종을 쳤고, 커다란 종소리가 황궁 구석구석으로 퍼져 나갔다. 경비를 도맡았던 병사들이 몰려들었다. 성문이 닫히고, 다들 겁을 먹은 얼굴로 손에 쥔 무기를 힘껏 붙들었다.

"반역인가……."

"그렇다기엔 무기들을 안 들고 있는 것 같은데."

게다가 표정들도 밝았다. 어딘지 헤롱헤롱하기까지 했다. 그러나 수가 너무 많았고, 저만한 인원이 황궁으로 밀고 들어온 일이 전혀 없었기에 경계를 늦추지 않았다. 만약 문이 뚫린다면 이 많은 인원을 상대하기 벅찰 터였다.

"어쩌지, 공격해야 하나……."

"아직 명령이 내려오지 않았잖아. 상황을 지켜보는 것이 좋겠다."

위에서 어찌하라는 명령이 아직 들려오지 않고 있었다. 일단 보고하는 데에 시간이 걸리니 그럴 만도 했다. 평범한 옷차림에 무기조차 들지 않은 사람들에게 함부로 공격을 가할 수는 없어, 병사들은 어찌할 바를 모르겠다는 얼굴로 안절부절못했다.

그러는 사이 리리와 그녀를 따르는 사람들은 거의 문 앞까지 다다랐다. 높은 성문을 올려다보며, 리리가 중얼거렸다.

"……약속 안 지키면 죽여버릴 거야. 두 번은 없어. 실패해도 죽여버릴 거야."

그러자 언제부터인지 그녀의 곁을 아른거리던 그림자에서 남자의 낮은 목소리가 흘러나왔다.

"……그건 참 무섭군. 성녀님의 협박이라니."

"장난할 기분 아니야."

"그건 나도 마찬가지다. 죽기 싫어서라도 제대로 할 테니, 안심하도록 해."

이내 그림자는 바닥으로 꺼지듯 사라지고, 리리는 숨을 크게 들이마셨다. 결국은 이렇게 되었구나. 대체 무엇을 위해 소문까지 조작해가며 몸을 숨겨왔던 걸까. 회의적인 표정이 떠올랐으나 금세 지워졌다.

"성녀님께서 오셨는데 문을 열지 않고 무엇 하느냐!"

"여신께서 기다리고 계신다! 당장 이 문을 열어라!"

"와아아!"

사람들 틈에서 큰 소란이 일었다. 이미 광신도가 된 사람들은 감히 리리가 왔는데도 문을 열지 않고 버티는 병사들을 향해 아우성을 내질렀다. 점점 분위기가 과열되어 직접 문을 부술 기세로 달려들 때쯤이 되어서야 리리가 나섰다.

"당장, 이 문을 열거라."

리리는 명령을 함과 동시에 성벽 근처에 있는 병사들을 향해 성력을 뿜었다. 갑자기 빛이 자신들에게 달려들자 공격이라고 생각한 듯 당황한 얼굴로 무기를 휘두르던 병사들은 차차 눈을 크게 뜨며 무기를 내려놓았다.

"……여신님이다."

"여신께서 문을 열라신다!"

아직 명령이 떨어지지도 않았건만 병사들은 제멋대로 문을 열었다. 문을 부수기 위해 달려들었던 광신도들은 갑자기 리리에게 공손해지며 먼저 가시라는 듯 팔을 뻗었다.

리리는 당당히 들어섰다.

그러나 황궁은 너무도 넓은 곳이었고, 아직도 갈 길이 멀었다. 마차를 타고도 한참 달려야만 했으니 그 드넓은 정원을 가로질러야 작은 별궁들이 보일 터였다. 더 가서 중앙궁이 보일 때쯤엔 중문을 하나 더 만날 테고 말이다.

벌써부터 지치는 기분이 들었다. 이럴 줄 알았으면 멋지게 말이라도 타고 올 걸 그랬다며, 이왕이면 말보다는 호랑이가 나았을 텐데 수인족한테 부탁할 걸 그랬나 하는 생각까지 했다.

정원에는 아무도 보이지 않았다.

한참을 걸어 황궁에 가까워질수록 자신의 자유도 끝이 가까워짐에 리리는 울상을 지었다.

"멈추어라!"

"이곳은 천자가 계시는 중앙궁이다! 더 오면 반역으로 간주하고 공격하겠다!"

중문에 가까워지자 성벽 위에서 경고가 담긴 외침을 날렸다.

그 앞에는 황궁에서 일하는 병사들이 죄 몰려나온 듯 마치 벽처럼 가로막고 있었으며 중앙궁에선 귀족들이 서서 여차하면 도망갈 기세로 상황을 살피고 있었다.

가장 높은 곳, 중앙 창 앞에는 천자가 서 있었다.

갑자기 몰려온 자신의 국민들을 바라보는 그의 표정은 평온하기 짝이 없었다.

리리는 다시금 문을 열라고 외치려던 참이었다. 누군가 자신의 앞에 나타나더니 그녀를 막아섰다.

"이게 무슨 짓이냐!"

"……아빠."

바로 로쉐였다. 그는 난데없는 일을 저지르는 자신의 딸을 놀라움과 당혹스러움, 그리고 두려움이 뒤섞인 복잡한 눈으로 내려다보았다.

"안 된다, 리리. 지금이라도 얼른 도망치거라."

천자와 마주하는 순간 그녀의 정체가 밝혀질 터였다. 하늘 아래 두 명의 제왕이라며 그의 자리를 위협했던 리리, 로쉐보다도 훨씬 뛰어나며 줄지 않는 신성력을 지닌 리리가 천자의 앞에 모습을 드러낸다면 그가 어떤 반응을 보일지 알 수 없었다. 분명한 건 절대 가만히 있지는 않으리라는 사실이었다.

로쉐가 걱정하는 것이 뭔지 잘 아는 리리가 그의 안심시켜주고자 미소를 지었다.

물론 자신의 온몸에 성력이 흐르고 있어 빛에 가려져 표정이
안 보인다는 사실은 모른 채였다.

"괜찮아요, 아빠."

"하지만……."

"처음부터 이랬어야 했어요. 저와 아빠에게 축복이 내려진 것
도, 그래서 아빠가 황궁주술사가 된 것도, 제가 아빠와 마찬가지
로 신성력을 지니게 된 것도 그냥 다 이걸 위해서였다는 생각이
문득 들더라고요."

그렇게 말하며 빙긋 웃은 리리가 강제로 문을 열었다. 로쉐의
신성 주술이 걸린 황궁 문은 같은 힘인 리리의 신성력에 반응하
여 아주 가뿐하게 열렸다. 그야말로 눈 깜짝할 새 열린 문 탓에
병사들은 무슨 반응을 보여야 할지 알 수 없다는 듯 놀라 굳어
있었고, 병사 다음으로 천자를 지켜야 할 귀족들은 금방에라도
도망갈 것처럼 주춤주춤 뒤로 물러났다.

전쟁이라곤 한 번도 겪어본 적이 없을 평화로운 센테르의 황궁
은 단 한 사람 앞에 너무 쉽게 침입을 허락했다.

리리는 로쉐에게 고개를 끄덕여준 뒤 발을 내디뎠다. 병사들은
그녀의 놀라운 힘과 성력에 반응해 공격할 의지조차 잃고는 길을
비켜주었다.

"다, 당장 공격하라!"

"뭣들 하는 거냐!"

귀족들은 당황한 목소리로 외쳤으나 그 명령을 듣는 이는 없었다. 무기를 내려놓거나 바닥에 떨어트린 병사들이 넋 잃은 목소리로 중얼거렸다.

"정말로 여신께서 황궁에 벌을 내리러 온 것인가."

"천자가 여신의 버림을 받았다던 소문이 사실이었어……."

아무 방해도 없이 중앙궁 앞까지 걸어간 리리가 잠시 성력을 거두었다. 그러곤 몸과 얼굴을 가리고 있던 베일을 끌어내리자 그녀를 알아본 이들이 곳곳에서 숨을 들이켰다. 개중엔 타이란 후작도 있었고, 황후도 있었으며 라스피 황태자도 있었다.

"……리리?"

그녀는 허리를 꼿꼿이 편 채 외쳤다.

"신의 대리인으로서 명한다. 그대들은 신의 뜻을 받들라!"

"무엄하다! 여기가 어디라고 함부로 행동하느냐!"

황후가 분노에 찬 목소리로 외치며 걸어왔다. 리리는 당당하다 못해 오만한 얼굴로 그녀를 바라보았다. 마치 세상 모든 것을 내려다보는 듯한 시선에 황후의 얼굴이 더욱 찌푸려졌다.

"그대가 신의 대리인이라고? 주술사, 리리! 감히 그 알량한 능력으로 우리를 속이려 드는 것이냐?"

"아직도 사태 파악을 제대로 못 한 것인가? 여신께선 무지하고도 오만하며 탐욕스러운 인간들에게 마지막 기회를 주고자 나를 이곳에 내려보냈다."

그리 외치는 리리의 목소리에는 힘이 넘쳐흘렀고, 선교 스킬의 영향으로 인해 여신의 말씀과도 같게 느껴졌다. 황후 역시도 스킬의 영향력 안에 들었기에 기세가 한풀 꺾였다.

리리는 자신의 모습을 감추고 있던 귀걸이에 손을 가져다 댔다. 잠시 멈칫하기는 했으나 굳은 얼굴로 귀걸이를 빼자 검푸른 색이던 머리카락이 물결치듯 은색으로 물들었으며 눈동자 역시 자색으로 바뀌어 반짝거렸다.

소문만이 자자하던 성녀가 모습을 드러내는 순간이었다.

리리는 놀라 굳은 황후에게 한 걸음 한 걸음 다가가며 외쳤다.

"한낱 평범한 인간에게 여신께서 친히 축복을 내린 데에는 이유가 있을 터! 성녀이자 여신의 대리인이 하늘의 뜻을 감히 전하는 바이다! 시간이 얼마 남지 않았다! 그대들은 지금 당장 과오를 되돌려야 할 것이다! 신의 미움을 산 죄인은 물러나고, 새로운 주인이 그 자리에 앉게 될 것이다!"

"그자는…… 그자는 반역자의 아들……."

"닥쳐라!"

리리는 서슬이 퍼런 눈으로 외쳤다. 그 살기 어린 기세에 황후의 입이 꾹 다물렸다.

"아무 죄 없는 불쌍한 여인에게 누명을 씌우고, 여신의 축복을 받은 황태자를 궁에서 쫓아낸 그대의 죄를 하늘이 모를 것이라 여기느냐! 하늘이 노하였다! 그리하여 내가 이곳에 오게 되었다!

여신께서 자애로우시지 않았더라면 그대는 일찌감치 하늘이 찢기고 무너지는 것을 경험했을 것이다! 대리인을 보내어 경고만을 내린 것을 감사히 여기지 않고, 아직도 자신의 죄를 회개하지 않다니, 그대는 정녕 하늘이 무섭지도 않은가!"

황후는 리리의 말이 이어질수록 얼굴이 창백해지더니 이윽고 바들바들 떨며 뒷걸음질을 쳤다. 그녀는 연신 "그럴 리가 없어…… 정말로 신의 대리인일 리가 없어……." 하며 중얼거렸다.

리리는 황후와 마찬가지로 하얗게 질린 얼굴로 떨고 있는 귀족들을 살기등등하게 쳐다보았다. 그들은 하나둘씩 무너져 내렸다. 바닥에 엎드려 살려달라고 빌었다. 가문 대대로 내려오는 자존심인지, 이네아 공작만이 힘겹게 서서 리리를 노려볼 뿐이었다.

리리도 마찬가지로 이네아 공작을 똑바로 쳐다보며 외쳤다.

"탐욕스러운 자들이여, 마지막으로 기회를 주겠다. 여신의 뜻을 받들고 회개하라."

리리는 무기를 든 양손을 활짝 벌렸다.

"빛이 있으라!"

리리의 몸에서 성력이 뿜어져 나왔다. 축복, 정화, 치유 할 것 없이 가진 모든 능력을 품은 새하얀 빛은 주변을 집어삼키며 몸집을 불려갔다. 마치 어둠을 물러나게 하는 태양처럼 온 세상을 환히 밝히며 퍼져 나갔다. 하늘도, 땅도, 주변 모든 것이 빛에 의해 모습을 감추었다.

리리의 등 뒤에 서 있던 사람들은 물론이고, 병사, 귀족들, 하다 못해 황후까지 광활한 신성력 앞에 무릎을 꿇었다. 황궁 밖도 상황은 다르지 않았다. 광장에 있던 사람들도, 물건을 팔던 상인들도, 농사를 짓던 농부도, 바다에서 낚시하던 어부까지도 센테르 전역을 뒤덮는 새하얀 신성력에 모두들 눈물을 흘렸다. 여신께서 강림하였음을, 그리하여 죄 많은 그들을 품어주셨음을 깨달았다.

"이거야, 원. 정말로 신이 탄생했잖아?"

그 빛을 온몸으로 고스란히 느끼던 루가 어이없는 목소리로 중얼거렸다. 뭐든 도와줄 각오가 되어 있었는데 리리가 성력으로 그냥 짓뭉개버리는 걸 보니 허탈한 웃음이 멈추질 않았다.

죄를 많이 지은 이들은 자신의 과업을 고스란히 돌려받아 고통 속에 몸부림쳤으며, 선한 자들은 자신을 보듬고 사랑으로 감싸주는 여신의 치유력에 아픈 것이 싹 낫는 것을 느꼈다. 다만 황후와 이네아 공작만은 달랐다. 두 사람은 회개할 기회조차 주지 않겠다는 듯했다.

리리가 진정한 신의 대리인이라는 걸 깨달은 황후가 고통스러운 비명을 내지르며 누군지 모를 이에게 사죄하고 신께 비는 다른 귀족들을 지친 눈으로 훑다가 이내 중얼거렸다.

"여신께선…… 진정 여신께선 나를 버리셨군요……."

그에 리리가 대신 답해주었다.

"여신의 품을 떠난 건 당신이죠."

황후의 목이 힘없이 꺾이고, 그녀는 바닥에 엎드린 채 서러운 울음을 터트렸다.

❧❦❧

세상이 온통 하얀빛으로 물들고, 모두들 성력에 감읍하여 여신을 부르짖던 그때, 황궁 내에 있는 병사며 시종들까지 리리의 몸에서 뿜어져 나오는 성력에 정신 팔려서 황궁이 텅 빈 틈을 타 몰래 숨어 들어온 침입자가 있었다.

그는 창 앞에 서서 놀란 듯 리리를 바라보는 천자에게 조심스레 접근했고, 모습을 드러내기 무섭게 손에 든 단검을 감히 천자의 목에 겨누었다. 천자는 눈을 크게 뜨며 온몸을 꼿꼿하게 굳혔다.

당연하게도, 이미 검이 목에 닿는 순간부터 지력을 뿜어내며 방어했으나 상대는 아무렇지 않은지, 귓가에 서늘한 목소리가 들려왔다.

"소용없는 짓은 관두고, 지금 당장 신의 조각을 내놔."

"……신의 조각?"

"이미 다 알고 왔다."

그렇게 말하며 검을 그대로 목에 겨눈 채 천천히 천자의 앞으로 걸어 나오는 남자는 천자도 익히 아는 이였다. 그가 얼굴을 덮고 있던 복면을 턱까지 내리자 밝은 대낮에 그의 얼굴이 훤히 드러났다.

"……아스더."

지금껏 천자의 눈으로 활동하던 그가 실은 아스더였다는 것이 놀라운지, 아니면 이곳에 있을 리 없는 사람이 나타나 조각을 내놓으라고 협박하는 것이 놀라운지 천자의 목소리에는 놀라움이 가득했다.

"신께선 이 세계를 만들 때 육체를 떼어냈다지. 그것은 신의 힘이 응집된 보석으로 남았고, 각 대륙에 하나씩 있다더군."

눈을 가리는 머리카락이 귀찮은지 후 바람을 불어 날린 아스더가 평소와 달리 웃음기도, 장난기도 전혀 없는 딱딱한 얼굴로 천자를 바라보았다.

천자는 자신과 똑같은 눈동자를 마주 보며 말했다.

"그 힘을 받아들일 수 있는 자는 오로지 천자의 그릇뿐이다."

"그러니까 내놓으라고. 귀족 놈들 허락 따위 필요 없고, 거추장스러운 격식 따위도 사양이다. 지금 당장 천자가 되어야겠어."

사납게 으르렁거리는 아스더를 가만히 들여다보던 천자가 눈을 접으며 허허로이 웃었다.

"내가 보내준 마차를 탔으면 편히 왔을 텐데, 굳이 번거로운 걸음을 했구나."

"말했을 텐데. 귀찮은 건 딱 질색이라고."

"그거야 그렇지. 만약 마차를 타고 왔으면 정식 절차를 밟아서 신의 그릇임을 증명해야 했을 테니 아주 귀찮고 쓸데없는 시간 낭비를 할 뻔했어. 그래도 그렇지, 이런 식으로 찾아올 줄은 몰랐구나."

천자의 목소리가 퍽 다정했다. 눈빛도 마치 자랑스러운 아들을 바라보는 아버지 같았다.

아스더는 예상과 다른 천자의 반응이 몹시 당황스러운지 잠시 말을 잃었다. 십여 년 만에 마주하는 부자지간이건만, 천자는 너무도 친밀하게 굴었다.

"……오해하지 마. 당신을 위해 온 게 아니니까."

"누가 뭐라더냐."

뭐가 그리 즐거운지 허허허 사람 좋은 웃음을 흘린 천자가 팔을 올렸다. 아스더가 경계하며 검을 더욱 목에 가까이하자 그는 아스더를 타이르기까지 했다.

"그럴 필요 없다. 어차피 누군가 올 리가 없다는 거, 너도 잘 알지 않느냐. 다들 저 신의 대리인이라는 여인의 신성한 주술력에 홀려 있으니 말이다."

천자는 아스더를 안심시키려는 듯 천천히 팔을 움직여 자신의 옷을 벗기 시작했다.

아스더는 크게 당황하여 지금 이게 무슨 짓이냐고 말하려 했으나 곧 무언가를 발견하곤 사로잡힌 듯 꼼짝없이 굳었다.

천자의 옷이 양어깨를 따라 흘러내리고 드러난 왼쪽 가슴팍에는 그들의 눈동자와도 같은 호박색 보석이 박혀 있었다. 말 그대로 피부와 핏줄이 뒤엉킨 채 박혀 있었다. 그 주위로 핏줄이 도드라져서 어쩐지 고통스러운 느낌이었다.

천자가 조각을 쓸어내리며 말했다.

"썩 보기 좋은 광경은 아니지? 신의 조각이라는 게 말이다, 인간의 몸속에 신의 힘을 채워주는 게 아니라, 표현 그대로 인간을 집어삼키는 거더구나. 그다지 기분 좋은 경험은 아닐 게야."

아스더는 리리가 말해주었던 다른 신의 조각과 조금 다른 느낌에 눈썹을 찌푸렸다. 뭐, 마하엔스 주인은 신의 조각이 빨려 들어가듯 심장이 있는 가슴 부근에서 흡수되었다고 했고, 하르빌 사막의 주인은 그냥 날름 먹어치웠다고 했는데 말이다.

그냥 간단하게 몸속에만 넣으면 되는 줄 알았더니, 대체 뭔가. 저 보기에도 괴로운 광경은. 그야말로 조각의 숙주가 되는 모양새가 아닌가.

"왜 지력만 이따위로……."

"음."

천자는 의미 없는 침음을 내뱉은 후 직접 가슴에 손을 대 조각을 뽑아내기 시작했다. 보기 좋은 광경은 아니었다.

천자는 몹시 괴로워했으며 고통에 찬 숨을 몰아쉬었다. 아스더는 도와줄 수도 없는 노릇이고, 딱히 도와주고 싶은 생각도 없어서 그저 오만상을 쓴 채 지켜보았다.

투둑, 투둑. 조각에 붙어 있던 살점이 뜯어지는데도 신기하게 피 한 방울 흐르지 않았다. 그냥 거죽이 떼어지는 느낌이었다.

겨우 조각이 다 떨어지고, 천자는 순순히 내밀었다.

"자, 받거라. 네가 찾던 조각이니."

막상 아스더는 그다지 받고 싶은 기분이 아니었다. 아무래도 잘못된 선택을 한 것 같다는 생각도 들고 있었다. 리리의 말만 믿는 게 아니었는데. 안 그래도 천자 노릇까지 하고 싶은 욕망은 없었고 말이다.

천자의 눈이 되었던 것도 그와 귀족들을 농락하고 제멋대로 굴기 위함이었지, 딱히 탐욕과는 관계가 없었다. 그냥 이쯤에서 돌아가 상단이나 꾸리며 세상 망할 때까지 살아볼까 하는 생각마저 들었다.

"뭐 하는 거냐. 지금 이 순간에도 땅은 황폐해지고 있을 텐데."

"……그런 걸 함부로 줘도 되는 거야? 내가 천자가 되면 황궁 내에는 피바람이 불 텐데."

"그거야 네 마음이지."

"내가 귀족들을 다 죽이고 가두고 해도 상관없다는 건가?"

"복수는 네 몫이 아니던가."

의미심장한 천자의 말에 아스더가 한쪽 눈썹을 삐딱하게 들어 올렸다. 그는 들릴 듯 말 듯 한 목소리로 중얼거렸다.

"……내겐 자격도 없으니 말이다."

그러곤 다시금 조각을 내밀며 말했다.

"안 받을 거냐?"

오히려 천자가 재촉하는 상황은 예상을 벗어나는 거였으나, 하여간 여기까지 왔는데 인제 와 돌아가기도 뭐했고 아스더는 조각을 받아 들었다. 그러곤 가슴께에 가져갔을 때였다.

"……이게 뭐야?"

조각은 아스더의 살에 닿기도 전에 갑자기 요동치며 그의 힘을 마구 빨아들이기 시작했다. 아차 하는 사이, 조각은 이미 그의 가슴께에 들러붙고 몸과 하나가 되어갔다. 조각에 빼앗겼던 지력이 도로 몸속으로 들어올 때는 그 양이 광대했고, 기운 자체가 흉포했다.

아스더의 힘이 시냇물처럼 빠져나갔다면 들어오는 기운은 강과 같았다. 엄청난 기운이 몸을 따라 흐르는 것에 아스더는 도저히 정신을 차릴 수가 없었다. 몸이 터질 듯 부푸는 듯한 착각이 들었고, 눈앞이 하얗게 질리며 정신까지 혼미해졌다.

기운만으로도 벅찰진대 곧이어 수많은 지식들까지 들이닥쳤다. 그것은 조각 내에 담겨 있던, 조각을 품었던 선대 천자들의 경험과 지식이었다. 그의 아버지인 전대 천자부터 서서히 거꾸로 거슬러 올라가 마지막 초대 천자까지 다다랐을 때였다.

「나의 육체에서 태어난 존재여.」

소름 끼치게 아름다우며 위압적인 목소리가 머릿속에 가득 들어찼다.

「나를 닮은 태초의 존재여, 그대는 앞으로 나의 힘을 물려받아 이 세계를 다스리게 될지니.」

천자의 즉위식 때 천자는 여신의 목소리를 듣는다고 하더니, 그것인 모양이었다. 분명 아스더의 머릿속에서 울려 퍼지고는 있었으나 정확히는 그가 아닌, 모든 천자에게 하는 말이었다.

「그대가 존재하는 한, 늘 풍족함이 함께하리라.」

여신의 목소리가 점점 멀어지고 아스더는 천천히 정신을 되찾았다. 방금 대체 무슨 일이 벌어진 건지 쉽게 이해가 되지 않았다. 정신을 차리고 보니 이미 신의 조각은 그의 가슴에 잔뜩 얽혀 있는 채였다.

그 모습을 흡족한 얼굴로 바라보던 천자가 말했다.

"새로운 천자가 탄생하였구나."

아스더는 멍한 얼굴로 눈을 깜빡이다가 고개를 돌려 창밖을 내다보았다. 살아 숨 쉬는 대지가 온몸으로 느껴지고 있었다. 새디아에서 마주했던 생명의 나무처럼, 온 대지가 새로운 천자를 반기듯 박동했다.

센테르 전체가 아스더 발아래에 놓이는 듯한 기이한 경험에 소름이 끼쳤다.

멍하니 서서 주먹을 움켜쥐는데, 천자는 한시름 던 얼굴로 옷을 정리했다. 대강 추스른 그가 아직도 넋이 나가 있는 아스더의 어깨를 가볍게 두드려주었다.

"……대견하다."

들릴 듯 말 듯 한 목소리에 아스더는 멍하니 되물었다.

"……뭐라고?"

마지막으로 천자는 자신의 머리에 쓰고 있던 왕관을 들어 아스더의 머리 위에 씌워주었다. 그는 싱긋 웃으며 말했다.

"능력 있는 자를 곁에 두는 것도 능력이지."

천자가 굳어 있는 아스더를 둔 채 걸음을 옮겼다. 그는 아스더가 닫은 창문을 도로 열며 중앙에 크게 만들어놓은 발코니에 발을 디뎠다. 여인의 몸에서 뿜어 나오는 성력은 멈추어 있었다. 그러나 그조차도 무릎을 꿇고 고개를 숙이고 싶어질 정도로 위대한 기운이 온 세상에 가득했다.

여인은 뭔가를 알아차린 듯 천자를 올려다보았다. 아직도 그 힘 앞에서 엎드려 울부짖는 귀족과 환호하는 병사들을 보며 혀를 차던 천자가 몸을 돌려 아스더를 바라보았다.

"오랜 시간이 걸리리라 생각했는데…… 모든 일이 내 손을 떠나더니 결국 이렇게 되었구나. 아무래도 왕관이 제 주인을 애타게 찾았던 모양이다."

알쏭달쏭한 말이었다.

아스더가 무슨 말이냐고 물으려던 참이었다. 천자가 한발 빨랐다.

"그대들은 들으라! 새로운 천자가 탄생하였도다!"

천자는 황후와 라스피, 귀족과 병사들, 시종들과 정원을 가득 채우고도 넘칠 정도로 몰려든 대중을 향해 다시금 외쳤다.

"하늘의 뜻을 받들어 축복받은 황태자에게 왕관을 물려주었으니, 여신의 노여움은 거두어질 것이고 센테르는 영원히 번창할 것이다!"

새로운 천자의 탄생에 죄가 없거나 적어서 정화 주술에서 금세 벗어난 이들이 어안이 벙벙해져선 위를 올려다보았다. 귀족들 대부분과 몇몇 병사들은 여전히 바닥을 나뒹구는 채였고, 황후는 넋이 나가선 착잡한 표정으로 리리를 바라보는 라스피의 부축을 받고 있었으며 이네아 공작은 힘없이 고개를 떨군 채였다.

그리고 이 사태를 벌인 리리는 퀘스트 완료창이 정신없이 떴다가 사라지는 것으로 천자, 아니 황제의 말이 사실이라는 것을 알아차릴 뿐이었다.

곧 황제의 등 뒤로 새로운 천자가 모습을 드러내었다. 속전속결로 신의 힘을 받아들인 그는 자신이 본래 가지고 있던 지력에, 조각이 품고 있던 지력을 더해 온몸에서 뿜어내었다. 그의 지력 역시 바닥을 타고 온 나라로 퍼져 나갔다.

리리의 신성력과는 다른, 살벌한 위압감이 짓누르는 통에 가까스로 일어났던 사람들은 도로 몸을 엎드리는 수밖에 없었다.

그것은 귀족과 황후도 마찬가지였으며 속이 어떻든 간에 그들은 새로운 천자에 대한 예를 갖추었다.

센테르 전역을 아우르는 강하고도 흔들림 없는 지력에, 굳이 나라 곳곳에 벽보를 붙이거나 호외를 돌리지 않아도 국민들은 새로운 천자의 탄생을 몸소 깨우쳤다. 그들은 드디어 여신께서 자신들을 용서한 게 틀림없다며 들뜬 얼굴로 축제를 준비하기 시작했다.

·───※───·

센테르는 급속도로 안정을 되찾았다. 여기저기서 여신이 아니고선 불가능한 말도 안 되는 불행이 벌어지던 것도 멈추었고, 사람들은 그것을 여신이 주신 마지막 기회를 놓치지 않았기 때문이라고 믿었다.

즉, 억울하게 죽은 전 황후의 누명을 벗기고 쫓아냈던 황태자에게 왕관을 물려주었기 때문에 여신이 진노를 푸셨고 센테르에 평화가 찾아왔다고 말이다. 오히려 그들은 반역이라는 누명을 썼던 전 황후와 새로운 천자에 대한 동정으로, 여신께서 직접 보호하실 만했다며 천자의 자질이나 출신을 조금도 의심하지 않았다.

거기에는 예술의 전당에서 절찬리의 상영 중인 공연도 한몫했다. 사실 사막 왕국이 아니라 센테르의 이야기였다는 게 밝혀지며 센테르인이라면 무조건 관람하는 것이 천자에 대한 예의라는 인식이 박혔고, 먼 타지에서까지 올라와 관람하기 시작했다.

공연을 본 이들은 하마터면 저렇게 센테르가 멸망할 뻔했다는 것에 몸서리치며, 지금이라도 잘 해결된 것에 진심으로 안도하였다.

"뭐…… 더는 다른 주인들이 행패를 부리지 않으니 이상한 일이 벌어지지 않는 것뿐이지만."

리리는 그런 여론이 조금쯤 양심에 찔린다는 듯 가슴께에 손을 얹었다. 카아네스와 아벨은 앞으로 생길 센테르와의 교류를 준비하거나 막아서고자 자신의 섬으로 돌아갔고, 페레로가에는 다리우스와 젤리, 라이만이 남아 있었다.

"사람들을 속인 것 같아 미안하지만, 원래 정치란 다 이런 거 아니겠어?"

리리의 말에 곁에서 일을 도와주던 로쉐가 고개를 절레절레 저었다.

"하여간 리리 너는…… 정말 적으로 돌리면 안 될 부류임이 틀림없다."

로쉐의 말에 리리는 그저 웃을 뿐이었다.

절대로 로쉐의 적이 되지는 않을 텐데 무슨 걱정인가 싶었다.

하여간 이미 새로운 천자가 탄생하였으나 국민들의 기대가 너무 커 즉위식을 생략할 수는 없다는 말에 황궁 전체가 즉위식 준비로 바빴다. 그런 와중에 아스더는 적폐 청산까지 동시 진행하려니 몸이 열 개라도 부족했고 말이다.

복수는 복수를 낳기에 리리는 그냥 원만하게 해결했으면 싶지만, 그건 자신의 욕심이고 참견이라는 걸 잘 알기에 전적으로 아스더에게 맡겼다.

천자의 눈이 되어 센테르의 모든 정보를 손에 쥐고 있던 아스더는 귀족들의 약점이나 몰래 저지르던 부정부패, 천자의 눈을 피해 빼돌리던 국고나 은밀한 거래 등도 이미 증거를 싹 모아둔 상태였고, 정화 주술의 영향권 안에 들어 새 사람으로 탄생한 귀족들의 협조까지 더해져 굳이 피를 보지 않아도 물갈이는 손쉽게 이루어졌다.

이런 상황에서 가장 안쓰러운 건 역시 라스피였다. 어미의 죄로 인해 아무것도 모르는 그가 피해를 입는 걸 보고 있자니 아스더와 다를 게 뭔가 싶어서였다.

물론 라스피는 천자의 그릇이 아닐 뿐 아니라 센테르를 굽어볼 성격이 안 되는 것 같으니 순순히 물러나준 것만으로도 고마울 따름이기는 했다. 그걸 염두에 둔 건지 아스더도 황후에 대한 처벌은 고심하는 눈치였다.

"아빠, 여기 이 주술진도 틈틈이 신성력을 주입해야 하는 거예요?"

리리가 벽에 새겨져 있는 주술진을 가리키자 로쉐는 친절히 설명을 해주었다. 그 외에도 주기적으로 보수해야 하는 주술진의 위치나 보수 방법 등을 알려주던 로쉐가 문득 말을 잃었다. 리리는 갑자기 조용해진 로쉐를 바라보았다. 그의 표정이 착잡했다.

"리리. 꼭 해야만 하겠느냐. 지금이라도 도망가는 게……."

로쉐의 걱정도 충분히 이해가 되었다. 리리는 황궁주술사 업무를 인수인계 받는 중이었으니까.

그랬다. 아스더가 내밀었던 제안이라는 것은 바로 「황궁주술사가 되어 천자가 된 아스더를 보필하는 것.」이었다.

리리는 그게 무슨 말도 안 되는 얘기냐며 어이없어했으나 아스더는 도리어 그게 당연한 거 아니냐며 반문했다.

「첫째, 아스더가 천자가 된다 해도 주변에 적이 너무 많을 것이며. 둘째, 황궁주술사 로쉐는 자신까지 감당할 수는 없을 것이고. 셋째, 어차피 자신이 리리의 정체니 능력까지 전부 다 아는데 가만히 있을 거라고 생각하는가. 마지막으로 넷째, 불면증을 치료해주겠다던 약조는 그 상황을 모면하기 위한 거짓이었는가.」라며 리리의 말문을 막히게 했다.

이 모든 게 신의 뜻이라면, 성녀가 나서는 것이야말로 제대로 된 그림이 아니냐는 말도 덧붙였다.

만약 자신의 제안을 받아들이지 않으면 천자가 된 이후에 어떻게든 리리를 끌어들이기 위해 수단과 방법을 가리지 않을 텐데 감당할 수 있겠느냐는 아스더의 협박에 리리는 열불이 끓어올랐으나 딱히 반박할 말이 떠오르지 않았다. 결국 그러기 전에 적당한 선에서 합의를 보자는 뜻이었다.

그러니 어쩔 것인가. 아스더의 말은 구구절절 옳음이요, 자신이 생각해도 그게 가장 이상적인 그림일지니 제안을 받아들이는 수밖에.

"……괜찮아요, 아빠. 어차피 이젠 별로 할 일도 없을 테니까요"

리리라고 황궁주술사라는 직책을 맡고 싶었겠는가. 로쉐를 보며 얼마나 힘들고 바쁜지를 빤히 아는데 말이다. 게다가 그녀는 귀찮은 거라면 딱 질색이었다. 언제나 그러했듯 자유롭게 즐기며 살고 싶었다.

제일 싫었던 게 로쉐처럼 어딘가에 얽매여 시달리는 삶이었는데, 리리가 그 뒤를 잇게 되었으니…….

'심지어 뭔데, 이건. 사실 딸을 공주로 만드는 게임이 아니라 버림받은 황태자를 왕으로 만드는 게임 속에 들어왔던 거 아니야?'

딱히 자신이 얻은 건 없지 않은가.

'아, 하나 있긴 하다.'

리리는 호칭창을 열었다. 본래 얻은 순서대로 정렬되던 호칭창이었으나 가장 앞부분에 처음 보는 호칭이 생겨 있었다.

바로 「여신의 대리인」이었다.

❦

† 여신의 대리인

:: 탐욕과 질투는 인간이라면 없을 수 없는 기본적인 감정이다. 여신께선 자비로운 마음으로 인간의 수많은 악감정을 눈감아주었고, 죄인들 역시 여신의 품으로 감싸 안았다. 그러나 도가 지나쳐 센테르의 파멸로까지 이어지게 되며 여신은 결국 직접 벌을 내리고자 하였다. 그전에 마지막으로 회개하고 상황을 되돌릴 기회를 주기 위해 친히 여신의 대리인을 내려보냈다. 여신의 자애로움과 넘치는 사랑을 비로소 깨달은 이들이 감읍하였고, 자신들에게 기회를 주기 위해 찾아온 대리인을 여신처럼 모시고 떠받들기로 하였다.

「호칭에 대해 알고 있는 사람들에게 대단한 호감은 물론이고 신뢰감과 존경심을 일으킨다. 그것은 천자와 견주는 정도, 혹은 그 이상으로 센테르 내에서 감히 그녀의 말에 거역하는 이는 없을 것이다.」

아스더가 천자의 힘을 받아들이는 순간, 퀘스트 완료창이 쭉쭉쭉 지나가는 와중에 호칭을 얻었다는 시스템창 하나가 섞여 있었다. 그리고 새로이 얻게 된 호칭은 거의 사기 수준에 가까웠다. 센테르 내에서 그녀의 말을 거역하는 이가 없을 거라니, 이보다 더한 권력이 어디 있단 말인가.

'물론 전 국민이 내 광신도가 되었으니 당연한 일이지만.'

그랬다. 그녀의 성력이 전 대륙으로 퍼져 나가며 모두가 그녀의 광신도가 되었다. 즉, 이 세계는 리리의 것이나 다름없는 셈이었다.

리리는 호칭을 다시 읽어보며 후후후 음침한 웃음을 흘렸다. 아스더 역시 센테르인이었으니 앞으로 그녀의 말에 함부로 거역할 수는 없을 터였다. 이 정도면 황궁주술사라는 직책에 얽매여 있더라도 로쉐만큼 힘들게 살지는 않아도 될 것 같았다. 「나는 좀 쉬어야겠다! 아무도 다가오지 말라!」는 명령 한마디면 된다는 뜻이니까.

오히려 귀찮은 일은 천자이자 황제인 아스더에게 맡기고 자신은 꿀만 빨아도 된다는 해석이 머릿속을 둥실둥실 떠다녔다. 리리는 웃음을 참을 수가 없었다.

난데없는 리리의 웃음에 로쉐는 의아한 시선을 던지고 있었다. 리리는 황급히 호칭창을 없애며 설명을 덧붙여주었다.

"아스더…… 아니, 천자께서 약속하신 게 있거든요. 공식적인 자리에만 얼굴을 비치면 되고, 실질적으론 거의 할 일이 없을 거라고요. 천자의 불면증을 치료하고, 가끔 이런 주술진에 신성력을 불어넣거나 보수만 하면 되는 거죠."

"그의 말을 믿는 거냐, 리리."

"일단 약속하면 지키기는 하는 남자기도 하고, 저에게도 믿는 구석이 있으니까 너무 걱정 마세요."

믿는 구석이란 바로 호칭이었고 말이다. 리리의 말에도 로쉐는 불안한 기색을 모조리 지우지는 못했다. 그가 워낙 시달리고 부려진 터라 자신의 딸만큼은 편안한 삶을 살길 바라는 마음이 클 터였다.

"아빠만큼 바쁘지는 않을 거예요. 제가 모실 천자는 전대 천자처럼 허약하지도 않잖아요."

"그래, 내가 너무 허약해서 네 아버지를 고생시킨 건 사실이지."

갑작스럽게 끼어든 목소리에 리리와 로쉐는 크게 뜨인 눈으로 고개를 돌렸다. 대체 언제 온 건지 천자, 아니 전대 천자가 슬슬 다가오며 웃고 있었다. 제아무리 허약해진 몸일지라도 천자였다 이건가…….

리리는 당황한 얼굴로 어색하게 웃었다.

"아니, 전 그냥…… 아버지는 너무 오랜 시간 고생하셨으니까, 이젠 좀 쉬셔도 된다고……."

"쉬긴 누가 쉰다는 거냐."

전대 천자의 대답이 단호했다. 그 의아하고도 의심스러운 말에 리리와 로쉐의 얼굴이 불안함으로 가득 흔들렸다. 둘의 모습을 본 그가 웃음을 터트렸다.

"부녀는 부녀라 이건가. 어쩜 이렇게 닮았는지……. 그렇게 빼다 박은 얼굴로 잘도 나를 속여왔구나."

"그건…… 어쩔 수가 없어서……."

"됐다. 어차피 다 지난 일인 것을. 결과가 아주 좋으니 된 거 아니겠느냐."

허허허 사람 좋은 웃음을 흘리며 전대 천자가 두 사람을 지나쳐 천천히 멀어져 갔다. 짐을 내려놓아서인지 근래 그의 기분이 무척 좋아 보였다. 아니, 전부터. 언젠가부터 한결 기분이 좋아져선 가만히 상황만 지켜보는 게 이상하기는 했다.

"분명 뭔가를 아는 거야."

로쉐의 목소리가 전대 천자의 뒤통수에 꽂혔다.

그리고 오래 지나지 않아 두 사람은 전대 천자가 의심스럽게 내뱉은 말의 뜻을 알게 되었다.

인수인계가 끝나기 무섭게 제1대 황궁주술사였던 로쉐를 지주의 대리인으로 임명한다는 그야말로 마른하늘에 날벼락 같은 공문이 떨어졌기 때문이다.

전대 천자의 의미심장한 말은 바로 이것이었다. 절대 쉽게 놓아주지 않을 거라는 그의 의지가 너무도 잘 보여서 몸서리마저 쳐지고 있었다.

"와, 사람을 이렇게 끝까지 부려먹네."

인재를 그냥 둘 수는 없는 거 아니냐며 허허로이 웃는 전대 천자가 상상이 되어 울컥했다. 황태자 호위를 맡던 칸나도 인재라며 일찌감치 궁으로 끌고 갔던 그였으니, 진작부터 알아봤어야 했다. 그의 인재 욕심을 말이다.

이제는 새로운 천자가 된 아스더의 호위를 맡아달라고 했다던 데 하여간 대단한 사람이 아닐 수 없었다.

황궁주술사가 대충 어떤 일을 하고, 앞으로 무엇을 하면 좋을지 대강이나마 익힌 리리가 이번엔 지주로부터 인수인계를 받고 있을 로쉐를 볼 겸 다련각으로 향했다. 이미 복도 끝에서 두 사람이 티격태격하는 소리가 들려왔다.

"아니, 이걸 왜 못 하냐니까? 어떻게 이런 찌질하고 허접한 게 대리인이 되었담? 지주 자리가 그렇게 우스워 보여?"

"제가 하고 싶어서 하는 게 아니잖습니까! 그리고 이걸 제가 어떻게 합니까? 저는 암흑, 신성 두 가지 주술력밖에 없는데요!"

"그러니까 배우면 되잖아!"

"이게 배운다고 됩니까? 그게 되면 신이게요?"

두 사람의 인수인계가 간단하지는 않을 거라고 예상했으나 이 정도로 큰 소리가 오갈 줄은 상상도 못 했기에, 리리는 선뜻 방에 들어서지 못하고 한참을 머뭇거려야만 했다. 그래도 처음엔 지주만 보면 겁먹은 강아지처럼 꼬리를 말던 로쉐가 이제는 말 한 마디 한 마디 지지 않고 받아치는 것에 놀라움을 금치 못했다. 자리가 사람을 만든다고, 로쉐도 이제 거칠 게 없는 모양이었다.

리리가 들어서자 두 사람은 숨을 거칠게 몰아쉬며 확 고개를 돌렸다.

그 서슬 퍼런 눈들이 무서워 그녀는 주춤 물러났다.

이내 두 사람이 방긋 웃으며 리리를 반겨주지 않았더라면 도망 갔을지도 모를 일이었다.

"어머, 이게 누구야."

"리리 왔느냐."

"나의 딸, 엄마 보고 싶어서 왔니?"

"누가 누구의 딸이라는 겁니까? 리리는 내 딸입니다."

로쉐는 여전히 지주의 본체를 모르는 듯했다. 만약 안다면 저런 식으로 대범하게 덤벼들지 못했겠지. 그녀는 굳이 말해주지 않기로 했다.

"멀쩡한 지주 내버려두고 왜 아빠보고 지주 대리인을 하래요? 그래도 되는 거예요? 지금껏 그런 적이 없었잖아요. 혹시 루님, 어디 가요?"

혹시나 본 캐릭터에 충실하려나 싶어 물으니 루는 딱 잘라 대답했다.

"가긴 어딜 가, 내가. 난 여기 좋아. 편하고 안락하고 적당히 돈도 있고 권력도 있잖아."

"지금껏 그런 마음가짐으로 지주직을 맡아왔던 겁니까?"

"그럼? 내가 뭐 아주 뜻깊은 생각이라도 있을 줄 알았니? 아직도 날 몰라?"

"어휴."

로쉐는 말을 말자는 듯 고개를 저었다.

그에 루가 다시금 리리를 바라보며 방긋 웃었다.

"나야 계속 여기 있겠지만, 늘 방에만 박혀 있을 테니까 나라가 더 안정되고 자리 잡힐 때까진 누군가 돌아가는 걸 지켜보고 신경 써주는 게 나을 거 아니니?"

"그거야 그렇지만……."

"천자…… 아니, 전대 천자가 그래도 아들을 제법 신경 써주는 모양이더라. 벌써부터 제격인 인물들을 각각 제자리에 꽂아두는 걸 보니 말이야."

루의 말대로 전대 천자는 마치 한참 전부터 계획이라도 했던 것처럼 누구보다도 빠르게 일을 처리해나가고 있었다. 막상 아스더는 즉위식 준비하랴, 귀족들 정리하랴, 천자 일 배우랴 바빴고 말이다.

"대체 머릿속에 뭐가 든 건지, 뭘 제대로 하지도 않고 그냥 세월아 네월아 시간만 보내는 한량인 줄 알았는데 말이야. 싸가지하고 능력 둘 다 없는 최악의 천자인 줄만 알았는데 그래도 속으로는 칼을 갈고 있었나 보지?"

"단어 선택이 참…… 조금 단정하게 말씀하실 수는 없습니까?"

"내가 뭐?"

「너무 안 어울리기는 해요……」라고 말하고 싶은 걸 리리는 애써 삼켰다.

그냥 목소리만 들었을 때는 그러려니 했는데, 천생 우아하고 무미건조한 유리 인형 같은 얼굴을 하고 재잘재잘 거친 말투로 떠들어대는 루는 자연스레 위화감을 들게 했다. 두 사람의 타박에 입술을 샐쭉거리던 루가 알려줄 것이 있다며 리리만 끌고 나왔다. 로쉐가 무척 불안해하는 얼굴이었으나 무시한 채였다.

"리리, 리리. 혹시 그거 아니?"

"뭐가요?"

"네가 왜 여기 왔는지 말이야. 들은 거 있어?"

전에도 얘기하려다가 재밌는 건 아껴두어야 한다며 말을 돌렸던 그 주제였다.

리리는 냉큼 눈앞에 흔들리는 미끼를 물었다.

"아뇨! 얼른 알려주세요."

"카슈토 월드에서 태어난 황녀인 네가 여기 떨어진 건 저 찌질이 로쉐가 불러내서인데, 그것도 못 들었어?"

"들은 것 같기도 하고…… 아닌 것 같기도 하고……."

긴가민가했다. 그에 루가 그럴 줄 알았다는 듯 고개를 끄덕였다.

"사실 엄청난 마물을 소환하려고 했던 거라던데. 뭐, 반역자들로 인해 네 부모가 죽고 너까지 죽임당할 처지에 놓인 상황에서 너라도 살리기 위해 내가 그 소환주술진에 직접 밀어 넣었으니 망정이지. 아니면 이 세계는 멸망했겠지. 하여간 찌질이, 언젠가 큰 사고 칠 줄 알았어."

"마물을요? 왜요?"

"그게······."

주변 눈치를 살피며 로쉐가 엿듣고 있는지 아닌지 확인한 루가 생각하니 또 웃긴지 킥킥 웃으며 말을 이었다.

"이 세상을 멸망시키기 위해서였다지 뭐라니."

"어······ 저도 그건 들은 것 같아요. 원래는 이 세계가 멸망했으면 하고 바랐는데 저를 만난 후로 바뀌었다고요. 그게 사실이었어요?"

"물론이지. 저 찌질이가 왜 이 세계를 원망하고 멸망시키려고 했던 건지 알 것 같아? 한번 맞혀보렴."

리리는 팔짱을 낀 채 고개를 기웃거려가며 골똘히 생각해보았으나 마땅히 생각나는 이유가 없었다. 그야, 대체 무슨 일을 겪어야 세상을 멸망시키고 싶을지를 모르겠으니까. 게다가 로쉐가 그런 생각을 했다니. 그 소심하고 생각 많은 로쉐가!

"으음······ 모르겠어요. 그냥 알려주시면 안 돼요?"

"그래, 뭐. 내가 특별히 인심······ 아니, 신심 썼다. 너니까 말해주는 거야."

"네!"

리리가 얼른 들려달라는 듯 초롱초롱해진 눈으로 바라보자 입을 틀어막고 터져 나오는 웃음을 참던 루가 말했다.

"······차여서."

"······네?"

"여자한테 차여서! 고백했는데 거절당했다고 세계를 멸망시키려고 했다니까? 진짜 웃기지 않니?"

푸하하 배를 잡고 웃음을 터트리는 루와 달리 리리는 멍한 얼굴로 굳어 있었다. 자신이 들은 게 맞는 건지 확신이 들지 않았다.

세계를 멸망시키기 위해 마물을 소환해냈던 이유가…… 고작 실연당해서라니…… 믿을 수 있을 리가 없었다.

"에이, 설마요. 암만 아빠가 소심하고 음침하다고 해도…… 어떻게 실연당했다고……."

"진짜야!"

왜 못 믿느냐는 듯 답답하단 표정을 지은 루가 손가락으로 자기 자신을 가리키며 말했다.

"내가 직접 보고 겪은 거라고. 내 말을 못 믿어?"

"에이, 그래도…… 네? 루님이 직접 보고 겪어요?"

설마……. 리리가 경악한 눈으로 쳐다보자 루는 의기양양해진 얼굴로 고개를 끄덕였다.

"그래, 맞아. 내가 바로 고백받은 그 여인이거든."

"……세상에."

리리는 혼란스러운 얼굴을 양손으로 감쌌다. 로쉐가 너무 불쌍해지려 하고 있었다.

진심을 다해 사랑했던 여인이 실은 여신이라니, 그것도 이런 성격의 여신이라니…….

어쩐지 로쉐가 실연당한 것으로 세계를 멸망시키려 했던 이유도 조금은 알 것 같았다. 루라면 그의 진심을 짓밟고 찢고 하늘에 흩뿌리며 깔깔깔 웃을 여인이니까. 아마 너 죽고 나 죽자 이런 마음이 생길 만도 하지 않았을까.

"하필 루님을 좋아해선……."

"내가 왜? 말이 좀 이상하다?"

"아니, 루님이 별로라는 건 아니고요, 이루어질 수 없는 사랑이잖아요. 마음이 아파서……."

"그야 그렇지. 로쉐는 인간이고, 나는 신이니까. 근데 그렇기에 로쉐가 내게 사랑에 빠진 걸 거야."

"아빠는 루님이 신인 걸 모른다면서요?"

"모르지, 당연히. 너 내가 무슨 여신인지 알지 않아?"

"물론 알죠. 어둠과…… 아!"

"그래."

리리는 깨달음을 얻었다는 듯 커다래진 눈으로 루를 바라보았다. 그랬다. 카슈토 여신은 어둠과 불행의 여신. 그리고 리리를 불러내기 전 로쉐의 속성은 암흑 속성이었다.

"암흑 속성 주술사가 힘의 원천에 이끌리는 건 당연한 일이지. 그의 힘은 내게서 비롯된 거니까. 어쩌면 사랑이 아니라, 존경심 혹은 태초의 어둠에 자연스레 끌리는 반응이었을지도 몰라. 아니, 아마 그럴 거야. 신성력도 함께 가지게 된 그는 예전처럼 내 앞에서 절절매는 법이 없거든? 재미없게."

리리는 로쉐가 더욱 안쓰러워졌다. 그저 자신에게 힘을 준 여신에게 존경과 애정을 가지게 되었을 뿐인데, 그걸로 얼마나 비웃음당하고 엉망진창이 되었을까. 하필 이런 신을 마주하게 되어서…….

리리는 몹시 충격을 받았으나 로쉐 앞에선 모른 척해야겠다고 다짐했다. 이런 흑역사를 들출 정도로 자신은 못된 성격이 아니었으며, 무엇보다 로쉐가 너무 가여웠다. 처참하게 짓밟힌 그의 첫사랑에 애도를 표하는 수밖에 없었다.

❧

온 나라가 축제 분위기로 들썩였다. 매년 건국제가 일주일가량 열리곤 했지만, 새 천자의 탄생을 기념하고 앞으로도 센테르의 번영을 위하는 축제와는 느낌이 다를 수밖에 없었다.

역대 즉위식과 마찬가지로 성문을 열어 귀족, 평민 할 것 없이 모두가 함께 즐기는 축제를 준비 중이었기에 신경 쓸 것이 아주 많았다.

천자의 곁에서 그를 보필해야 하는 리리 역시 일정을 고지받으며 축제 내내 바쁠 거라는 사실을 일찌감치 체감 중이었다.

"아, 축제……. 나도 축제 구경 가고 싶은데……."

리리는 몹시 서글프다는 얼굴로 중얼거렸다. 매년 건국제가 열릴 때마다 로쉐, 젤리와 함께 시내 구경을 가곤 했는데 올해부턴 천자의 곁에 붙어 있느라 그게 쉽지 않을 테니 말이다. 그나마 로쉐는 잠깐 짬을 내어서 도망쳐 오기라도 했지, 아스더와의 거래 내용 자체가 공적인 자리에선 함께하는 것이니…….

시간이 흘러 아스더가 축제에 잠깐 얼굴 비치고 사라져도 될 정도로 안정되지 않는 한은 리리도 계속 축제를 즐기지 못한다는 뜻이었다.

"천자를 위한 연회나 마찬가지인데, 막상 천자는 즐기지 못한다니……."

전대 천자가 이런 걸 극도로 싫어하고, 잠깐 얼굴 비치는 걸로 제 역할을 다해왔던 이유를 이제는 알 것 같았다. 남들 노는 걸 구경만 해야 한다니 그런 고문이 또 어디 있단 말인가.

"……그래도 황궁 음식은 참 맛있으니까, 조용히 뷔페나 즐겨야겠다."

과연 황궁요리사는 아무나 하는 것이 아닌지 지금껏 맛보기 어려웠던 산해진미는 물론이고 독특한 음식이 주를 이루었다.

젤리도 요리를 무척 잘하며 리리를 위해 재료를 신경 쓰는 편이었으나 천자만을 위한 요리는 아무래도 질적으로 다를 수밖에 없었다.

리리는 천자는 아니었으나 왜인지 식사 역시 공적인 자리라며 점심이나 저녁 둘 중 하나는 꼭 같이 먹으려고 하는 아스더 탓에 천자와 같은 음식을 먹을 수가 있었다. 리리도 어차피 먹을 거라면 맛있는 게 더 좋았기 때문에 한 끼 정도는 대수롭지 않게 여겼다.

그렇게 착착 준비되어 어느덧 즉위식 날이 되었다.

건국제 때와 마찬가지로 주술사들의 능력으로 특이한 모양의 구름을 만들어 띄우고 온 마을이 화려한 장식을 매달아 꾸몄으며, 길목에 간이천막을 세워 음식이나 놀이 등을 체험할 수 있게 하는 등 보기만 해도 즐거웠다. 센테르 전체가 놀이공원이 된 듯한 기분을 고스란히 느낄 수 있었다.

황궁 안팎으로도 사람들을 위한 성대한 연회가 열리고 있었다. 성문과 가까운 정원에는 평민들이 얼마든지 먹고 마실 수 있도록 뷔페도 마련되었다.

단지 말 그대로 구경만 해야 하고, 막상 자신은 황궁에 묶여 있는 몸이었지만 말이다.

아스더는 상석에 앉아 있고 그의 곁에 리리가 서 있는 채로 연회가 한창이었다.

그의 앞으로 천자의 탄생을 축하하며 인사와 함께 선물을 건네는 귀족들이 줄을 이었다. 리리는 단조롭고도 지루한 상황에 하품하다가 익숙한 여인을 발견하곤 헙 입을 다물었다.

'저건…… 하이든 부인?'

하이든이 리리를 발견하곤 깊숙이 허리를 숙였다. 깊은 애정과 신의, 존경이 담겨 있는 인사였다. 몸을 일으킨 그녀가 곁에 서 있던 남자의 옆구리를 쿡 찔렀다. 그러자 남자도 어쩔 수 없다는 듯 고개만 꾸벅했다.

놀랍게도 하이든 곁에 서 있는 남자는 독설가 페안이었다. 두 사람은 대체 언제부터 그런 사이였는지 팔짱을 낀 채 퍽 다정한 얼굴로 속살거리고 있었다. 처음엔 마주하기만 하면 싸워대서 어찌하나 걱정이었는데 점점 그런 일이 줄더니, 저런 이유에서였나 하는 생각이 들어 벌어진 입을 다물지 못할 때였다.

"티머스 백작가 내외가 천자께 인사 올립니다. 새로운 천자의 탄생을 경하드리며 약소하지만 선물을 준비했습니다."

티머스 백작 부부가 인사를 올리러 다가왔다. 메이다니와 눈이 마주친 리리가 간신히 정신을 차렸다.

"오, 고맙소."

아스터 역시 지루하긴 마찬가지인 듯 한 가지 말만 입력된 인형처럼 무성의하게 답례했다. 그의 말투는 아무리 들어도 적응이 안 되었다.

이제는 천자가 되었고, 귀족들 앞에서 나름대로 격식을 갖춰야 한다는 걸 알았지만 그냥 평소 그답게 껄렁껄렁하면 차라리 재밌을 텐데…… 하는 생각이 들었다.

백작이 건넨 선물은 바로 시종에게 전달되어 아스더 발치에 놓였다. 이미 그의 발치는 온갖 선물이 한가득했다.

"새로운 황궁주술사께도 인사를 올리겠습니다. 여신의 대리인께서 천자의 곁에 계시니 너무도 든든하고 감격스럽습니다. 앞으로 센테르에 여신의 축복이 함께하리라 믿어 의심치 않습니다."

티머스 백작 부인, 즉 메이다니가 너무도 기쁘다는 듯 행복한 미소를 지으며 말했다. 그녀는 리리의 정체도, 능력도 이미 알고 있었기에 이리되는 게 당연하다고 믿는 눈치였다.

"고맙습니다, 부인."

"아쉬운 게 있다면 더는 리리 여사…… 아니, 황궁주술사님의 아름다운 춤을 볼 수 없다는 거겠네요. 정말로 여신께서 강림하신 듯 황홀하였는데 말입니다."

"뭐…… 저는 별로 아쉽지 않군요."

"그 당시엔 상상도 못 했는데 말입니다. 함께 춤을 추시었던 두 분이 각각 천자와 황궁주술사가 되시어 우리를 굽어볼 거라고 누가 예상이나 했겠습니까."

"그야 그렇지요."

리리도 그럴진대 다른 이들이라고 놀랍지 않을까.

정말이지 사람 일은 한 치 앞도 내다볼 수가 없다.

"게다가 그때보다 더 화려해지신 지금의 황궁주술사님이라면 춤 자체가 얼마나 반짝반짝할까요."

리리는 군이 모습을 감출 필요가 없으며 오히려 성녀라는 이미지를 더욱 살리기 위하여 본모습으로 돌아와 있는 상태였다. 그녀의 은색 머리카락을 칭하는 메이다니의 말에 리리는 어색한 웃음을 흘렸다.

"그때나 지금이나 별반 다를 거 없습니다."

"두 분의 춤을 언젠가 다시 보기만을 고대하겠습니다."

"군이 그러지 않는 게……."

메이다니의 말에 주변 귀족들이 고개를 끄덕거리며 동조하는 것이 보였다. 어째 귀족들이 뭔가 기대하는 눈으로 힐끔거리더니, 메이다니와 같은 것을 바랐나 보다.

당시 아스더와 어떤 분위기로 춤을 춘 건지 모르는 귀족들이 차라리 부러웠다.

자신도 그냥 기분 좋게 감상만 하고 싶었다. 가끔은 이 능력들이 자신의 능력이라는 게 아쉬웠는데 지금이 그랬다. 도대체 어떠하길래 다들 황궁주술사가 되어 의복을 차려입은 그녀에게서 춤을 떠올리는 건지…….

"그럼 이만 가지요, 부인. 부인께선 쉬시는 게 좋을 것 같소."

"어머, 저는 아직 괜찮은데요."

"아니, 안 되오. 의원이 무리하지 말라고 하지 않았소. 이곳에 온 것만으로도 가녀린 부인에겐 큰 무리라고 생각되오."

티머스 백작이 메이다니를 더욱 애틋하게 챙기는 모습을 흐뭇하게 보던 리리가 깨달음을 얻은 듯 눈을 크게 떴다. 그녀는 손으로 입을 가리며 돌아서 가려는 메이다니를 불렀다.

"설마…… 부인……!"

리리가 자리에서 내려와 메이다니에게 가까이 다가가자, 그녀는 수줍다는 듯 얼굴을 붉히며 아직 납작한 자신의 배를 손으로 감싸 쥐었다. 백작은 그런 메이다니가 혹시나 부서질까 끙끙거리는 얼굴로 감싸 안았다.

"……네, 황궁주술사님의 축복 덕에 저희 부부에게도 소중한 천사가 날아들었답니다."

"세상에! 축하드립니다, 부인. 경사가 아닐 수 없군요! 아니, 근데 그걸 왜 말 안 해주나요! 그렇게 기쁜 소식을! 섭섭하네요!"

"부인의 몸이 너무 약하고 혹시나 하는 불안한 마음에 안정될 때까지 숨기자고 한 건 접니다. 마음 상하셨다면 사과드리겠습니다. 죄송합니다."

"저는 이미 마음이 상했기에 그 사과를 받아들일 수가 없겠네요."

리리의 말에 백작 부부는 물론이고 주변 다른 귀족들까지 불안한 표정을 감추지 못했다. 리리는 토라졌다는 듯 입술을 삐죽거리다가 말했다.

"그런고로 저는 그대 부부에게 벌을 내려야겠습니다."

그녀의 말에 주변이 술렁거릴 때였다. 리리의 몸에서 성스러운 빛이 뿜어져 나왔다. 주술등으로 가득 찬 연회장 내에서도 유독 눈이 부실 정도로 밝은 빛이 두 부부의 몸 위로 떨어져 내렸다.

백작 부부가 손바닥을 들어 올려 빛을 받았다. 마치 눈처럼 손에 닿자마자 흡수되듯 사라진 빛에 부부의 눈시울이 붉어졌다.

"……너무도 따뜻하고 다정한 빛이오."

"여신께서 저희를 축복해주고 계시네요. 사랑이 가득한 품에 안긴 것만 같아요."

두 부부에게 축복을 내린 리리가 울먹이는 부부를 보며 싱긋 웃었다.

"아이는 아주 건강하고도 아름답게, 아빠를 닮아 총명하며 엄마를 닮아 상냥하게 태어날 거예요."

"정말…… 정말 감사드립니다……. 이 은혜를 어찌 갚아야 할지……."

"부인. 부인은 제가 별 볼 일 없는 평민 아이였을 때부터 저를 보듬고 가르쳐주었어요. 부인의 상냥한 마음씨 덕분에 저야말로 은혜를 많이 입었으니 그런 말은 하지 말아요."

이어 덕담을 몇 마디 더 내뱉은 리리가 감정이 벅차오르는지 흐느끼며 돌아서는 부부를 바라보다가 제자리로 돌아왔다. 연회장 내에는 감탄과 부러움 등이 잔뜩 깔렸으며 모두들 존경을 가득

담아 리리를 바라보고 있었다.

리리와 백작 부부를 지켜보느라 잠시 귀족들의 인사가 끊겼던지, 턱을 괸 채 그녀를 바라보던 아스더가 불만 가득한 목소리로 중얼거렸다.

"허락도 없이 천자의 곁을 떠나 백작 부부에게 힘을 마구 남용하다니, 골치 아픈 황궁주술사님이 아닐 수 없어."

리리도 아스더만 들릴 정도로 작게 대답해주었다.

"어쨌든 같은 연회장 안에 있어주잖아. 축제를 즐기지도 못하고 계속 이러고 서 있는데 그 정도도 못 봐줘?"

"하. 심지어 천자에게 반말까지. 하극상이 따로 없군."

"설마 나한테 존댓말을 듣고 싶은 거야? 그건 거래 내용에 없었잖아?"

"그건 당연한 것 아닌가. 나는 너를 고용하고 있는 처지라고."

"아니지. 정확히 따지자면 내가 너를 도와주고 있는 거지. 봐, 이 존경 가득한 시선들을. 이 센테르의 실질적인 신의 딸은 바로 나야, 나."

"사람들 눈이 다 삐었나 보군. 신의 대리인이라니, 성녀라니. 그냥 악덕 상인이자 정치인인 것을……."

아스더가 고개를 절레절레 저었다. 앞으로의 고난이 예상되는 듯 막막하다는 표정을 짓고 있었다. 리리는 비웃음을 가득 건 채 쳐다봐주었다.

그러게, 자유로운 영혼이던 자신을 붙잡아두는 것으로 모자라 이용하려 들었을 때부터 이걸 예상했어야지. 어딜 협박하느냐는 듯한 얼굴이었다.

"근데 언제까지 이러고 있어야 하는 거야? 나 너무 심심하고 지쳐. 배도 고픈데. 나라도 먼저 뭐 좀 먹으면 안 되나?"

"……가지가지 하네, 정말."

"그쪽이 꼼짝없이 앉아 있다고, 나까지 그러란 법은 없잖아. 그쪽이 힘들다고 나까지 괴롭히는 거면, 정말 나쁜 놈이고 악덕 상인이고 못된 정치인이야."

리리의 말에 어이없다는 듯 피식 웃던 아스더가 다시금 선물을 든 채 인사를 올리러 다가오는 귀족을 보며 말했다.

"인사는 나중에 하고, 오늘은 나를 위한 축제가 아니오? 나도 축제를 즐겨보고 싶소만."

아스더의 말에 귀족들이 어리둥절한 표정을 지었다. 이것은 격식에 맞지 않는 행동이었으며 돌발 행동이었다. 그의 반대쪽에 서서 리리와의 대화를 안 들리는 척 애써 무시하고 있던 보좌관이 천자를 말렸다.

"폐하. 지루하신 마음은 충분히 이해가 가나, 정해진 순서대로 일을 처리하심이……."

아스더는 그의 말을 싹 무시한 채 자리에서 일어났다.

"어떠시오. 연회의 꽃이라 하면 뭐니 뭐니 해도 춤이 아니겠소."

그러곤 곁에 서 있던 리리를 향해 손을 뻗었다. 리리는 어안이 벙벙한 얼굴로 그의 얼굴과 손을 번갈아 쳐다보았다.

"나와 한 곡 추시겠소?"

아스더의 말에 귀족들의 눈이 반짝반짝해졌다.

"어머어머…… 폐하와 황궁주술사의 춤이라니……."

"또 한 곡 춰주시지 않을까 기대하고 왔는데 기쁜 일이군요!"

"저는 연회에 늦게 참석하여 소문으로만 접해서 얼마나 섭섭했는지 모른답니다. 그렇게나 아름다웠다고요?"

"그렇게 황홀한 춤은 태어나서 처음이었습니다, 부인."

"정말 기대되네요!"

귀족들은 바라던 바라는 듯 연회장 중앙에서 물러나며 자리를 마련해주었다. 그걸 본 아스더가 어떻게 할 거냐는 듯 어깨를 으쓱하며 리리를 바라보았다. 표정이 아주 건방졌으며 재수 없었기에 리리의 얼굴이 사정없이 구겨졌다.

"……폐하, 이건 제 업무가 아닌 듯합니다만."

귀족들 앞에서까지 반말을 할 수는 없는 노릇이니 최대한 예를 갖춰 거절하자 아스더가 서운하다는 듯 말했다.

"이런. 천자가 되고 첫 춤 신청이었는데 이렇게 거절당할 줄은 몰랐군. 즉위식에서 춤을 거절당한 천자라니, 아마 대대로 비웃음을 사게 될 거야. 이런 비참한 일이……."

아스더가 과장하여 슬픈 표정을 지었다. 연회장이 술렁거렸다.

모두들 천자의 첫 춤을 거절하는 리리를 독하다는 듯이 쳐다보았다.

"보, 보시다시피 드레스 차림이 아니어서 춤을 출 수가⋯⋯."

"그게 무슨 걱정인가. 여신의 대리인답게 놀라운 능력을 갖추고 있지 않은가. 분명 보았는데 말이야. 이 내 두 눈으로 똑똑히. 눈 깜짝할 새 옷을 바뀌어 있는 것을."

어딜 그런 핑계로 빠져나가느냐는 아스더의 말에 리리는 무어라 더 반박하려다가 맥없이 한숨을 내쉬었다. 아스더가 가까이 다가와 다시금 손을 내밀며 속삭였다.

"그러지 말고 한번 추지? 천자씩이나 되어서 이 정도로 굽혀줬으면 좀 모양새를 살려줘야 할 거 아니야. 다른 날도 아니고 즉위식인데."

"그러게 이게 뭔 짓이야. 이미 한번 춰봤으면 됐지!"

소곤소곤 짜증을 내던 리리가 이어진 아스더의 말에 멍해졌다.

"다른 귀족들만 그런 게 아니라, 나도 네가 춤추는 모습을 다시 보고 싶다고."

"⋯⋯뭐?"

"원래 천자 같은 거 할 생각 없었는데 네 부탁으로 여기서 이러고 있는 거잖아. 너도 내 부탁을 들어주는 게 어때?"

"⋯⋯부탁은 무슨. 협박이었지. 그래서 나도 여기 있는 거고."

그리 말하면서도 리리는 하는 수 없다는 듯 아이템창을 이용해 가장 그럴듯해 보이는 드레스로 갈아입었다.

어차피 리리도 지루해 죽던 참이었다. 춤 한번 춰주고 귀족들 넋이 나가 있을 때를 틈타 도망이라도 쳐야겠다는 생각이었다.

연한 분홍빛이 감도는 드레스는 리리의 하얀 피부에 혈색을 더해주었고 사랑스러운 느낌을 자아냈다. 다른 장식이 필요 없게도, 풍성하게 물결치는 은색 머리카락과 자색 눈동자만으로도 충분히 화려했다.

한순간에 단정한 황궁주술사 의복에서 화려한 드레스로 바뀌자 연회장 곳곳에서 감탄사가 이어졌다. 과연 여신의 대리인이라는 말이 대부분이었다.

"감사하오, 황궁주술사."

"천만에요, 폐하."

리리가 아스더가 내민 손 위에 자신의 손을 얹자 그는 천천히 그녀를 무대로 이끌었다. 이미 그때쯤엔 보좌관은 자포자기한 듯 악기를 연주하는 이들에게 지시를 내리고 있었다. 역대 최고로 말 안 듣고 제멋대로인 천자일 것이 분명했다. 거기에 더해 역시 자유분방한 황궁주술사까지 곁에 붙었으니 아마 황궁에서 일하는 이들이 고생깨나 할 듯싶었다.

무대 가운데서 두 사람이 자세를 취하자 연주가 시작되었다. 리리는 그래도 한번 춰본 적이 있다고 퍽 익숙하게 느껴지는 아스더의 춤에 발을 맞추었다. 무용 스킬이 발동되었다는 시스템창이 떠올랐다가 사라지고, 이미 귀족들의 표정과 분위기로 그들을 홀리고 있다는 사실을 눈치채고 있었기에 리리는 눈썹을 찌푸렸다.

"정말이지, 귀족들을 이 이상 더 홀려서 뭐가 좋다고……."

"역시 대단한 능력이야. 어떻게 춤만으로 사람을 홀릴 수가 있는 거지?"

"별로 좋을 것도 없어. 이거 봐봐. 그 능력 때문에 그쪽이랑 또 춤을 추고 있잖아?"

"……하긴."

아스더가 짧게 웃음을 터트렸다. 그 역시 자신이 홀렸다는 걸 순순히 인정하고 있었다. 그라고 스킬의 영향력에서 벗어날 수 없으니 당연했건만 조금 신기하기는 했다.

두 사람의 춤이 이어질수록 귀족들의 표정은 더욱 황홀해졌다. 특히나 메이다니의 말대로 풍성한 은색 머리카락이 움직임에 따라 흩날리는 게 대단히 아름다웠고 반짝반짝 빛을 흩뿌리는 듯했다.

아스더도 별반 다를 게 없는지 그녀의 머리카락에 시선을 던지며 말했다.

"그게 네 본모습이기 때문인지 훨씬 잘 어울리는군. 아름다운 머리카락이야."

"내가 생각해도 이 머리카락은 보물이야. 근데 어떤 미친놈이 목 언저리까지 썩둑 잘라놓는 바람에 기르는 데 한참 걸렸지. 한 8년?"

"그때는 내가 큰 잘못을 저질렀다. 미안하군."

그녀의 머리카락을 보고 있자니 자신이 생각해도 그건 말도 안되는 짓이었는지 아스더가 그답지 않게 사과의 말을 건넸다. 당당하게 받아칠 줄 알았던 리리는 당황하여 그를 더욱 타박했다.

"그러게, 그걸 왜 잘라놔서……."

"글쎄. 내가 왜 그랬을까."

둘은 대화를 나누면서도 춤을 멈추지는 않았고, 어느새 극에 치달았다. 연회장을 휩쓸며 우아하게 회전하는 두 사람의 춤을 보며 사람들은 완전히 넋을 잃었다.

두 사람이 이런 대화를 나누고 있다는 걸 알았더라면 조금은 흥이 깨졌을지도 모를 일이었다.

"……나도 잘 모르겠군."

"뭐?"

"그냥…… 너무 반짝거리니까. 나와는 달리…… 그곳과는 달리…… 홀로 찬란하니 견디기 힘들었던 것도 같고."

전에도 같은 대화를 나눈 적이 있었으나 그때와는 전혀 다른 대답이었다. 게다가 뭘까. 아스더의 속내가 드러나는 듯한 대답에 리리가 너무 놀라 눈을 크게 뜬 채 굳어 있다가 더듬더듬 물었다.

"그렇다고…… 어린애한테 그런 짓을 해?"

"그러게 왜 그런 어린 나이에 거길 와서는."

"아니, 말했잖아. 그냥 여긴 어디지 하며 왔다가……."

"그러기엔 너무 노골적으로 지켜보던데. 나를, 머리부터 발끝까지 적나라하게 훑으며……."

리리는 크게 당황하여 목소리를 조금 높였다.

"아, 아니라니깐! 그런 거 아니라고 했잖아, 이 왕자병아!"

"아쉽게도 이제는 황제라서 말이야."

아스더는 왕자병이 아니라 진짜 황자 출신의 황제였고, 리리는 반박할 말을 잃었다. 그녀가 어이없다는 표정으로 자신을 바라보자 아스더가 웃음을 터트렸다.

"하여간, 솔직하지가 못해."

「내가 뭘?」 하며 되물으려던 리리는 이어진 아스더의 말에 넋을 잃고 말았다.

"……물론 그런 점이 좋은 거지만."

"좋…… 뭐?"

자신이 들은 게 진짠지 믿어지지 않아 멍한 얼굴로 아스더를 올려다보던 리리는, 문득 그의 얼굴이 가까워졌다고 생각했다. 그리고 그 순간이었다. 입술에서 느껴지는 감촉에 그대로 온몸이 굳어버리고 말았다.

절정에 다다라 곧 끝이 날 듯 격해졌던 두 사람의 춤이 한순간에 멈추었으나 귀족들은 소란 하나 피우지 않았다.

그들 역시 자신들이 보는 게 현실이 맞나 하는 얼굴로 굳어 있었기 때문이다.

천자의 즉위식이라 지방 귀족들까지 모두 모여 있는 상황에서, 연회장 한가운데에 서 있던 천자와 황궁주술사가 입을 맞추고 있으려니 그럴 만도 했다. 이내 커다란 굉음이 들리며 연기가 자욱하게 피어오르고 나서야 귀족들은 혼비백산하며 비명을 질렀다.

"……아무리 그래도 천자를 집어 던지는 황궁주술사가 어디 있어? 앞으로 큰일이군."

뒤늦게 바닥에 널브러져선 얻어맞아 피가 흐르는 입술을 닦는 천자를 발견한 시종과 병사들이 놀라 그의 주위로 몰려들었다. 황궁주술사는 이미 사라지고 없었다. 대신 얼마나 급하게 도망간 건지 한쪽 발코니를 완전히 부숴버린 터라 황궁 밖에 있던 사람들까지 놀라 대피하는 사태가 벌어졌다.

막상 그런 짓을 저지른 황궁주술사 리리는 그래도 본업에는 충실해야 하니까 어디 멀리 도망가지도 못하고 황궁 지붕에 쭈그려 앉아 입술을 마구 닦아내고 있었다.

"미쳤나, 진짜? 아, 미친놈…… 미친놈…… 믿을 게 못 되는 놈…… 방심해선 안 되었는데……."

연신 중얼거리며 손등으로 입술을 닦아내는 리리의 얼굴이 벌겠다. 심장도 마구 뛰었다.

"아, 나도 미쳤나, 진짜……."

리리는 결국 무릎 사이에 얼굴을 폭 파묻었다. 그녀의 흰 목이고 귀고 전부 새빨개져 있었다.

저 멀리 "얼른 사람들을 대피시키고 상황을 보고해!", "주술사들을 불러 모아 황궁을 수리하고…… 전대 황궁주술사라도 불러서 폐하를 치료해라!" 등등의 외침이 들려왔다. "전대 황궁주술사님께서 치료를 거절하셨습니다! 천자께서는 그냥 과다출혈로 죽으시랍니다!"라는 외침도 이어졌다.

새로운 천자의 즉위식은 파란만장하게 막을 내렸다. 아스더가 걱정한 것보다 한 술 더 떠, 아스더 센테르 그는 아마 대대로 황궁주술사에게 입을 맞추었다가 얻어맞은 천자라며 비웃음을 당할 게 뻔했다. 그러나 뭐가 그리 즐거운지 킥킥 웃다가 보좌관에게 한 소리 듣고야 말았다.

에필로그 1

한동안 센테르 내에서는 천자와 황궁주술사의 뜨거운 로맨스를 적은 호외나 소설이 불티나게 팔렸다.

내용은 무척 자극적이었다.

억울하게 누명을 써 힘겹게 자라난 황태자를 여신의 축복을 받은 신의 대리인이 가엾게 보았고, 황태자는 여신의 사랑을 느끼며 바르게 자라났으며 이미 오래전부터 두 사람은 깊은 관계였다는 내용이 주를 이루었다.

두 사람의 사랑은 여신이 정해준 거라며, 신의 축복을 받은 연인이 부부가 되면 센테르에는 더 큰 번영이 찾아올 거라는 얘기마저 있었다.

한편으로는 천자 대 황궁주술사로 편이 갈려 천자가 먼저 맞을 짓을 했다, 아무리 그래도 감히 천자의 몸에 손을 대다니 하극상이다 하는 열띤 토론도 이어지고 있었다.

페레로가 역시 발각 뒤집혔다. 이미 연회장에서 딸의 춤을 흐뭇한 얼굴로 훔쳐보다가 두 사람의 그렇고 그런 모습을 목격하게 된 로쉐는 물론이고, 역시 몰래 훔쳐보던 아가씨바보 젤리와 소문을 들어 익히 알고 있는 카아네스까지 모조리 리리를 둘러싸곤 심문 아닌 심문을 해댔다.

"대체 언제부터 그런 사이가 된 것이냐!"

"아, 무슨 사이요! 아무 사이도 아니라니까요!"

"아무 사이도 아닌 남자와 그렇게 이, 이, 입을 막…… 하여간 막 그런 걸 합니까?"

"그건 나도 당한 거라고. 끝까지 봤다며, 그럼 알 거 아니야. 내가 한 대 쥐어 패고 멱살 잡은 채 집어 던지는 거!"

"비안타! 비안타가 어떻게 그럴 수가 있어! 나를 두고!"

"카아네스는 왜 여기 있는 건데? 빨리 마하엔스로 돌아가!"

당연히 큰 소리가 오갈 수밖에 없었다. 다리우스는 흥미진진한 얼굴로 그 모습을 지켜보고 있었는데, 만약 이 세계에 팝콘이 있었다면 아작아작 쉼 없이 씹어 먹었을 분위기였다.

라이는 그 곁에서 귀와 꼬리의 털을 부숭부숭하게 세운 채 으르렁거리고 있었다.

라이도 기분이 나쁘기는 한데 말로는 표현할 정도는 되지 않으니 온몸으로 드러내는 중이었다.

"나는 이 연애 절대 반대다!"

"저도요, 아가씨. 그 남자…… 아니, 천자는 절대 안 됩니다!"

"그럼 저는요? 저는 됩니까?"

"안 된다!"

"안 됩니다!"

틈새시장을 공략하려는 듯 자신을 어필하던 카아네스가 단호한 두 남자의 말에 시무룩해졌다. 리리는 아스더와 연애를 할 생각이 추호도 없었지만, 보자보자 하니 두 바보의 행동이 지나친 듯하여 반항적인 투로 받아쳤다.

"그러면? 그럼 난 평생 혼자 살아요?"

리리의 말에 딸바보 로쉘와 아가씨바보 젤리의 얼굴이 파랗게 질렸다. 예상은 했지만 사실로 드러나자 리리는 어이없다는 얼굴로 짧은 숨을 토해냈다.

정말 평생 끼고 살 작정이었나 보다.

막상 카아네스는 리리의 말에 깊은 공감을 하고 있었다.

"그렇지. 비안타 말이 맞아. 아무 남자도 안 된다는 건 과해."

"당신은 빠지십쇼!"

"얼른 당신의 나라로 돌아가라!"

"……왜 다들 나만 미워하는 건데."

그야 카아네스가 자꾸 눈치 없이 혼자만 밝고 명랑하니까 속 터지는 사람이 나올 수밖에 없는 거였으나 아마 설명해주어도 영원히 모를 터였다.

하여간 리리의 말이 큰 충격이긴 했는지 젤리의 눈이 금세 울먹울먹 눈물로 가득 흔들렸다.

"아가씨. 대체 언제부터 그런 관계……."

"아, 아니라니까, 그런 건!"

"지켜본다고 지켜봤는데 결국 일이 이렇게 되고야 말았군. 진작 두 사람의 만남을 반대했어야 하는 건데. 어쩐지 자주 만나더라니……."

"제가 부족했습니다."

"아니다. 리리가 마음먹고 숨긴 모양인데 그걸 우리 능력으로 어떻게 알아내겠느냐. 비밀 같은 건 없는 것처럼 굴더니……. 이래서 자식은 키워봤자 소용이 없다고 하나 보다."

"그런 말은 또 어디서…… 나니에죠?"

로쉐는 리리의 말이 들리지도 않는지 서러운 목소리로 중얼거렸다.

"내가 너를 얼마나 애지중지 키웠는데……."

그러면서 갓난아기 때부터 업어 키운 얘기를 늘어놓으려는데 때마침 끼어드는 목소리가 있었다.

"도대체…… 넌 언제까지 찌질할래?"

루였다. 그녀는 소리 소문 없이 등장하더니 로쉐의 손목을 붙잡곤 사정없이 잡아끌었다.

"하라는 일은 안 하고! 여기서 뭐 하는 거야?"

"지금 일이 중요합니까! 리리가, 리리가……!"

"그래, 맞아. 리리, 아주 화끈했다. 역시 내 딸이야."

루가 엄지를 척 치켜세우더니 여기 있겠다며 반항하는 로쉐의 등을 사정없이 내려쳤다.

"너는 빨리 가서 일이나 해! 딸 연애사업까지 끼어들지 말고! 어디서 자기 연애도 못 하는 놈이 남 연애에 참견질이야?"

루의 말에 잊고 있던 기억이 떠올랐는지 로쉐가 몹시 침울해졌다. 추욱 늘어진 그의 주변으로 암흑 오로라가 마구 뿜어져 나오는 듯했다. 그 모습을 안쓰럽게 바라보던 리리가 어쩔 수 없다는 듯 고개를 저었다.

아마 죽을 때까지 상처를 후비는 루 때문에 가슴 멀쩡할 날이 없을 듯했다. 왜 하필 저런 여인…… 아니, 여신을 마음에 품어선…… 고백이나 하지 말지.

리리는 루에게 끌려간 로쉐에게 심심한 애도를 표하며 기회는 이때다 싶어 페레로가에서 도망쳤다.

아가씨를 찾는 젤리와 누나를 부르는 라이의 외침이 들려왔으나 리리는 당분간 조용히 잠수를 탈 생각이었다. 아무도 모르는, 심지어 아스더조차 알 수 없는 곳에서 말이다.

아직도 한창 바쁠 때였고 황궁주술사 업무도 쌓여 있었지만 아스더는 그녀에게 할 말이 없었다. 없어야만 했다. 자기가 뭘 잘했다고.

소문이 잠잠해지걸랑 복귀해야겠다고 다짐하며 리리는 8년간의 인생 처음으로 가출을 감행했다.

에필로그 2

다련각 내에 은밀한 움직임이 있었다. 어둡고 좁은 창고에서 작은 주술등 하나에 의지한 채 작전 회의를 하는 두 사람의 표정에는 결의가 흐르고 있었다.

"절대 이대로 두고 볼 수만은 없어요."

"당연하지."

두 사람은 적에 대한 정보를 늘어놓곤 어떻게 해야 이길 수 있을지 방법을 연구했다. 제법 오랜 시간 회의가 이어지기도 했다.

"보아하니 동정심 때문이네요."

"동정심?"

"그래요. 두 사람 다 너무 착해서 불쌍한 이를 그냥 두고 볼 수만은 없는 거죠. 괜히 보듬어주고 싶고, 자신이 상처를 치유해줄 수 있을 것만 같고……."

"그걸 왜 하필 그 아이들이! 게다가 딱히 불쌍하지도 않은데!"

"그러니까요."

"우리가 아이들을 너무 착하게 키운 게 독이 되었군."

"착하게 키운 게 아니죠. 애들이 원래 착한 거죠. 우리 칸나가 아기 때 얼마나 엄마를 챙기고 그랬는데요. 아빠가 아프니까 엄마 힘들 거라고 막……."

"우리 리리도 그랬지. 그 어린 게 아빠 힘들게 일한다고 천자를 욕했을 때부터 알아봤는데……."

두 사람, 로쉐와 나니에는 딸 자랑에 시간 가는 줄 몰랐다. 바깥에서 지주 대리인을 찾는 소리가 들려왔으나 들은 척도 안 하곤 얼마나 착했고, 뭘 해줬고, 내가 이런 감정이었고 주절주절 늘어놓느라 바빴다. 말하다 보니 더욱 감정이 격해지는지 나니에가 주먹을 움켜쥐었다.

"이렇게 보낼 순 없어요."

"나도 마찬가지이다."

"내가 칸나를 어떻게 키웠는데……."

"내가 리리를 어떻게 키웠는데……."

그렇게 다련각 내에서 딸들을 지키고자 하는 마음이 더욱 굳건해지던 그 시각. 리리는 모처럼 라이와의 데이트를 만끽하고 있었다.

황궁 내의 일이 웬만큼 정리되고, 들떠 있던 민심도 제자리를 되찾자마자 가장 먼저 한 일이 바로 휴가계를 내는 거였기 때문이다.

물론 아스더가 무슨 소리냐고, 절대 안 된다고 막아섰으나 리리의 고집을 꺾을 순 없었다. 리리는 혹시나 아스더가 공적인 일을 만들어서라도 그녀를 붙잡아둘까 봐서 짐도 싸지 않고 곧장 휴가를 떠났다. 그렇게 라이와 리리는 남쪽 한적한 바닷가에서 휴가를 즐겼다.

"젤리는 뭐 하고 있으려나. 차가운 노베 바닷바람에 감기라도 걸리면 안 될 텐데……."

그동안 고생 많이 한 젤리에게도 미뤄두었던 휴가를 주었고, 그는 계속 함께할 거라고 우기다가 결국 다리우스의 고향으로 함께 떠났다. 다리우스는 마치 신혼집이라도 차리는 분위기였으나 젤리는 그저 온 세상이 하얀 노베를 볼 생각에 신이 나 있는 듯했다. 동상이몽. 두 사람은 앞으로도 계속 그런 관계를 유지하고 싶었다. 다리우스도 딱히 젤리와 뭘 어쩌고 싶은 눈치는 아니었기 때문이다.

그러니 정말로 사막에서 데려온 이후로 처음 맞이하는 오붓한 둘만의 데이트였다. 그랬는데…….

"아 나…… 언제까지 여기 있을 건데? 일 안 해?"

리리의 타박에도 아랑곳하지 않고 그녀의 주변에서 뒹구는 두 남자가 있었으니, 바로 아스더와 카아네스 되시겠다.

"나도 휴가 받았다."

"나는 원래 안 바빠!"

천자 된 지 얼마나 지났다고 벌써 농땡이 부리는 아스더와 그의 말대로 원래 할 일이 없었던 한량 카아네스 덕에 리리는 스트레스 수치가 꾸준히 올라가는 중이었다. 라이도 처음에는 으르렁거리고 발톱 세우고 난리도 아니었으나, 계속 반복되는 상황에 지쳤는지 체념했는지 두 사람을 투명인간처럼 취급하고 있었다.

특히 아스더는 연회장에서 그 일이 있은 후로 리리가 열심히 피해 다닌 게 무색하게도 무슨 일 있었느냐는 듯 태연하기 짝이 없는 얼굴로 자꾸 들러붙어서 더 짜증이 났다. 그것 때문에 지금 로쉐하고 젤리가 감시까지 붙였건만. 이게 다 누구 탓인데.

리리는 주변에서 아른거리는 로쉐의 그림자와 어디선가 보고 있을 다리우스의 능력을 훑다가 한숨을 내쉬었다. 오히려 그날이 있은 후로 더 대범하게 들이대는 아스더 탓에 계속 민망해하기도 그렇고, 민망해해봤자 부끄러워서 그런다는 개소리만 해대니 리리도 그냥 모른 척하기로 했다.

"전대 천자는 바빠서 밥도 잘 못 먹는 거 같던데……."

"나는 일을 아주 잘해서 안 그래도 되던데."

"카아네스는 슬슬 센테르와 교류를 시작해야 하는 거 아니야?"

"생각해보니까 비안타 말이 맞는 것 같더라고. 안 급한 것 같아."

"아 나, 이 새끼들이……."

욕이 안 나오려야 안 나올 수가 없었다. 리리의 욕설에도 아랑 곳하지 않고 두 남자는 날씨 좋네, 여기 참 좋다 딴청을 피우고 있었다. 이럴 때는 아주 죽이 잘 맞는 두 남자였다. 물론 오래가 지 않았지만⋯⋯.

"그나저나 비안타. 내가 이 나라를 좀 둘러보고 나서 깨달은 건데, 역시 비안타에게는 나만 한 신랑감이 없는 것 같아."

"뭔 헛소리야, 또."

"여기는 일도 많고 너무 바쁘잖아. 마하엔스는 얼마나 평화로 운데. 비안타는 늘 먹고 자고 푹 쉬기만 하면 돼."

그건 혹하는 얘기가 아닐 수 없었다. 리리가 제법 끌린다는 듯 한 표정을 짓자 아스더가 냉큼 끼어들었다.

"그럴 리가. 센테르는 무슨, 이 세계에 나만 한 신랑감이 있을 리가 없지. 너만 한 황홋감도 없을 거고 말이야."

"아니, 넌 또 왜 그러는데⋯⋯."

"그런 사람이 비안타를 그렇게 부려먹어? 우리 비안타 얼굴 반 쪽 된 거 안 보여?"

"그 코딱지만 한 섬에서 왕비 노릇 하는 건 뭔 재미가 있지? 적어도 땅덩어리가 이 정도 크기는 되고, 국고가 이만큼은 있어 야 황후가 하고 싶은 거 다 하게 해줄 수 있을 텐데."

"그러면 뭐 해, 정신이 없는데. 센테르인들은 너무 성급하고 제 멋대로야."

두 사람은 제법 사납게 서로를 노려보았다. 리리는 하도 잦은 일이라 마음대로 하라며 신경 끄곤 라이의 귓속이나 살폈다. 귀지가 조금 있는 것도 같았다. 라이는 리리의 손길이 마냥 좋은지 갸릉갸릉 소리를 내었다.

그 모습을 보던 아스더가 회심의 일격을 날렸다.

"어차피 네 노력은 소용이 없는데 참 시간 낭비를 하는군."

"내 노력이 왜 소용없……."

"리리는 내게 반했거든. 이미 오래전에 말이야."

아스더는 그리 말하며 씩 입꼬리를 말아 올리곤 리리에게 뻔뻔한 시선을 던졌다. 리리는 황당한 얼굴로 입을 벌리고 있었다.

"뭐라는 거야, 진짜 미쳤나."

그리 말하면서도 얼굴이 붉어지는 통에 리리는 황급히 말을 돌렸다.

"아, 나 편지 온 거 읽을 테니까 두 사람 다 방해하지 마."

"무슨 편진데?"

카아네스의 물음에 아이템창에서 봉투를 꺼내 뜯던 리리가 대답해주었다.

"친구가 보내준 거."

"친구? 비안타에게 친구가 있어?"

"……나는 뭐 친구도 없는 줄 알아?"

"없는 줄 알았는데."

아스더도 동감한다는 듯 고개를 끄덕였다. 하여간 두 사람은 사이가 좋은지 나쁜지 알 수가 없었다. 싸웠다가 죽이 잘 맞았다가. 원래 대륙 주인들은 다 이 모양인 건지 뭔지.

리리는 대꾸할 가치도 없다는 양 입을 다문 채 편지를 펼쳤다. 힘차게 휘갈겨 쓴 필체는 그 열정 가득하고 에너지 넘치는 성향을 빼다 박은 듯했다.

'……칸나. 그래도 잘 지내는 것 같아서 다행이다.'

칸나는 전대 천자의 명령으로 아스더의 호위를 맡게 되는 듯했으나 그녀가 거절의 의사를 밝히는 바람에 무산이 되었다. 이미 라스피 황자를 모시기로 한 몸인데 배신할 수는 없다는 이유에서였다.

당연히 나니에의 반대도 완강했다. 두 모녀는 세상을 부술 듯이 사납게 기 싸움을 하였으나 자식 이기는 부모 없다고, 결국 나니에가 두 손 두 발 다 들고야 말았다. 그런 건 아빠 닮을 필요 없다며 대성통곡을 했으나 그마저도 소용이 없었다. 그렇게 칸나는 센테르 동쪽 끝에 있는 작은 령에 라스피 황자와 함께 갔다.

리리가 읽고 있는 편지는 그곳에서 보낸 첫 편지로, 그럭저럭 잘 적응해서 살고 있다는 내용이 주를 이루었다. 무뚝뚝한 칸나 성격답게 거기서 무슨 일이 있는지, 어떻게 지내는지에 대한 내용은 별로 없었지만 이렇듯 편지를 보내준 게 어디냐 싶었다. 아마 나니에에게 보낸 편지도 내용은 비슷할 터였다.

'……별일이야 없겠지. 라스피 성격이 어디 모난 것도 아니었으니까.'

단지 수도에서 살다가 시골 중에서도 시골인 동쪽 끝 바닷가로 간 것이 걱정이었지만 칸나라면 금방 적응하고 잘 지낼 것 같긴 했다.

아스더는 전 황후에게 누명을 씌우고 자식마저 쫓아낸 황후와 그 일에 관련된 귀족들을 처벌하는 것으로 끝내었고, 죄 없는 라스피는 새디아섬의 저주로 황폐해진 동쪽 영지를 잘 살려보라며 보내었다. 리리는 나름대로 자비를 베푼 것이라는 생각이 들었기에 아무 말도 하지 않았다. 관련된 귀족, 특히 이네아 공작가 역시 영지를 빼앗기고 세이너트에서 쫓겨나기는 하였으나 아예 멸문을 당하지는 않았기에 어찌어찌 잘 살기는 할 터였다.

자세히는 안 적혀 있지만 라스피도 잘 지내는 듯하여 한시름 덜었다. 칸나라면 상처 많을 그를 잘 보필하고 특유의 강인함으로 보듬어줄 터였다. 리리는 편지를 접어 도로 아이템창에 넣으며 문득 생각난 것을 물었다.

"아센 상단은? 어떻게 진행되고 있어?"

"전에 말한 대로 황궁 직속 상단으로 바꾸고 있지. 상단 직원들을 하나하나 등록하는 게 일인가 보더군."

"아무래도 전처럼 아무 상인이나 소속시킬 수는 없을 테니까."

"맞아. 상단 이름은 센테르 상단으로 확정되었다."

"너도 참…… 네이밍 센스 없다."

"그게 뭐지?"

"모르는 게 나아."

리리의 말에 아스더는 "욕이군." 하며 고개를 끄덕였다. 감히 천자를 욕한다며 뭐라 할 성격도 아니었고, 애초에 그런 격식을 따지는 사람이었다면 이 바쁜 시기에 여기서 뒹굴고 있을 리가 없었다.

아스더가 천자의 자리에 앉기로 결심했을 때부터 가장 신경 쓰였던 건 단연 아센 상단이었다. 상단주가 천자가 되었으니 큰 혼란을 야기할 것이 분명했기 때문이다.

그래서 아센 상단을 아예 황궁 직속 상단으로 받아들이기로 한 건 리리가 생각해도 참 잘한 일이었다. 이왕 직속 상단이 된 김에 히로크 상단까지 합병하게 된 건 예상치 못한 일이었지만.

'히로크 남작이 순순히 상단을 포기한 건 지금도 믿기지가 않아.'

아스더의 제안에 당연히 거절할 줄 알았던 히로크는 의외로 덤덤히 합병을 받아들였다. 놀란 리리를 보며 히로크 남작은 이렇게 말했다.

"성녀님 덕분에 정말 행복했습니다. 감히 욕심낼 수 없었던 자리까지 올라와봤으니까요. 하지만 전 늘 생각했답니다. 제겐 이럴 자격이 없다고……."

지금까지 그랬던 것처럼 성녀님을 위해 일할 수 있다면 그걸로 족하다고, 앞으로도 성녀님을 도와 일하는 상인 정도로 여겨주신다면 좋겠다고, 자신은 죽을 때까지 지은 죄를 갚는다는 마음으로 사람들을 도우면서 살고 싶다며 히로크 상단 지분을 모조리 내놓았다.

리리와 아스더에겐 잘된 일이었다. 히로크 상단은 그야말로 리리가 키운 것이나 다름없었기에 황궁 직속 상단이 된다 해도 리리의 지분은 그대로 남아 있을 테니까. 이름만 바뀔 뿐이지 히로크 남작의 지분도 고스란히 남겨둘 생각이었는데 그건 남작이 위의 이유로 포기하였다. 그 사실이 다행이면서도 안쓰러웠다. 평생을 일군 상단을 포기하는 것이 그로선 쉽지 않은 일일 테니까.

"내가 상단까지 꾸릴 수는 없는 노릇이니 대리인이 필요하겠지. 아센 상단의 대리인이었던 유안과 히로크 상단주였던 히로크 남작…… 아니, 이제 백작에게 공동 대리인을 임명할 생각이야. 물론 황궁과의 일을 진행하는 건 유안일 테지만 말이야."

"……웬일로 기특한 생각을 다 했네?"

"뭔 소리 하는 거지? 난 원래 남의 것을 함부로 빼앗지는 않는다고. 정당한 대가를 받고 구매하는 거지."

그게 독점이라서 문제지만. 리리가 은근한 비웃음을 떠올리자 아스더는 기분이 나쁜지 눈썹을 삐딱하게 치켜들었다.

하여간 상권과 빛인 성력, 어둠인 정보단까지 세 가지를 모두 쥐락펴락하는 역사상 유일무이한 황제임은 분명했다. 사람들은 알까. 새로운 천자가 이런 능력자라는 사실을.

천자가 안 되었다면 그게 더 문제였을 터였다.

여러모로 행복한 결말임은 분명했다. 이게 만약 게임이었다면 리리의 엔딩은 신의 대리인이라는 호칭을 가진 황궁주술사였을 테고, 모든 대륙에 주인을 되찾아주어 세계평화를 지키는 데 일조하였으며, 누명을 쓰고 버림받았던 가여운 황태자를 천자 자리에 앉히기까지 한 능력자로 성장하였다며 아빠에게 아주 잘했다는 여신의 편지가 날아왔을 게 분명했다.

리리는 가물가물 졸고 있는 라이의 머리카락을 쓰다듬으며 흡족한 미소를 지었다. 이제 미아만 성공한다면 이 평화롭고 아름다운 세계에서 전쟁이 벌어지는 일도 없을 터였다. 혹시 모르니까 자신도 대비하기는 해야겠지만.

'혹시 또 실패할 수도 있으니까 미래에 고생할 나이자 미아를 위해 어디 힘 좀 써볼까?'

자신의 일기장을 여러 개 만들어서 곳곳에 두고, 흑발에 붉은 눈동자를 지닌 여인이 나타나면 그녀는 센테르에 기적을 가져다줄 여인이니 아주 잘해주어야 한다고, 가진 모든 것, 하다못해 몸까지도 내놓아야만 한다고 어디 은밀한 곳에다 적어둘까 싶었다. 전쟁이 벌어지면 건물이 몽땅 부서질 테니까 어디 깊숙한 곳에다가 말이다.

그리 생각하며 몸을 일으켜 졸린 라이를 품에 안아주던 리리가 잊었던 퀘스트를 떠올렸다.

그러고 보니 중앙 서브 퀘스트만 해결했을 뿐이지, 아직 서쪽 퀘스트와 본 퀘스트가 남아 있었다. 라이가 다 성장하지 않았기 때문이다.

'서쪽 퀘스트만 해결하면 본 퀘스트는 자연스레…… 어?'

퀘스트창을 열었던 리리는 아무것도 떠올라 있지 않은 빈 시스템창에 놀라 눈을 휘둥그레 떴다. 어째서 서쪽 퀘스트와 본 퀘스트가 사라져 있는 건지 쉽사리 이해가 되지 않았다.

그런 그녀를 따라 덩달아 자리에서 일어났던 아스더와 카아네스는 그녀의 품에 안긴 채 자신들을 향해 은근한 비웃음을 걸치고 있는 라이와 눈이 마주치곤 울컥한 목소리로 중얼거렸다.

"……다 알면서 순진한 척하는 거 별로야. 사내답지 못하다고."

"그러니까. 아, 저 영악한 짐승 새끼는 왜 자꾸 붙어 있는 거지? 짜증 나는군."

"비안타는 저 하얀 덩어리가 뭐가 귀엽다고 자꾸 데리고 다니는 걸까."

"내 말이 그 말이다. 사실 우리 적은 서로가 아니라 바로 저 하얀 짐승이지."

이해할 수 없는 두 사람의 말에 리리는 어리둥절했다. 리리는 두 사람으로 착각하고 있으나 사실은 세 사람인 기 싸움은 아무래도 오래오래 계속될 듯했다.

에필로그 3

늘 고요하기만 하던 새디아섬에 작은 소란이 일었다.

"인간. 여기가 어디라고 찾아오는가. 원래 인간이란 존재가 염치 없고 제멋대로인 것은 이미 알고 있었으나 정도가 심하군."

소란의 주인공은 싸움의 싸 자도 모를 것만 같았던 아벨과,

"그간의 노고는 익히 들었소. 덕분에 센테르의 피해가 적었다 고 하던데…… 내 어찌 감사의 표현을 해야 할지 모르겠소."

센테르에 있어야 할 천자, 아니 전대 천자였다.

아벨은 십여 년 만에 찾아와선 언제 무슨 일이 있었느냐는 듯이 허허 웃는 그를 차갑게 노려보았다. 품에 웬 하얗고 동글동글한 말 모양 인형을 안고 있는 그는 죄인이라는 자각이 없는 모양인지

심히 가벼운 태도를 취하고 있었다. 심지어는 그간의 노고를 치하하고 있었다. 누구 때문에 그 고생을 했는데.

아무리 굳건한 고목 같은 아벨이라 하더라도 감정이 흔들리지 않고는 못 배기는 것이 당연했다. 아벨의 감정이 위태로워짐에 따라 그의 주변으로 사나운 기운이 몰아쳤다. 살이 베일 듯한 날카로운 바람에 눈을 제대로 뜨지도 못하면서, 천자는 여전히 태평한 모습으로 서서 품 안을 뒤적였다.

"고생한 그대에게 작게나마 고마운 마음을 전하고 싶어 내 몇 날 며칠을 고민해보았으나 딱히 떠오르는 게 없었소. 그래서 황궁주술사의 도움을 받았지. 아, 내가 말하는 황궁주술사는 리리 양이라오. 이미 알고 있겠지마는."

그렇게 말한 그가 무언가를 꺼내 내밀었다. 손바닥 두 개만 한 비단 주머니였다.

"……그게 뭐지?"

"황궁주술사가 말하기를, 그대가 아마 이것을 좋아할 거라고 하더군. 그래서 넉넉히 챙겨 왔는데 마음에 들지 모르겠소."

싸울 의사가 전혀 없어 보이는 상대에게 계속 적대감을 드러내는 것도 우스운 일이었다. 어쩐지 기운이 빠진 아벨이 몸에서 힘을 뺐다. 조금 전보단 한결 차분해진 바람이 두둥실 주머니를 띄우더니 아벨에게 가지고 왔다.

아벨은 손 하나 까딱하지 않았으나 꽁꽁 묶인 끈이 저절로 스르륵 풀리고 입구가 벌어졌다. 그제야 아벨은 그 안에 든 것이 무언지를 알아차릴 수가 있었다.

"이것은……."

"씨앗이라오. 센테르에서도 보기 드문 희귀한 식물의 씨앗만을 싹 긁어모았지."

주머니가 홱 거꾸로 몸을 돌리고 씨앗이 우르르 떨어졌다. 깜짝 놀라 눈을 크게 떴던 천자는 곧 씨앗들이 허공에 둥실둥실 떠 있다는 걸 깨닫고는 안도했다. 아벨은 퍽 진지하게 씨앗을 살피고 있었다. 마치 씨앗만 보아도 그게 무언지, 어떤 모습으로 자라나는지 안다는 듯이 말이다.

아벨은 말이 없었으나 씨앗에서 눈을 떼지 못했고, 나름대로 그가 마음에 들어 하고 있다는 사실을 눈치챈 천자가 멋쩍게 웃었다.

"선물이라는 걸 너무 오랜만에 준비하는 터라 걱정이 컸소. 부디 내 호의를 거절하지 말아주었으면 좋겠소."

"……그러지."

다행히도 아벨은 씨앗을 도로 주머니에 담더니 그의 소매에 챙겼다. 기세가 한결 누그러져 있었다. 선물이 제대로 먹힌 모양이었다.

"고작 감사 인사나 하려고 찾아온 건 아닐 테지."

그것으로도 모자라 「어디 한번 들어줄 테니 말해보아라.」라는 태도까지 취하고 있었다. 천자는 속으로 리리에게 고마움을 표했다. 새디아에 가고 싶다며 찾아온 그에게 빈손으로 가면 쫓겨날지도 모르니 씨앗을 챙겨 가라고 조언해준 게 바로 리리였기 때문이다. 여간 영리하고 야무진 아이가 아닐 수 없었다.

천자는 조심스레 말문을 띄었다.

"……그녀를 만나고 싶소."

"바다를 들끓게 했던 분노였다. 감당할 수 있겠는가?"

아벨의 말에 천자는 고개를 끄덕였다.

"본래 내게 향했어야 할 분노였소. 그간 얼마나 분하고 억울하고……."

쉽게 말을 이을 수가 없는지 깊게 숨을 내쉬었던 천자가 입을 열었다.

"……외로웠을지 나는 감히 예상조차 못 하오. 너무 늦었지만 지금이라도 내 과오를 사과하고 죗값을 치르고 싶소."

흔들림 없이 곧게 마주해오는 천자의 시선에 아벨은 순순히 물러났다. 선택은 자신이 아닌 아이기의 몫이었다. 부디 간신히 찾은 평화가 깨어지지 않기만을 바랄 뿐이었다.

"만날 수 있다면 말리지 않겠다."

아벨이 길을 터주고, 천천히 숨을 내쉰 천자가 걸음을 옮겼다. 그는 자각하지 못했으나 마치 동아줄이라도 된다는 양 품속의 인형을 꼭 끌어안은 채였다. 이 역시 리리가 준 이동 주술도구였다.

십여 년 만에 처음 밟은 새디아였으나 천자는 홀린 듯이 샘을 찾아갔다. 머리가 아닌 몸이 길을 기억하고 있었다. 신비롭고도 아름다운 여인을 만나러 가던 길은 천자의 인생에 또 없을 강렬한 설렘을 안겨주곤 했기 때문이다.

가까워질수록 심장은 거세게 뛰고 입 안이 바짝 말랐다. 독사 같은 귀족들을 상대할 때에도, 지력을 감당하지 못해 몸이 부서질 것 같을 때에도 이렇게 긴장되고 두렵지는 않았다.

점차 느려지던 걸음은 이윽고 샘이 보이자 우뚝 멈추었다. 그의 눈동자가 투명한 샘물처럼 일렁거렸다. 온갖 감정이 다 휘몰아치는 탓이었다. 이제야 찾아왔음에, 이제라도 찾아올 수 있었음에 죄책감과 환희를 동시에 느꼈다.

가까스로 발을 움직여 샘에 가까이 다가갔음에도 고요하기 짝이 없었다. 늘 그의 발소리만 듣고도 먼저 모습을 드러내 기다리고 있던 여인은 사라져 있었다. 그가 사라지게 했다.

샘 앞에 선 그가 고요한 물속을 들여다보며 천천히 주저앉았다. 품에 안고 있던 인형을 내려놓곤 손바닥으로 바닥을 짚었다.

물에는 그리움을 가득 품은 사내의 얼굴이 아른아른 비치고 있었다.

"내가⋯⋯."

목이 메어 목소리가 갈라졌다. 큼, 짧게 가다듬은 천자가 심호흡 두어 번 한 뒤 말을 이었다.

"내가 너무 늦게 왔지. 미안하오……."

고작 사과 한마디 했을 뿐인데도 울컥 치밀어 올랐다. 샘 주변을 감싸듯이 자라난 풀을 손가락으로 꽉 움켜쥐며 가까스로 다시금 입을 열 수가 있었다.

"더 빨리 오고 싶었는데…… 예상보다 내 몸이 너무 튼튼한 게 아니겠소."

하하. 천자의 입에서 힘없는 웃음이 새어 나왔다.

"오래 못 버틸 줄 알았는데…… 금방 걷잡을 수 없을 정도로 망가져 제 역할을 못 하게 될 줄 알았는데…… 이 죄인이 쉽게 자유를 얻는 것이 못마땅했던지 여신께서 신성 주술사를 내려보냈어. 오래오래 괴로우라고. 더 긴 시간, 죄책감과 그리움에 시달리라고 말이야."

이미 한번 죽었다가 살아난 것이나 다름없는 그의 육체가 거대한 지력을 감당해낼 리 없었다. 넘치는 양을 담아낸 그릇은 금이 가고, 이가 나가고, 본래 광택마저 잃은 채 빠른 속도로 약해졌다. 금방에라도 산산조각이 나 형체조차 알아볼 수 없을 것만 같은데도 그 상태로 오랜 시간을 버텼다. 하늘이 내려준 신성 주술사 탓이었다.

"하마터면 아스더 그 아이의 머리카락이 하얗게 셌을 때가 되어서야 왕관을 물려줄 뻔했다오. 그래서 얼마나 불안했던지…… 정말이지, 내가 얼마나 조급해했을지 상상이나 가시오? 차라리 독을 한 번 더 먹을까 고심했다니까."

지금 생각하니 우스운지 천자는 허탈한 웃음을 흘렸다. 당시엔 그 정도로 절박했는데 말이다. 아직 이르다고, 그 아이에게는 조금 더 단단해질 시간이 필요하다고, 광대한 기운을 품고도 흔들리지 않을 만큼 성장해야 한다고 스스로를 다독이며 버틴 시간들이었다.

"당시엔 너무 힘겨워서 다 놓고만 싶었는데…… 조금 더 견뎌 내길 잘한 것 같소. 그 아이가 제 발로 찾아와 내게서 왕관을 빼 앗아 갔거든. 늘 뒤에 서서 자신을 감추기에 대체 무슨 꿍꿍이인 가 싶었는데 참 잔망스럽기도 하지. 깜찍하게도 나를 단단히 속인 채 뒤에선 성녀까지 제 편으로 만들고 있었다니까. 덕분에 내 계 획에 차질이 생겼지만…… 대단하지 않소? 누굴 닮은 건지……."

다시 생각해도 또 기가 막힌지 천자가 고개를 저으며 웃었다. 어미도, 아비도 그리 대단한 짓을 벌일 성정이 못 되는데 대체 어 디서 그런 아들이 태어난 것인지 이해할 수가 없었다. 그리 생각 하던 천자가 문득 생각났다는 듯 중얼거렸다.

"아, 어쩌면 그대를 닮은 걸지도 모르겠군. 그대가 나를 따라 센테르로 가겠다고 하던 날에도 그런 기분을 맛보았던 것 같아. 그 대담한 결단력에 속으로 혀를 내둘렀거든. 아무래도 아스더는 제 어미를 쏙 빼닮은 모양이야. 가만히 들여다보면 얼굴 역시 그 대를 참 많이 닮았어. 사내새끼치곤 선이 너무 고와. 한땐 생김새 만큼이나 유약할까 봐 걱정했는데 괜한 걱정이었지 뭐야. 언제 그렇게 훌쩍 컸는지…… 내 목에 검을 갖다 대는데도 꼼짝할 수가 없더라니까…….”

저도 모르게 목을 쓰다듬었다. 검이 닿았던 감촉이 아직 생생했다. 그 아이의 손에 죽는 거라면 차라리 다행이다 그리 생각하면서도, 아직 못 끝낸 일이 있어 미련이 넘쳐흘렀다.

천자가 된 아스더의 모습도 보고 싶었고, 당연히 라스피를 그자리에 앉힐 거라 믿어 의심치 않던 아델라이나의 충격받은 얼굴도 보고 싶었고, 아스더가 직접 모든 것을 끝내고 정리하는 것을 보고 싶었으며 무엇보다도…….

“하여간 장성한 아들에게 왕관을 물려주었으니 내 할 일은 끝이 났소. 덕분에 그대를 보러 찾아올 수가 있었지. 그날…… 그때 했어야 하는 말을 이제야 할 수 있게 되었네.”

희미한 미소를 지은 채 샘을 들여다보던 천자가 입술을 달싹였다.

“미안하오. 그대를 지켜주지 못해서…… 그대를 의심해서…….”

이 말을 하기까지 참으로 오랜 시간이 걸렸다. 천자의 고개가 푹 숙여졌다.

“정말 미안하오. 나를 믿고, 나를 사랑해준 그대에게 너무 큰 잘못을 저지르고 말았소. 그대에게…… 너무 큰 상처를 입히고 말았어.”

참았던 눈물이 툭 터졌다. 한번 터지자 하염없이 흘러내렸다.

잔디에도, 손등에도, 샘에도 뚝뚝 눈물방울이 떨어지고 잔잔한 파동이 퍼져 나갔다.

그리고 그저 파동에 지나지 않던 그것이 서서히 형체를 만들어 내기 시작했다.

얼굴에 무언가 닿는 것을 느낀 천자가 감겨 있던 눈을 천천히 떴다. 투명한 물로 이루어진 손이 그의 눈물을 닦아내고 있었다. 고개를 들어 올리자 투명한 여인의 상반신이 샘가에 몸을 걸친 채 그를 바라보고 있었다. 괴로운 듯 얼굴을 찌푸리고 있었으나 입가엔 미미한 미소가 떠올랐다.

"······아이기."

"내가 보았을 땐 당신을 참 많이 닮았던걸요. 날카롭지만 다정한 눈매하며 고집스럽지만 결단력 있는 입매하며······ 아빠를 쏙 빼닮았어요."

놀란 얼굴로 굳어 있던 천자의 표정이 그제야 부드러이 풀렸다. 그는 행복한 듯 미소 지으며 중얼거렸다.

"······그런가."

"네. 누가 봐도 당신의 아들이었어요."

"그래. 누가 봐도 그대의 아들이었어."

"그런가요?"

아이기의 웃음에 천자 역시 웃음을 터트리며 그녀의 손을 감싸 쥐었다.

"……보고 싶었소. 온 마음을 다해."

"……저도요."

눈물 젖은 얼굴로 서로에 대한 그리움과 사랑을 절절히 드러내는 그 모습에 몰래 지켜보던 아벨은 안도 어린 한숨을 내쉬었다. 아마도 더는 새디아의 평화가 깨지는 일이 없을 것 같았다. 그 사실을 리리에게 알리고자, 그는 바람과 함께 모습을 감추었다.

에필로그 4

　고요한 섬 새디아에 주민이 한 명 늘었다. 샘가에 드러누운 채 투명한 물로 이루어진 여인을 마치 이불처럼 덮고 있는 그는 아스더의 아버지이자 전대 천자였다.

　"무얼 그리 열심히 적으시는 건가요?"

　천자의 몸이 흠뻑 젖어 있어 축축하게 젖어드는 종이에 열심히 무언가를 휘갈기는 모습을 보며 아이기가 의아한 목소리로 물었다. 천자는 쓰던 것을 잠시 멈추고 소리 내어 읽어주었다.

　"영 좋은 소식이 들리지 않아 다시금 종이를 꺼냈네. 자네는 퍽 여유로운 듯하지만 나는 발등에 불이 떨어진 상태란 말일세. 대체 언제쯤 두 사람의 혼인을 진행시킬 건가? 자네가 주술사라는 축복 탓에 외형이 천천히 늙는다 하여 그리 마음 놓고 있을 땐가? 속은 차근히 나이를 집어먹고 있을진대 더 늦기 전에 얼른 후손을 봐야지. 사랑스러운 손주도 못 본 채 눈을 감을 작정인 건 아니겠지. 아마 한이 맺혀 쉽게 안식을 맞이하지 못할 것이네……라고 장차 사돈이 될 로쉐 페레로에게 편지를 쓰고 있었소."

편지의 내용이 이어질수록 잘게 웃음을 흘리고 있던 아이기는 자신의 머리카락을 사랑스럽다는 듯이 쓰다듬는 천자의 손을 잡곤 손등에 입을 맞추었다.

"하여간 짓궂어. 그 편지를 받은 페레로 공이 얼마나 괴로워할지 눈에 뻔히 보이는데…… 꼭 그렇게 사람 속을 뒤집어놓아야겠어요?"

"사실 내 유일한 낙이 그자를 괴롭히는 거였다오."

"당신을 상대하느라 꼴이 말이 아니었겠네요."

"그런가."

천자는 살아 있는 시체처럼 힘없이 그의 뒤를 따르던 로쉐를 떠올리며 허허 웃었다. 딸 얘기만 나오면 세상 그 누구보다 열혈 아버지가 되어선 방방 뛰는 것이 솔직히 재미있었다. 이 편지를 받고도 얼마나 소란을 피울까.

"아이들이 아직 어린걸요. 그리 서두를 필요는 없지 않나요?"

"그야 그렇지만…… 보고 싶지 않소? 우리가 놓친 어린 시절의 아스더를 쏙 빼닮은 장손을 말이오."

생각만으로도 가슴이 벅찬 듯 아이기의 눈이 가늘게 휘었다.

"물론이죠. 그보다 기쁜 일이 또 있을까요. 꼭 아스더가 아니라 리리…… 그 아이를 닮은 여자애도 정말 깜찍하니 세상에서 제일 어여쁘겠지요."

"오. 별말 안 하길래 내심 마음에 들지 않는 건가 걱정했건만…… 그대도 리리 그 아이를 황후감으로 점찍긴 했던 모양이군."

"너무 당연해서 말할 필요를 느끼지 못했던 거죠. 그 아이라면 저도 대환영이에요."

정혼 얘기가 나오기도 전부터 시부모의 사랑을 듬뿍 받는 며느리라니, 솔직히 이만한 혼처도 없을진대 뭘 그리 재고 따지고 망설이는지 이해할 수가 없었다. 천자는 종이 끝자락에 추신을 추가했다.

"이미 두 사람은 군중 앞에서 입을 맞추는 방법으로 대범하게 연인임을 밝히지 않았나. 시간 끌어봐야 더 많은 추문에 시달릴 뿐이야. 두 사람에게 결코 좋지 않아. 자네, 알면서 모르는 척하는 건가?"

아예 쐐기를 박을 작정으로 한참 센테르를 뜨겁게 달구었던 스캔들로 편지를 마무리했다. 천자와 입을 맞춘 여인이 다른 사내와 혼인은커녕 연애조차 할 수 있을 리 없었다. 로쉐는 정말로 쓸모없는 고집을 부리는 거였다.

센테르에서 들고 온 주술도구를 이용해 편지를 부친 천자가 아이기를 더욱 끌어안으며 편히 누웠다. 평화로운 섬 새디아의 하늘은 구름 한 점 없이 맑았다.

"곧 마하엔스와 교류를 시작할 것 같던데…… 새디아는 이대로가 좋지 않을까."

방해하는 이들도 없고. 본심을 감춘 채 중얼거리려니 아이기 역시 공감한다는 듯 고개를 끄덕였다.

"아벨 또한 같은 마음인 듯 보여요. 인간들은 대체 무슨 짓을 저지를지 예상할 수 없어 내키지 않는다고 말하던걸요."

경멸하는 듯한 얼굴로 중얼거렸을 아벨이 떠올라 천자는 그저 웃었다. 아벨의 인간 불신에 가장 크게 이바지를 한 건 다름 아닌 자신이었기에 입이 열 개라도 할 말이 없었다.

"뭐 굳이 교류를 할 필요가 있겠소?"

"그렇죠. 사실 교류를 통해 이익을 얻는 건 센테르뿐이에요. 여기에는 더 필요한 게 전혀 없는걸요. 지금 이대로 충분하니까요."

"그렇지."

자신의 말이 그 말이라는 듯이 고개를 끄덕이던 천자는 문득 생각났다는 듯 중얼거렸다.

"……그나저나 항구라니. 마하엔스와의 교류를 이미 한참 전부터 준비했던 모양인데, 대체 그 아이는 언제부터 이런 일을 꾸몄던 걸까?"

"직접 물어보면 되지 않나요?"

"이미 물어봤지. 그랬는데, 아스더가 그러더군. 이젠 자신의 땅이니 관여하지 말라고 말이야."

건방진 것. 그리 중얼거리는 천자의 얼굴이 불퉁했다. 아들을 상대로 삐진 아버지의 모습에 아이기는 황당하다는 듯 웃음을 터트렸다. 하여간 성격마저도 이리 닮다니…… 그 아버지에 그 아들이 아닐 수 없었다.

꽃무늬 장식

그 시각. 천자가 말하던 대단한 그 아이, 리리는 아스더와 함께 항구를 살피고 있었다. 항구는 제법 그럴듯하게 모양을 갖추어가고 있었다. 최대한 많은 물건을 싣고 가기 위해 커다란 배도 제작하고 있었고, 많은 인원이 투입되다 보니 작은 마을이었던 그곳은 규모가 커지며 활기를 띠고 있었다.

"마하엔스인들이 가장 먼저 겪게 될 센테르니까, 아무리 화려해도 과하지 않을 것 같아."

"그들이 생각하는 센테르는 어떤 곳일지 파악해서 최대한 만족시키도록 노력해야지. 그건 마하엔스 쪽도 마찬가지고."

"그쪽은 걱정하지 마. 넉넉하게 서른 개쯤 되는 동굴을 미리 선점해놨으니까. 개인적으로 마하엔스인들과 마주칠 수 없게 가장 동떨어진 곳으로 정했어. 마하엔스인들은 본래 절벽을 깎아 동굴처럼 만든 집에서 사니까, 센테르인들은 그것만으로 충분히 놀라운 경험을 하게 될 거야."

"괜찮군. 가장 마하엔스답겠어. 그럼 센테르는 대저택 느낌으로 지어도 나쁘지 않을 것 같은데. 정원이 딸린 고급 주택으로."

"내 생각도 그래. 푹신한 침대와 맛있는 음식이 있는 안락하고 고급스러운 저택을 지어놓고 일일 귀족 체험이라며 드레스나 장신구를 대여해주는 상품은 어떨까."

치아츠와 카아네스를 포함한 문화사절단이 가장 감탄했던 건 단연 침대와 음식이었기에 리리는 그 점을 콕 짚어 말했다. 그에 아스더가 고개를 끄덕였다.

"아주 좋은 생각이야. 그들은 추억을 간직하고 싶을 테니 손이 빠른 화가들을 데려다가 초상화를 그리게 하는 것도 좋겠군. 너 나 할 것 없이 사고 싶어 할 테니까."

"기념 화폭이라니, 천잰데?"

"고작 그런 걸로 천재까지야."

리리의 감탄에 아스더는 별것 아니라는 듯 어깨를 으쓱했다. 만약 경쟁하는 사이였으면 그 태도가 몹시 오만방자하고 재수 없게 느껴졌을 테지만, 다행히도 두 사람은 동료로 마주하고 있었고 그저 아스더의 특출한 재주에 놀라움을 금치 못할 뿐이었다.

생각해보면 리리가 본래 살던 곳에는 기념사진이라는 문화가 있었다. 그 순간을 사진으로 남기어 두고두고 보고 싶은 마음에서 착안한 문화였는데, 이곳에는 널린 게 화가이니 그림으로 대체해도 좋을 것 같았다.

"미리 그려둔 센테르 전경이나 인물화 등을 저택 복도에 걸어놓고 원하는 사람에게 파는 것도 괜찮겠다. 아예 화가 몇을 마하엔스에 함께 데려가는 건 어떨까. 관광객이 원하는 장소에서 원하는 포즈로 기념 그림을 그려주는 일일 화가…… 이런 거."

"좋은 생각이야."

"나도 알아."

아스더도 리리를 보며 똑같은 생각을 하는지 비슷한 표정으로 쳐다보았다. 둘은 경쟁할 때는 최악의 경쟁자요, 함께할 때는 최고의 동업자가 아닐 수 없었다. 이렇게나 죽이 잘 맞을 줄 알았다면 진작 함께 일해보는 것도 나쁘지 않았을 것 같다는 생각이 들 정도니 말이다.

"그나저나 그쪽 너무 무리하는 거 아니야? 며칠째 제대로 쉬지도 못하고 있잖아. 나야 범인을 뛰어넘은 체력과 근력, 검술 실력과 체술 실력은 물론이고 지지치 않는 기력까지 갖추고 있으니 상관없다지만 그쪽은 아니잖아?"

대놓고 하는 자기 자랑에 어이없다는 표정을 지은 아스더가 받아쳤다.

"네가 할 수 있는 걸 나라고 못 할까."

"너무 오기 부리는 거 아닌지 몰라. 내가 살던 곳엔 이런 말이 있었어. 뱁새가 황새 따라가다 가랑이가 찢어진다고…… 그러다가 쓰러지면 또 내가 성력으로 치료해줘야 하잖아? 괜찮겠어?"

"그런 일은 벌어지지 않을 테니 안심하시지. 날 걱정해주는 네 애정은 충분히, 차고도 넘칠 정도로 잘 알겠으니까 말이야."

그러면서 샐쭉 웃는 아스더 탓에 리리는 할 말을 잃곤 입만 벙긋거렸다. 공격해봐야 본전도 찾을 수 없다는 걸 알면서 매번 이런 식이었다. 화술이라면 그녀 또한 물음표로 넘어갔을 정도로 어마어마한 실력의 소유자일진대 왜인지 아스더에겐 말로는 이겨먹을 수가 없었다.

아마 저 뻔뻔하고 능청스러운 성격이 한몫하는 탓일 거라는 생각이 들었다.

"게다가 천자의 힘을 받아들이고 난 후론 전만큼 피곤하지가 않다고."

아스더의 말대로 지력이 더욱 강해지면서 요괴 힘이 상대적으로 약해진 탓인지, 아스더는 전처럼 지독한 불면증에 시달리지 않았다. 적당히 잠도 잤고, 피로가 풀리다 보니 나른하던 특유의 분위기가 연해졌다. 사실 그건 내심 아쉬웠다. 아스더의 큰 개성이 흐려진 셈이니까.

그래도 전혀 상반되었던 낮의 아스더와 밤의 아스더가 적당히 균형이 맞춰지며 중간 어디쯤, 혹은 둘 다 가진 채 한결 편안해진 건 다행스러운 일이었다. 리리가 성력으로 불면증을 치료해줄 필요조차 없었으니 더더욱.

이기지도 못할 거 꿋꿋이 덤비다가 또 말문이 막힌 리리를 보며 웃던 아스더가 본론으로 돌아와 말을 이었다.

"생각보다 빠르게 진행되고 있는데, 본격적인 교류를 시작하려면 문화사절단으로 왔던 마하엔스인들의 교육이 우선 끝나야 하지 않나?"

"안 그래도 그것 때문에 죽을 맛이야. 언어도, 문화도 웬만큼 익힌 것 같은데 왜인지 그들 머릿속엔 센테르가 한참 미화가 되어 있단 말이야? 어떻게 해야 경각심을 심어줄 수가 있지?"

"태생 자체가 그토록 순진한 걸 우리가 어쩌겠어."

"그야 그렇지만 걱정이 되니까."

"히로크 백작가의 두 자제가 도와주는데도 큰 소득이 없다면 말 다 한 거 아닌가."

히로크 백작가의 두 자제라 함은 양자와 양녀로 입적된 티메와 엘을 뜻했다. 빈민가는 성역으로 지정되어 히로크 백작이 잘 꾸려가고 있었는데, 그나마 가장 다양한 사람들과 문화를 경험할 수 있는 곳이 바로 그곳인지라 티메와 엘에게 마하엔스인들을 소개해주곤 가장 가까운 곳에서 문화를 보고 듣고 겪을 수 있게 부탁을 해둔 상태였다.

처음 문화사절단이라며 공개적으로 모습을 드러낸 이후 황궁에 거처를 마련하여 생활하게 된 그들은 다들 귀빈 대접을 해주다 보니 세상 물정을 모르는 듯이 보였다. 그래서 혹여나 하층민과 함께 밀착된 생활을 하게 되면 나아지지 않을까 하는 생각으로 진행한 일이었는데 영 소득이 없었다.

'오히려 빈민가 사람들과 피를 나눈 형제인 양 친해져선 헤어지기를 아쉬워하고 있으니, 원……'

심지어는 티메가 히로크 백작가의 도련님이 된 이후로도 포기하지 못하고 쫓아다니는 아이린 베르나에게조차 친절하다고 들었다. 귀족과 평민을 가르고 성이 없는 이들을 무시하는 아이린이 외형부터 다른 마하엔스인들을 편견 없이 대했을 리는 만무했고, 어쩌면 그들에게 상처가 될 말을 퍼부었을지도 모르는데도 말이다.

그들의 눈에 비치는 세상은 온통 무지갯빛인 듯했다. 모든 태도와 말을 자기들 식으로 재해석해선 어떻게든 좋게 봐주려고 애를 쓰니 참으로 걱정이었다.

"오히려 한번 제대로 당하고 나면 정신 차릴 수도 있으니 그냥 그러려니 해. 할 만큼 했잖아?"

황궁으로 돌아온 후로도 좋은 방법이 없을까 끙끙거리는 리리를 보며 아스더가 위로했다. 아스더의 말이 맞았다. 그냥 차라리 된통 데이면 아 뜨겁구나 하고 조심하게 될 터였다.

단지 애초부터 그들의 순수함에 상처를 입히고 싶지 않아서 고민할 뿐이었다.

그렇다고 영원히 답이 나오질 않을 문제를 하릴없이 붙잡고 있을 수는 없는 노릇이었기에 리리도 정신을 차리곤 책상 위에 잔뜩 쌓여 있는 서류를 살피기 시작했다. 아스더는 이미 집무실에 들어선 순간부터 서류 더미에 파묻혀 얼굴만 빼꼼 보이는 상태였다.

끝이 보이지 않는 일거리에 결국 리리의 입에서 불만 가득한 목소리가 터져 나오고야 말았다.

"분명 다 끝났는데. 신탁대로 했고, 나름대로 세상도 구했고…… 내 할 일은 분명 예전에 다 끝마쳤는데 왜 아직도 이렇게 바쁜 건지 모르겠네."

아스더가 그게 무슨 소리냐는 듯 서류 사이로 그녀를 쳐다보았다. 리리는 읽고 있던 서류를 손에 쥐고 흔들며 말했다.

"이것만 해도 그래. 항구 주변을 발전시키느라 뭐 얼마만큼의 인원이 투입되었고, 현재까지 얼마를 썼고, 앞으로 얼마 정도 더 쓸 예정이고 어쩌고저쩌고…… 대충 계산해서 예산 정해줬으면 됐지, 이런 것까지 보고받고 일일이 신경을 써야 하느냐 말이지, 내 말은."

"원래 나랏일이란 게 그런 거지. 나도 아셴 상단을 꾸릴 땐 그런 사소한 건 유안이 다 해서 신경을 쓸 필요가 없었는데 말이야. 어쩌겠어, 이 자리가 그런 것을."

"나는 황제도 아니잖아?"

"애초에 항구 개발을 입에 올린 게 누구였더라? 네가 시작한 일이니, 네가 마무리하는 게 맞지 않겠어?"

그때는 하던 대로 히로크 남작에게 맡기고 자기는 돈만 쓰면 된다고 생각했으니 그랬다. 만약 상황이 이렇게 되어 자기가 일일이 서류를 검토하고 상황을 지켜봐야 했다면 절대 그런 짓은 하지 않았을 터였다.

"혼자일 때가 좋았어. 내 마음대로 이것저것 벌여놓기만 하면 됐는데…… 아니면 차라리 권한이라도 많든가. 뭐 하나 하려면 이 사람 저 사람 불러들여서 회의해야 하고…… 말이 회의지, 허락받기 위해서 꼬시는 거나 다름없잖아? 내가 하겠다는데 뭔 말들이 그렇게 많은지…… 번거롭게 무슨 짓인지 몰라."

원하면 다 되던 때가 있었는데……. 리리의 얼굴이 회의감으로 물들었다. 이럴 줄 알았으면 황궁에 묶이는 게 아니었는데 말이다. 어떻게든 도망 다니면서 하고 싶은 일 마음대로 벌이고 알아서 수습하라고 하고 그럴 걸 그랬다.

책상 위에 널브러져선 얼마 안 지났으나 까마득하게 멀어진 것 같은 과거의 영광을 그리워하는데 언제 다가온 건지 아스더가 그녀의 얼굴 옆으로 손을 짚으며 은근한 목소리로 물었다.

"권한이 많았으면 좋겠다고? 원한다면 줄 수도 있는데……."

"정말?"

벌떡 상체를 일으키자 바로 앞에서 묘한 얼굴로 웃는 아스더가 보였다.

"굳이 귀족들을 모아다가 꼬실 필요 없이, 그저 명령만 내리면 되는 그런 권한 정도면 만족하겠어?"

"그렇게만 된다면야 지금보다는 훨씬 나아지겠지……만 그 정도 권한이면 천자쯤 되어야 하는 거 아닌가. 귀족들이 반발할 텐데."

그리 말하던 리리는 더욱 짙은 미소를 짓는 아스더의 표정에 무언가를 깨달았다는 듯 얼굴을 확 구겼다.

"설마 그 권한이라는 게……."

"황후 정도 되면 지금처럼 복잡하게 일할 필요가 없어질 것 같은데, 어때?"

예상했던 말이 흘러나옴과 동시에 리리는 질색하며 몸을 뒤로 뺐다.

의자가 뒤로 밀려나며 벽에 부딪쳤다.

"끔찍한 소리 하지 마."

"왜지? 황후가 하겠다는 일에 감히 토를 달며 번거롭게 구는 사람은 아마 없을 텐데?"

"그만큼 짐이 또 생길 텐데? 절대 싫어."

고개를 마구 젓자 흐음, 생각에 잠긴 듯 잠시 말이 없던 아스더가 물었다.

"황후라는 직책이 싫은 거야, 아니면 내가 싫은 거야?"

「당연히 둘 다지!」라고 대답을 해야 했으나 리리는 입술만 달싹일 뿐 쉽게 말문을 열지 못했다. 단박에 싫다는 말이 나오지 않는 것에 자신도 당황스럽기는 마찬가지인지 그녀의 얼굴이 서서히 붉어졌다.

아스더가 웃으면서 다시 물었다.

"황제고 황후고, 연애고 결혼이고 다 제쳐놓고 생각해봐. 내가 싫은 건······ 아닐 텐데."

자신만만한 아스더의 말에 리리는 벌떡 자리에서 일어났다. 도망치는 게 뻔한 그녀의 태도에 성큼성큼 다가와 재빨리 손목을 잡아챈 아스더가 이해할 수 없다는 목소리로 중얼거렸다.

"자꾸 아닌 척해봐야 소용없어."

"······착각은 자유라지만 적당히 해. 듣는 사람 괴로우니까."

"착각 아닌 거, 아마 너도 잘 알고 있을 거야. 다른 일이라면 솔직하다 못해 거칠 게 없는 네가 왜 이런 얘기만 나오면 도망치는 건지 참 궁금하단 말이야."

반대쪽 손을 뻗어 리리의 허리를 감싼 아스더가 그녀를 더욱 가까이 끌어당기며 속삭였다.

"다른 사람은 몰라도 나는 속일 수 없어. 처음 만난 그날, 이미 네가 나를 마음에 품었다는 걸 나는 알거든. 나를 보던 그 눈빛은 분명 경멸이 아니었음을 기억해. 자각했든 아니든, 혹은 외면하고 있든······ 너는 늘 내 앞에서 한결같이 그런 눈빛이었어."

손목을 붙잡고 있던 손으로 그녀의 눈가를 쓸었다. 도망칠 타이밍을 놓친 리리가 마치 주문처럼 묘한 힘이 깃든 아스더의 목소리를 고스란히 듣고 있었다.

"내 깊은 곳까지 들여다보는 것 같은…… 내가 신경 쓰이고 궁금해 미칠 것 같은 그런 눈빛 말이야. 어디 이것도 아니라고 말해 보든가."

하여간 왕자병이라고, 적당히 하라고 타박하며 밀어내야 하는데 움직일 수가 없었다. 정곡을 찔린 양 불안한 눈으로 쳐다보는 게 고작이었다. 언제부턴가 리리도 의아하게 여기면서도 억지로 눌러 담았던 감정이 스멀스멀 터져 나오고 있었다.

왜 그렇게 신경이 쓰이는지, 관심을 끌 수가 없는 건지, 다른 사람들처럼 그냥 의미 없이 스쳐 지나가면 되는데 왜 그럴 수가 없는 건지……. 그냥 재수가 없어서, 악덕 상인이니까, 경쟁자라서, 아이기의 저주 때문에…… 그런 식으로 포장했던 것들이 아스더의 말에 본모습을 드러내고 있었다.

처음 만난 그 순간부터 눈을 뗄 수가 없었노라고, 마주칠 때마다 그녀 안에서 그의 존재감이 커지는 것을 감당할 수가 없었노라고 말이다.

"……너는, 너는 내 취향이 아니야. 거리가 아주 멀어."

그러므로 너를 좋아할 리가 없어. 그런 리리의 중얼거림에 아스더가 픽 웃었다.

"그럴 수도 있지. 나도 처음부터 네게 관심이 있던 건 아니었으니까."

도로 할 말을 잃어버린 리리를 보며 아스더는 미소를 걸친 채 속삭였다.

"솔직해져 봐. 넌 이미 자각하고 있을걸. 인정하기 싫을 뿐."

분하지만 아스더의 말에 반박할 수 없었다. 하여간 예전이나 지금이나 재수 없고 오만했다. 마치 그녀가 자신을 좋아하는 게 당연하다는 듯, 그렇게 될 수밖에 없다는 듯한 태도가 마음에 들지 않았다.

그래서 더더욱 아니라고 말하고 싶었으나 한발 빠르게 끼어드는 목소리가 있었다.

"폐하, 보고드릴 게 있습니다. 지금 당장이요. 라잇 나우."

누군가 들어오는 것도 깨닫지 못한 두 사람이 깜짝 놀라 목소리가 들리는 곳으로 고개를 돌렸다. 그곳엔 이글이글 불이 붙은 듯한 환영과 함께 로쉐가 서 있었다.

"너무 급해서 기다릴 시간이 없었습니다. 송구합니다만 얼른 본업에 충실하셨으면 좋겠습니다. 황궁주술사한테 치근덕거리는 건 그만두시고 말이죠."

로쉐의 등장에 겨우 정신을 차린 리리가 얼굴을 붉히며 아스더를 밀어냈다. 그러곤 빛과 함께 순식간에 모습을 감추는 통에 아스더는 진심 가득한 탄식을 내뱉어야만 했다.

다 된 죽에 코를 빠트려도 유분수지.

"……거의 다 넘어왔는데. 일부러 완벽하게 망쳐준 덕분에 무척 화가 나는군."

"무슨 소리인지 잘 모르겠습니다."

뻔뻔하게 쳐다보는 로쉐 덕분에 아스더는 허탈한 표정을 지을 수밖에 없었다.

"산 넘어 산이로군. 예상했지만 만만치 않겠어."

리리에게 배운 말과 함께 지친 얼굴로 한숨을 내쉬던 아스더는 자신의 자리로 가 앉았다. 로쉐가 아주 급하다며 내민 서류에는 다련각에 새로 들어온 어린 수련생들 명단만이 달랑 적혀 있을 뿐이었다.

『피아트룩스』 마침.

지은이 후기

드디어 긴 여정이 끝을 맺었습니다. 아직도 실감이 나질 않습니다. 이 뒤로도 리리의 파란만장한 모험이 계속 이어질 거라는 사실을 이미 알고 있어서일까요? 분명 끝인데 끝 같지가 않아요.

처음 이 이야기를 구상할 땐 저도 무척이나 혈기왕성한 나이였답니다. 그러니 온갖 모험이 가득한 초장편을 기획할 수 있었던 거겠지요. 덕분에 리리의 손을 잡고 시작한 위풍당당한 처음과 달리 뒤로 갈수록 여전히 혈기왕성한 리리에게 붙들려 질질 끌려다니는 꼴이 되어야만 했어요. 한 권, 한 권 쓸 때마다 간절하게 중얼거렸습니다. 리리…… 제발 아무것도 하지 말고 이제 그만 쉬지 그래…….

저는 이제 자유의 몸이 되었고, 원하던 휴식을 맘껏 즐길 겁니다. 리리는 앞으로도 넘치는 에너지로 온갖 일을 다 벌이고 다니겠지요. 다만 달라진 게 있다면, 이제는 수습도 그녀 자신이 해야 한다는 점입니다.

쯧쯧. 아스더의 꾐에 넘어간 게 잘못이었죠.

그래도 지금의 리리는 행복한 편이랍니다. 초기 구상 당시 『카르페디엠』은 총 3부작이었거든요. 1부는 성장, 2부는 모험, 3부는 전쟁이었습니다. 미아가 해야 할 일이 원래는 리리의 것이었던 셈이지요.

근데 제가 다른 책들을 읽다 보니까 분위기가 급반전되는 것에 거부감이 많이 느껴지더라고요. 분명 귀엽고 가벼운 내용이어서 읽기 시작했는데 어느 순간부터 무겁고 어두워지면 다음 장을 넘기는 게 힘겨워졌습니다.

아무래도 전쟁을 다루다 보면 죽거나 다치는 사람이 생길 수밖에 없고 이전의 가벼움은 유지하기가 어려워질 텐데, 나처럼 그런 급변에 거부감을 느끼는 분들이 많지 않을까? 하는 생각이 들었고, 결국 수정을 하게 됩니다. 그렇게 미아가 탄생했고요, 지금의 『카르페디엠』&『피아트룩스』가 되었답니다.

쓰면서 야금야금 빠지거나 수정된 설정들도 있는데, 대표적인 게 라이의 성장입니다. 원래는 이야기가 진행됨에 따라 서서히 성장하여 마지막 쯤에는 성인이 되는 거였는데요, 리리는 물론이고 독자님들의 충격이 너무 클까 봐 고민 끝에 수정하게 되었네요. 사실 저도 별로 상상하고 싶지가 않았어요. 서쪽은 아주 강인한 육체를 타고나거든요. 다른 수인족들은 전체적으로 아주 크고 우락부락하고 털이 부숭부숭합니다. 음……이쯤에서 말을 아끼겠습니다. 언젠가 라이의 성장을 목도한 리리가 뒷목을 잡으며 쓰러지는 날이 올 겁니다.

그리고 아스더의 나이도 끝내 감추게 되었어요. 어디쯤에서 드러낼까, 그냥 리리가 추측하는 걸로 할까 한참 고민하다가…… 이것도 밝혀지면 독자님들의 충격이 몹시 클 게 분명하므로 은근슬쩍 넘어갔습니다. 알아서 추측하시면 될 것 같습니다. 곳곳에 힌트는 남겨놓았어요.

아스더 하니까 생각난 건데, 로맨스 비중이 워낙 작다 보니 누가 남자 주인공이냐 아스더가 맞느냐 하는 의문이 드는 독자님들이 계실 것 같아요. 그냥 정확히 말씀드리자면 당연히 아스더가 남자주인공입니다.

이제는 말할 수 있다! 매우 열심히 어필해왔음을! 매 권 아스더(or 복면의 남자)를 등장시키며 남자주인공은 아스더다! 홀로 외쳐왔음을!

리리는 처음부터 아스더에게 지대한 관심을 품고 있었어요. 중간중간 자각을 하기도 하나 그럴 리가 없다며 자기합리화를 해서 문제지. 인정하기 싫거든요. 자기 취향도 아니고, 따지자면 한참 어린 새파란 놈한테 반한 게 자존심 상하기도 하고, 남자한테 크게 덴 기억 때문에 방어기제가 강한 것도 한몫하고…….

그러나 아스더가 누굽니까. 타고난 상인! 뛰어난 두뇌회전! 리리가 아무리 숨겨도 아스더의 눈을 피할 수는 없지요. 그는 옛날 옛적부터 이미 자각하고 있었답니다. 사실 둘이 그린라이트인 지는 오래된 듯…….

근데 리리가 자신의 마음을 인정하고 둘이 본격 연애하는 걸 쓰려면 진짜…… 3부가 뭐야, 한 5부까지 써도 안 될 것 같아서 과감하게 포기했습니다. 리리 너무너무 심한 철벽녀예요. 저는 열심히 밀어줬거든요. 근데 떠먹여줘도 다 퉤퉤 뱉는 애라서…… 아, 힘들었던 지난날…….

결국 언제부턴가 아스더에게 떠먹였던 것 같아요. 아스더는 넙죽넙죽 잘 받아먹더라고요. 손톱만큼…… 어쩌면 그보다 더 적은 로맨스 지분은 그나마 아스더 덕분이라고 생각합니다.

둘은 아마 연애를 시작한다 해도 지금과 같을 거예요. 결혼해도, 첫날밤도, 애를 낳아도 늘 지금 같을걸요. 일방통행인 척하는 쌍방. 아스더가 불쌍하지만 어쩌겠어요. 자기가 그런 여자한테 반해버린 게 죄지.

음. 개인적으로 가장 인상 깊은 이야기는 「왕의 여자」 편이 아닐까 싶습니다. 그게 새로웠다거나 즐거웠다거나 뭐 그런 건 아니고요, 그편을 위해서 예술의 전당이 지어졌고, 예술의 전당을 짓기 위해서 리리가 열 살 무렵 축제 때 천자 앞에서 노래를 해야 했으며, 그곳에서 노래를 부르기 위해 메이다니와의 인연이 필요했고, 메이다니와 만나기 위해 음악 학원을 갔거든요. 그게 「카르페디엠」 2권이었던가요?

　리리가 성가대를 했을 정도로 노래를 좋아한다는 설정이 결론적으로는 저 「왕의 여자」 편을 위해서였으니 어찌 의미가 깊지 않을까요. 그편을 쓰면서 참 멀리도, 오래도 돌아왔다는 생각이 절절히 들었어요. 그렇게 따지면 농장 알바도 새디아섬의 퀘스트 때문이었고, 빈민가 소년과의 인연 역시 노베 퀘스트 때문이었고…… 뭐 다 그렇긴 하지만 가장 긴 밑 작업이 필요했던 건 역시 예술의 전당이지 싶어요.

　하여간 자만했던 대지는 여신의 위대함을 다시금 깨우쳤고, 빛이 바랬던 사막은 황금빛 모래로 변화하였으며, 외면했던 바다는 더는 외롭지 않게 되었으니 그럴 필요가 없어졌고, 잊었던 불길은 기억 속 여인의 도움으로 발전할 수가 있게 되었고, 어지러웠던 숲 역시 평화를 되찾았습니다.

　적어도 제가 하고 싶었던 얘기는 모두 끝낸 것 같아 정말 기쁩니다. 힘을 주신 분들, 읽어주신 분들, 책이 나올 수 있게 노력하신 분들 모두 모두 진심으로 감사하고, 늘 행운이 함께했으면 좋겠습니다.

　특히 늘 아름다운 일러스트로 저를 행복하게 했던 나래님, 함께 작업할 수 있어 영광이었습니다. 뛰어난 퀄리티의 「카르페디엠」 웹툰 작업을 병행하시면서 표지와 일러스트 작업까지 해주시다니…… 존경스러웠어요. 저 때문에 덩달아 오랜 시간 작업하게 된 점 무척 죄송하고…… 감사하고 사랑합니다♥

2018년 3월 메르비스